ココロコネクト
ヒトランダム

KOKORO-CONNECT HITO-RANDOM

八重樫太一《やえがしたいち》
「オレと唯が入れ替わってたんだ、マンガみてーに……だっ!?」
青木義文《あおきよしふみ》

ココロコネクト　ヒトランダム

庵田定夏

ファミ通文庫

イラスト／白身魚

一章

気づいた時には始まっていたという話

九月、多くの日本に住まう高校生は、その時をもって夏休みという非日常から日常へと帰還《きかん》する。

政令指定都市《せいれいしていとし》へ向けた構想が着々と進む地方都市に存在し、自由な校風を持ち味としながらもそこそこの進学実績を持つ、私立山星高校《しりつやまぼしこうこう》の生徒達も、基本的にはその例に漏《も》れていない。

ただ山星高校では、毎年九月頭に文化祭という名の『祭り』が行われるため、それが終わるまでは、まだ学校中がふわふわ浮ついた空気に包まれることになる。

そうした空気の残り香も感じられなくなってしまった九月半ば、山星高校では、穏《おだ》やかで、少し騒がしい、『ありふれた』と形容される日常が繰り広げられていた。

八重樫太一《やえがしたいち》もそんな日常に身を置く一人だ。

一人の、はずだった。

六限までの授業を一度も居眠りすることなく受けきった後、当番であったトイレ掃除を班で済ませ、太一は部室へと向かっていた。

太一は、自クラス、一年三組がある東校舎から北校舎を経由、そろそろ耐震《たいしん》工事をしないと本格的に不味《まず》いのでは、と噂《うわさ》されている四階建て部室棟《ぶしつとう》に入っていく。目指すは最上階の四階。もちろん部室棟にエレベーターなるものは設置されておらず、上に行くには階段を用いなければならない。

この四階という最も嫌がられる物件（高校生は景色や日当たりなんてものは求めない。階段を登らないでよいに越したことはないのだ）を与えられているのは、太一の所属する部活が、今年新設されたばかりで、一年生五人しか在籍《ざいせき》しない弱小部活だからである。

太一が所属するのは文化研究部《ぶんかけんきゅうぶ》、略して文研部。日々世界中の文化を包括的《ほうかつてき》に研究している……訳ではない。

階段を登り切る頃には、少し息が上がっていた。『文化研究部』の文字がプリントアウトされたA四サイズの張り紙を見ながら、太一は四〇一号室の中に入っていく。

全開の窓から吹き込む風が、太一の頬《ほほ》を撫《な》で、髪を揺らした。四階ともなるとかなり風通しがよいので、このぐらいの時期は非常に過ごしやすい。

部室には先客が一名。

部屋の真ん中にくっつけて据《す》えられた二つの長机、その一角で、文化研究部副部長、稲葉姫子《いなばひめこ》が、自前のノートパソコンを操っていた。

「あれ？　まだ稲葉だけなのか」

「見ての通りだ」

ちらりとも太一の方を確認しないまま、女性にしては多少低め、芯《しん》のしっかり通った声で稲葉は返した。

太一は、稲葉と向かい合う形でパイプ椅子《いす》に腰かける。そこで初めて、稲葉が顔を上げて太一と目を合わせた。

漆塗《うるしぬ》りのように艶《つや》があるセミロングでストレートの黒髪は、それこそ一本の乱れもなく整っている。潤《うるお》いに溢《あふ》れた漆黒《しっこく》の髪は和服によく似合いそうだ。切れ長で大きな瞳《ひとみ》を縁取るまつげは、少し長過ぎやしないかと思うほどで、それによりどこか年齢《ねんれい》不詳《ふしょう》でミステリアスな雰囲気《ふんいき》が漂《ただよ》っている。

高校一年生とは思えないほど大人びた印象と、全体的に超然とした雰囲気が相まって、少々近寄りがたく取っ付きにくい、と思われてしまうことも多そうな風貌《ふうぼう》である。

「太一は、もう次の『文研新聞』に載せるネタを用意できているのか？」

「ああ、後は割り当て分量に合わせて編集するだけだ。ちなみにタイトルは『ブレーンバスターの落とし方に見るプロレス史』だ。ブレーンバスターというと日本では背中から落とすのが一般的と思われているが、実は脳天から落とす方が元祖《がんそ》であって――」

「黙《もく》せ」

「いや、そっちが訊《き》いたんだろ」

「アタシはあくまでネタを用意できたか、つまりイエス・オア・ノーの質問をしただけだ。それ以上の内容言及について頼んだ覚えはない。つーか、聞きたくない」

「……相変わらずストレートだな。もう少しオブラートに包んだ方がいいと思う……というか包んで下さい」

座っていると二人の目線はほぼ一緒になる。太一がだいたい高校一年生男子の平均的な身長であることを考えると、稲葉の座高《ざこう》が女子の平均にしてはかなり高いのか、というとそうではなく、単に着席時の姿勢《しせい》がいいのだ。背中になにか特殊な器具を取り付けているのではないかと疑ってしまうほど、ぴしりと背筋を伸ばしている。ちなみに稲葉は足が長く、実際に身長も女子の中では高い部類に入る。スリムでシャープという形容が、稲葉にはぴったりであった。

扉が大きな音を立てて開いた。同時に、快活な声が室内に響く。

「チィース！　遅れましたぁ！」

きらきらと輝く満面の笑みが、温かな風と光を、部屋の中に送り込む。たった一人の笑顔がそこにある、ただそれだけで、花咲く春が訪れたように感じられる。

「……って、ん？　太一と稲葉んだけ？」

小首を傾《かし》げながら呟《つぶや》くのは、文化研究部部長、永瀬伊織《ながせいおり》。

太一、永瀬、稲葉の三人は、同じ一年三組のクラスメイトでもある。

「ちぇー、せっかく階段ダッシュして来てやったのに損したー」

そんな不満を漏らしながら、永瀬は奥に設置された三人がけ仕様破れかぶれ黒ソファーにダイブ、そのままごろりと休日にテレビを観るおっさんよろしく肘《ひじ》を立てて頭を支え、横向きに寝転がる。階段ダッシュして来たと言う割には、全く息が乱れていない。

「伊織、スカートがめくれてスパッツが丸見えだぞ」

永瀬を見やって、稲葉が冷静に指摘《してき》した。

「別にいいじゃん」

芸術的と形容していいほど白くて細い足を、惜《お》しげもなく見せつけながら永瀬は言う。本人は言葉通り見られていることを気にする様子もなく、ぺちぺち自分の太ももを叩いている。

「俺もいるんだぞ」

今度は太一が言った。

「一チラ見、百二十円」

「金取るのかよ。……しかしその割には結構良心的な価格設定だな」

「太一。お前に他意はないんだろうが、その発言は言う奴に言わせればリアルに犯罪っぽくなるからそこら辺で止めとけ」

稲葉のつっこみが入った。

永瀬は「くくく」とイタズラに成功した子供のように笑いながら、ソファーに座り直す。

ぱっちりとした二重《ふたえ》の双眸《そうぼう》、すっと通った鼻梁《びりょう》、若干《じゃっかん》丸顔気味の整った顔立ちには、全く化粧《けしょう》っ気《け》が見られない。にもかかわらず、その肌は白く澄んで潤いに充ち満ちている。軽く肩にかかる長さの、さらさらと絹糸のような繊細で柔らかな黒髪は、特にこだわりもなさそうに、素っ気なく後ろで括《くく》られてある。

飾りっ気など、全くと言っていいほど見られない永瀬であったが、その分永瀬自身が持つピュアな可愛《かわい》さというものがありありと浮き上がってくるようで、むしろ自然体のままでいることの方がプラスに思えてくる。

「ところで永瀬の次のネタはなんなんだ?」太一はそう声をかけた。

「う〜ん、実はこの前、『文研新聞』に足りないものについて考えていたんだよ」

「で?」

「スキャンダラスな面は、稲葉んが担当してるからいいとして、後エロティックでバイオレンスでデンジャラスな成分が足りないという結論に至りました」

「誰《だれ》も校内新聞の一つにそんな写真週刊誌ばりの刺激は求めてねえよ。というか、スキャンダラスな面がある時点で本来の趣旨《しゅし》からは外れてるぞ」

前号の『文研新聞　文化祭増刊号』にて、稲葉は教師二人の同僚《どうりょう》を超えた関係とやらをすっぱ抜いたのであった(情報入手経路は不明)。結局今年の文化祭は、本来なら脚光《きゃっこう》を浴《あ》びるはずもない一配布物が、他の様々な催《もよお》し事を押しのけて最も人々を盛り上げる話題となり、妙なお祭りムードも手伝って、最終的に後夜祭《こうやさい》での公開告白にまで至った。

　ともかくもその時は非常に盛り上がったし、他の教師陣を含めて全体的に祝福ムードであったので、よかったと言えばよかったのだが、「あれだけ大騒ぎして衆目《しゅうもく》の中付き合い出した二人が、もし別れることになった時の気まずさは想像を絶する」というのが、山星高校内で現在懸念《けねん》されている不安要素であった。

「あれはお祭り限定だ。当分あんなネタ書く気はないよ。そもそも言や、アタシは手持ちの情報を晒《さら》すことが嫌いだからな。ま、『たまには』ってヤツだ」

　稲葉姫子、情報収集と情報分析が趣味（ただし、それを公開することは嫌い）。集めた情報をいったいなにに使っているのか、甚《はなは》だ気になるところである。

「よし、じゃあその『たまにはやっちゃうぞ』根性で今度はエロにも挑戦してみようか」

　びっ、と親指を突き立てて永瀬は言う。

「高一の純情な乙女にエロネタ書かそうとするな」

　純情な乙女が持つべきはずの恥じらいなど、微塵《みじん》も感じさせない様子で稲葉が返す。

「いやいや記事はわたしが書くんだよ。だから稲葉んはエロスを感じさせる写真を一、二枚撮らせてくれれば……」

「嫌に決まってんだろうが！　なんでアタシが男子の性欲処理の材料提供しなきゃならないんだよ！」

「稲葉が想定する『校内新聞に掲載が許されるエロス』の定義が気になるところだな」

聞いちゃいないと思うが、太一は呟いておいた。

ニュアンスからして相当エロそうな感じである。最早、完全に純情な乙女とは思えなかった。

「つーか、伊織。お前の方が美少女なんだから、そういうのに向いてるんじゃないのか?」

よくよく考えてみれば、といった体《てい》で稲葉が言う。

「ノン、ノン。わたしは脱いだらダメなアイドルタイプだから、確かに可愛さでは上でも、妖艶《ようえん》さみたいなのを感じさせたい時は稲葉んの方がいいんだって」

「こ、この二人、完全に脱ぐという前提で話しているじゃないか……!」

永瀬は外見に気を使っている様子もないので、そういうことには無関心なのかと思いきや、意外にきちんと自らの強みやらを分析《ぶんせき》しているようだ。実はノーメイクであるのも、自分を一番際立たせるための戦略なのではないかと思えてきてしまう。

まあ、なにも考えていないというのが正解なんだろうけど。

「理屈はわからんでもないが……。その前に、どうして妖艶さなんてものを要求するんだよ、高校生男子にそれほど需要《じゅよう》があるとは思えんぞ。普通に考えて、もっと健全な方がウケるだろ」

稲葉が言う。

「いや、案外、今時の高校生には大人っぽい魅力の方がウケるんだって、勘《かん》だけど」

「勘かよ」

永瀬の言葉にぼそっと太一がつっこむ。

と、女子陣二人の視線がばちりと太一に向けられた。

「おっと、そういえば高校生男子のサンプルがいるのを忘れていたな、太一はどっちの方が好きなんだ？」

稲葉が訊《たず》ねる。

「そうそう、太一はわたしと稲葉ん、どっちか選べって言われたらどっちに脱いで欲しいの？」

永瀬は質問が完全におかしい。

とにかく返答せざるを得ないのだろう、そう判断した太一は数秒ほど目を瞑《つぶ》って黙考し、答えた。

「そりゃ、全男子生徒の代弁をさせて貰えれば、『両方脱げ』ということに――」

そこまで言ったところで永瀬が割り込む。

「十五時五十五分、八重樫太一、『女子部員二人に対して服を脱ぐように要求ス』、と。稲葉ん、記録した？」

「もちろんだ。今月号の編集後記はこれで決まりだな」

にんまりと笑いながら稲葉はキーボードを叩いていた。

「い、一応言ったのは事実だから反論できない……」

どれだけ頑張ってもたぶん言い負かされるであろう太一は、がっくりと項垂《うなだ》れながら、改めて部活内の力関係を思い知らされていた。

それから永瀬が漫画を読み、稲葉がパソコンに向かい、太一が明日の授業の予習をする、というスタイルでダラダラと三十分ほどの時間が経過した。今日は部員五人全員が集まって話し合いをする日と決まっていたのだが、後の二人がやって来ない。

「そういや今日、青木《あおき》の様子がなんかヘンだったんだよなあ。体育で一緒だった時」

ふとペンを止めて、特に返事を期待するでもなく独《ひと》り言《ごと》のつもりで太一は呟いた。青木は一年一組で太一とは違うクラスであるが、山星高校では体育を二クラス合同で行うので、その時だけは一緒に授業を受けることになるのだ。

ピクリと反応した稲葉が、探るような視線で太一に訊ねる。

「唯《ゆい》の奴も、体育で見た時どことなくおかしかったんだが」

「そうなのか……。じゃあこれは、もしかするとなにかあったのか？　ついに青木の熱烈アタックが実ったとか」

「ふん、それだけはないな。少なくとも今のままじゃ、付き合うなんてこと一生かかっても無理だ。あいつが見落としていることに気づかない限り——」

太一と稲葉が、なかなか部室に現れない二名についての会話を交わしていた、まさにその時、控えめながちゃりという扉の開く音がした。

入り口から、残りの文研部員である青木義文《よしふみ》と桐山唯《きりやま》が、おぼつかない足取りで歩いてくる。

軽くパーマがかけられた少し長めの髪。いつもは人好きのする（悪く言えばへらへらした感じの）笑顔を浮かべ、全体的に気怠《けだる》げだが話しかけやすそうな（これも悪く言えば軽そうな感じの）印象を持つ、ほっそりとした長身優男体格の青木。

地毛なのだが光の当たり方加減ではかなり明るい栗色に見える、しっとりと艶《つや》のあるロングヘアー。キリッとした眉《まゆ》に、多少つり気味の力強そうな瞳。小柄な体格だが幼児体型という訳では決してなく、健康的に体を動かしていたことがはっきりとわかる、しなやかで引き締まった肉付きをし、全体的に活発な印象のある桐山。

両者とも見た目に違わず、普段は明るい性格をしている。

しかしなぜか、今日の二人は元気さの欠片《かけら》も感じられない、まさしく、衰弱《すいじゃく》しきった姿だった。

机の一辺に太一、永瀬、稲葉の三人が着き、青木と桐山がその向かい側に並んで座った。青木と桐山は顔面蒼白《そうはく》のまま、時折ちらちらとお互いの顔を確認し合っている。

「で、えーと？　どー……したのかな？」

なんとなく重苦しい雰囲気の中、永瀬が先陣を切って尋ねた。

「いや、まあ、それは話そうと思うんだけど、なんっつーかさ……」

青木が頭を掻《か》きながら言い淀《よど》む。いつもはわざと着崩しているとわかる制服が、今日は本当にただだらしなく見える。

隣の桐山は、机の隅っこに視線を落とし、いじいじと無意味に自分のロングヘアーを弄《もてあそ》んでいる。

「どうしたんだよ、本当に。なんか悩んでるんだったら相談してくれよ。ある程度は力になれるはずだぞ」

太一も二人を促《うなが》す。

「おう、それは、マジでサンキュ。うん、オーケー。今から話すわ。さっきみんなには話そうって二人で決めたんだが、いざとなるとちょっと、な。でもホント、これは誰かに言うとなると結構勇気がいるっつーか――」

「さっさと吐け」青木の声を遮《さえぎ》って、稲葉が鋭く声を放った。

青木が少々ビビり気味に「は、はいっ」と頷く。稲葉は相手がどんな状態でも容赦《ようしゃ》がない。

一つ呼吸を置き、青木は桐山の方を確認。桐山もそれに対して、渋面《じゅうめん》を作りながらもほんの少し顎《あご》を引いて頷き返す。そうしてから、青木が改めて口を開いた。

「実はオレ達昨日の夜――」

全員が息を呑み、室内が水を打ったように静まりかえる。青木はタメを作り、しっかりとその沈黙をいき渡らせる。そして、

「——魂が入れ替わってたんだ！」

そう叫んだ。

「は？」と稲葉。

「へ？」と太一。

「あっはっはっは……は？」と永瀬。

三者三様、とりあえず呆気《あっけ》に取られる。

「だからオレと唯の魂が入れ替わってたんだよ、マンガみてーに……だっ!?」

「おお、脳天唐竹割り《のうてんからたけわ》」稲葉が青木に叩き込んだチョップの正確さと鋭さに、太一は思わず感心した。

「な、なんだっての稲葉っちゃん!?」

「フリの割にボケが面白くなかったから」

「違うって！　断じてボケじゃないって！　大マジメに言ってるんだよ、オレはっ！」

「それより期待させておいてボケがすべると、稲葉に殴られるという事実の方が俺には衝撃なんだが……」太一はぼそりと口にしておいた。

「てかてか魂が入れ替わったのなら、今青木は唯ってことなんじゃないの？　その割にはバカっぽい話し方はいつも通りだし、バカ丸出しなところも全く変わってない気がするんだけど？」

「だから『入れ替わってた』で過去形なんだって！　今は元通りに戻ってんの！　後、

伊織ちゃんもさり気なく言葉のナイフを突き立てないで！　そういう無意識の言葉の暴力が一番危ないって学校で習わなかった⁉」

それからも青木は、無駄《むだ》に大きなジェスチャーを用いて、必死に『自分と桐山の魂が入れ替わっていた説』を訴える。確かに必死さは伝わったのだが、言っていることは全くもって荒唐無稽《こうとうむけい》で、太一達も困惑するばかりだ。

「ハイハイ、お前の話はとりあえずわかったよ……ったく。で、唯はなにか言っておくことあるか？　青木がお前と入れ替わったとか言ってる訳だが」

面倒臭そうにしながら、稲葉がまだ一言も発していない桐山に問う。

桐山は頭を抱えて俯《うつむ》き、いやいやと首を振る。いつも綺麗に整えられている栗色の髪が大分ぐしゃぐしゃになってから、やっとのことで固く閉ざしていた口を開いた。

「……やっぱり嘘《うそ》よ、あれが現実とかあり得ない。だっておかしいじゃない、あたしが青木で、青木があたしで……うん、ない。やっぱない！」

徐々に声を大きくしながら体を起こし、ついには勢いよく立ち上がり、言った。

「あれは、やっぱりただの悪夢よっ！」

バーン、という効果音が今にもつきそうなファイティングポーズを桐山は取っていた。

「オカルトなんて信じない！　科学に解明できないものはなし！　よし、これが結論！　青木！　勝手にあんたの変な妄想《もうそう》に巻き込まないでくれるっ！　入れ替わり？　はっ、そんなあり得ない設定、今時流行《はや》らないわよっ！」

「う、裏切られた⁉　さっきはお互いアレが事実だったたって確認したじゃん⁉」

「それは一時の気の迷いなのっ！　あの時のあたしは責任能力ゼロよ！」

「よくわからんが、清々《すがすが》しいほどの開き直り方だということだけはわかる」

不要な気もしたが、一応太一は言っておく。

「あれはやっぱ夢だったたっつーの⁉」

「その通り！　ちょっとリアリティ成分が多めの夢よ！　さあ、青木！　あんたも目を覚ましなさいっ！」桐山は、若干躁《そう》状態に突入したようなおかしなテンションになってきていた。

「～～～っじゃあオレ達は同じような夢を見て、しかもその夢の中で『入れ替わってた』と感じていた時間の認識が一緒で、お互い部屋入ったことねえはずなのに夢の中で見た間取りが完璧に正確で、オレが入れ替わって唯になってた時に動かしちまったたって言った部屋のもんも、偶然同じように現実世界で動いてたって？」

「そんなもの偶然に偶然と偶然が重なっただけよ！　そう、つまりはミラクルね！」

「だからミラクルでオレ達の魂が入れ替わっちゃったっていう――」

「なんであたしとあんたなのよっ⁉」

嚙《か》みつかんばかりに桐山が吠《ほ》える。

「まあ、それはアレじゃね？　運命っつーか、前世からの因縁《いんねん》っつーか。だからもう、このまま付き合ったらいいじゃ～ん」

「なんで行き着く先がそこなんだよ」と太一はつっこむ。当人達には全く聞こえていないようだが。

「ひいいいいいい！　そんなことを言い出すから嫌なのよっ！」

桐山は部屋の隅へと戦《おのの》き戦き後ずさる。

「……結局なんなんだ、お前らは？　妙な妄想というか幻覚を見たと言うなら、それはそれで話を聞いてやるから」

稲葉が心底呆れたように呟いた。

「そんな必要ないわよ、稲葉！　青木とあたしの魂が入れ替わったなんて事実ありませんから！　伊織と入れ替わるならまだしも青木となんて認めませんから！　断固拒否！絶対拒否！　シャットアウト！」

変態がキモイ言いがかりつけてくるよ～、と泣きながら桐山は永瀬にがばりと飛びつく。永瀬は「はいはい、どーどー」と、じゃれつく犬をなだめるみたいに桐山の背中を撫でていた。

「え？　結局認めてくれないのってオレだから……？」

がくーん、と肩を落とした青木に、太一はドンマイと声をかけてやる。事情はよく飲み込めないが、青木の憐《あわ》れさ加減は太一にも伝わった。

とにかくそうやって青木と桐山は「昨日魂が入れ替わった」「入れ替わってない」の押し問答を続ける、続ける、続ける、続ける……。

それを、太一と永瀬が「なんか変なものでも食べたんじゃないのか」などと適当に言い合いつつ静観《せいかん》していると、ついに稲葉がキレた。

「とりあえず頭冷やしてこいっっっっ！　今日はこれで解散っっっっ！」

そんな副部長の一言で、定例部会は明日に持ち越されることとなった。

二章　「お」から始まる『アレ』

昨日延期された定例部会を行うために、文化研究部《ぶんかけんきゅうぶ》のメンバーは部室に集合していた。もちろん八重樫太一《やえがしたいち》もだ。

五人は既に長方形の机を挟んで席に着いている。今日は青木義文《あおきよしふみ》も桐山唯《きりやまゆい》も、気まずげな空気を漂《ただよ》わせてはいるものの、とりあえず大人しくしていた。

少なくとも太一は、今日になってからまだ昨日の件について触れていない。腫《は》れ物扱いになっている感があったからだ。どこかギクシャクした、部室棟四〇一号室であった。

そんな嫌な空気を気にする様子も見せず、副部長、稲葉姫子《いなばひめこ》が部会を開始させる。

「さて、じゃあ部会を始めようか。まずは——」

「あっ！　教室に忘れ物があった！」

流れをぶった切って部長の永瀬伊織《ながせいおり》が突然言った。

「くっ、せっかく今日はまともにやろうと思ったのに出鼻をくじくんじゃねえよ！」

半ギレになる稲葉。

「稲葉ん。ドンマイ、ドンマイ」

「お前は自分のせいだということを認識してるか!?」

「で、稲葉ん。取りに行ってきてもいい？」

邪気《じゃき》のない子供のようなニコニコ顔で永瀬は言う。もちろんそんなはずないのに、括《くく》られた後ろ髪がぴょこぴょこ跳ねているようにすら見える。

「んなもん後にっ……いや、もう、行ってこい……」

「イエッサー！」

「アタシはサーじゃない……って聞いてないか」

稲葉の最後の言葉を待たず、永瀬は部室を飛び出していった。

「ふふっ、稲葉も伊織だけにはお手上げね」

今日部室に来てから初めて表情を緩《ゆる》めた桐山が言った。

「お手上げってほどじゃないが……手を焼いてるのは事実かもな」

稲葉も嘆息《たんそく》混じりに応じる。

なんとなく、場の空気が弛緩《しかん》していた。

そうなってくると、青木もいつもの調子を取り戻してきて、しょーもないボケを言い始める。桐山と太一がそれにつっこむ。

部室がいつも通りの温度感に、戻っていく。

「……あいつはこれを狙ってやってそうだから扱いに困るんだよな」

ぽつりと稲葉の口から漏《も》れた声が、太一の耳に届いた、その、刹那《せつな》——

——世界が暗転した。


気づくと、世界が横向きになっていた。

……いや、自分の頭が横向きになっているだけか。と、太一はすぐ当たり前のことに思い当たる。

どうやら椅子《いす》にも座らず、机にべったりと頰《ほほ》をつけて寄りかかっているようだ。

太一は体を起こし、辺りを見渡す。

教室、だった。

部室では、なかった。

人影はない。グラウンドからどこかの部がランニングをするかけ声が、バットでボールを打つ音が、聞こえる。

ぐわんと少し頭が揺れたので、とっさに太一は机に手をつく。視界に違和感《いわかん》がある。頭が揺れた影響か、いや、それ以上のなにかがあるように思える。

自分は部室棟四階、文研部の部室にいたはずだった。それは間違いない。今の今まで稲葉達と喋《しゃべ》っていたのだから。しかしなぜか、今この瞬間には教室にいる。

なにが、起こったのか。

現状を把握《はあく》しようと、太一は教室を改めて見回す。

配置された机の感じ、張られた掲示物、黒板《こくばん》の隅に書かれた諸連絡、端《はし》に据《す》えられた小さな本棚。

どれもが太一にとって見慣れたものだった。

つまりここは、太一のクラス、一年三組だ。

部室からは、どんなに頑張っても数分はかかってしまうはずの、場所。

ぞくり。嫌な鳥肌《とりはだ》が立った。

自分は、一瞬で部室からこの教室まで移動してしまったのか。それとも、この教室まで自力で来たが、なんらかの事態が発生しここに至るまでの記憶がすっぽり抜け落ちてしまったのか。はたまた、実は部室にいたというのが現実ではなく夢の中の出来事で、自分は教室で居眠りをしていただけなのか。そのどれでも、ないのか。

「いったいなにが……お？」

余りにも、衝撃的だった。

太一は驚愕《きょうがく》に全身を震わせつつ自分の口に手をやる。

「嘘《うそ》だろ……」呟《つぶや》くと同時、今度は首元に手を持っていく。

喉仏《のどぼとけ》の隆起《りゅうき》がほとんど感じられない、まるで女の子みたいになめらかな首だった。

先ほど自らの口から発し、聞こえてきたその声を、聞き間違いだろうと、太一は心の中で否定しようと試《こころ》みる。試みるのだが、できない。理性が言っている、それは聞き間違いなどではない、と。

どうして自分の声がやわらかくてなめらかな女の子みたいな声になっているのか。

これは夢の中なのか?

否、それはない。この感覚、この質感は夢なんかじゃ絶対にあり得ない、現実だ。

落ち着け、太一は自分の中で何度もそう繰り返す。妄想《もうそう》が変な方向にいかないようにコントロールしようとする。だが、どうにも止まらない、止まってくれない。

昨日、青木が言っていたことが、脳裏《のうり》にちらつく。

なんにせよ、確かめてみないことには始まらない。そう思った太一は、一度大きく息を吸い込み、吐いてから、ゆっくりと自分の足元を見る。

腰から膝《ひざ》にかけてが筒状の衣服、通常ならばほぼ間違いなく女性しか穿《は》かないはずのもの、つまりは、――スカートで覆われている。

そして、スカートから下には白くほっそりとした足が少し覗《のぞ》き、更にそこから下は黒のハイソックスがしなやかな足を包んでいた。

「ああ」と太一は呻《うめ》く。だがその声は太一の声ではない。いや、今はこの声こそが太一の声と言うべきなのか。

今度はぐっと顎《あご》を引き、自分の上半身を包んでいる『もの』を両手で引っ張りながら確認する。

見紛《みまが》いようもなく山星高校《やまぼしこうこう》の制服、ただし――女子生徒用。

ぐるぐると頭の中に渦《うず》が巻く。

状態が、状況が、現状が、局面が、掴《つか》めない。

いや正確に言えば、もしかしたらこうではないのかという結論は、もう、圧倒的な存在感をもって頭の中に浮かんでいる。浮かんでいるのだが、その結論に、今まで人間生活の営みの中で築き上げてきたなにかが、靄《もや》をかけようと水蒸気を放出し続けている。

しかし現実は、残酷《ざんこく》に、真実を太一の眼前に突きつける。

男なら、八重樫太一なら絶対にあるはずのない、あってはならないものが、さっきから太一の視界にちらつくのだ。

胸板が、膨《ふく》らんでいた。

腫《は》れている、なんてレベルじゃない。いくら胸に強い衝撃を受けようとも、この尋《じん》常《じょう》ではない膨らみは、明らかに一般男子の胸筋《きょうきん》ではまかなえない量である。

疑いようもなく、いわゆる、本来女性にしか付いていないはずの、「お」から始まる『アレ』であろう。

もし仮にこれが本物であったならば、そういう、こ、と、だ、と、認めなくてはならない。

太一はゴクリと生唾《なまつば》を飲み込み、心を落ち着かせる。

やがて意を決すると、太一は、自分の両手を胸の前に持ってきて、右手で右の山を、左手で左の山を掴み、揉《も》んだ。

もにゅ、もにゅ、もにゅ、もにゅ……。

とろけるようなやわらかさでありながら、それでいてしっかりとした弾力を併《あわ》せ持ち、指の間からこぼれ落ちそうなのに、それでも決してこぼれ落ちない、不思議な、なんとも例えようのない感触だった。

まさに、未知との遭遇《そうぐう》。太一は十六年間の人生において、本物を触ったことがある訳ではなかったのだが、それでも確信した。

これは本物の、「お」から始まる『アレ』に相違《そうい》ない。

そして、「お」から始まる『アレ』を揉むたびに、こそばゆい感覚が自分に伝わってきている。つまりこれは、ただくっついているだけの飾りではなく――そう太一が思いかけた、その時。

がらりと教室の扉が開く。教室に入ってきた人物と太一の目が、合う。

現在自身が置かれた状況自体にいっぱいいっぱいだった太一は、更に突きつけられた次の展開に対して、リアクションを取ることすらままならないでいた。

同様に、教室に入ってきた時の姿勢のまま固まっているのは、しっとり黒髪を後ろで纏《まと》め上げた、メガネがトレードマークの一年三組学級委員長、藤島麻衣子《ふじしままいこ》。

そのままお互いに無言で数秒間見つめ合った後、藤島の方がゆっくり口を開く。

「私は、その……、外から教室の窓が開けっ放しなのが見えたから、閉めようと思って戻ってきたんだけど。予報じゃ今日の夜、雨が降るらしいし……。それで【永瀬さん】は……いったいなにをしているのかしら？」

──藤島は、太一のことを、【永瀬】と呼んだ。

自分は【永瀬】ではない、八重樫太一のはずだ。でも今は──【永瀬伊織】なのか。

「見たまんまを言わせてもらえば、自分で自分の胸を揉みしだいているように見えるんだけど……」

藤島に言われて、太一はまだ手で胸を鷲《わし》掴みにしていたことに気づき、慌てて手を放した。メモリ不足で頭が正常に作動していない感はあるが、なんとなく不味《まず》い、ということだけは理解できた。

「……」「……」

藤島は、太一を見定めるかのようにじーっとメガネの奥の瞳《ひとみ》を輝かせる。太一は逃げだそうにも逃げ出せず、ただ固まるばかりだ。

教室内に漂う重苦しい沈黙。

しかし藤島は、それを予想外の一撃で蹴破《けやぶ》った。

「揉んであげようか？」

「…………………………え？」

なんだこの展開は。

「だから、自分でやるより人にやってもらった方がいいじゃない、色々と」

「いえ、間に合ってますんで」

『色々』の部分が非常に気になったが、ひとまず拒否しておいた。

「遠慮しなくても大丈夫よ。私、結構自信あるから」

ずい、と藤島は一歩前に出る。

「ふ、藤島？」

藤島に妙なスイッチが入ってしまったようだ。

普段は模範《もはん》的優等生の委員長が初めて見せた、かなり妖《あや》しげな顔に、太一は面食らってしまう。

ずんずんと太一の方に突き進んでくる藤島。

これはもしかすると、貞操《ていそう》の危機を迎えているのかもしれない。しかしこの場合の貞操とはいったい誰《だれ》のもので……いや、そんなことはどうでもいい。太一は焦《あせ》った。

「い、いったん落ち着こう、藤島！　落ち着いて話し合えばわかり合えるはずだ！」

「ええ、話し合いましょう！　……体で！」

「か、体!?　ちょ、ちょっと待って！」

なにが、どうなったら、こんな状況になるというのだ。

自分自身の体に起こった衝撃的な事態の把握すら、行えていないというのに。

すると再び、誰かがもの凄い勢いで教室へと駆け込んできた。

「太――――一！」

息を弾ませながら大声を上げたその人物は――、【八重樫太一】だった。いや、『【八重樫太一の身体】を持った誰か』と言うべきか。

太一はまだ当惑《とうわく》しきっている頭で、できる限りの推測を行う。

藤島は太一のことを、【永瀬】と呼んだ。となれば、なんの捻《ひね》りもなく、非科学的だと拒絶することもなく、全てをありのままに受け入れて考えると、今教室に入ってきた【太一の身体】を動かしているのは、――永瀬ということになるのか。

「や、【八重樫君】っ!?」

突然の乱入者である【太一】に狼狽《ろうばい》する藤島。

「藤島さんっ！　なんか太一……じゃなくてわたし……でもなくて【永瀬伊織】に用があったんならゴメンっ！　緊急事態だから連れて行くね。ほらっ、さっさと来る！」

自分ではない誰かの意志で動く【太一】が、恐らくは【永瀬】の姿形をしているであろう太一の元まで来ると、その腕を引っ張って連れ去ろうとする。

と、反対側の腕を藤島が掴んだ。

「なっ、なんなの!?　【八重樫君】!?　今大事なところなのよっ！」

「確かにもう少しで一大事が起こりそうだったけれども！　離してくれ、藤島！　俺は行かなくちゃならないんだっ」と言ったのは太一【永瀬】。

「ほら太一も……じゃなくて【永瀬】も言ってるでしょ！」と言う永瀬【太一】。

「なんか二人とも話し方がおかしくない!?　とにかく永瀬さんを連れて行くならちゃん

と理由を言って行きなさい！」あくまで藤島は抵抗の意志を見せ続ける。

「くっ、こーなったら……これでも喰らえ！」

叫ぶと同時に、永瀬【太一】が藤島に飛びかかった。

「こちょこちょこちょこちょ……」

「やっ、うひゃ、やめて——っ！　わっ……脇腹《わきばら》はぁぁぁあひゃひゃ……て、ていうか【八重樫君】のせ、セクハラぁ！　……っあははは、や、やめ……」

「お、おい！　永瀬！　お前永瀬なんだろ!?　とりあえず今のお前は【俺】なんだからあんまり変な真似《まね》はよせっ！」

一年三組の教室は、阿鼻叫喚地獄絵図《あびきょうかんじごくえず》と化していた。


「で、今度はなんの冗談《じょうだん》？」

冷たい視線を太一達に浴《あ》びせかけながら稲葉が言った。

【太一】と【永瀬】は部室に戻ってくるなりお互いに現状を確認。途中、鏡を見せ合って叫び声を上げるなど、てんやわんやしたところもあったが、今は落ち着いている。

永瀬によれば、永瀬も教室にいたところ急に視界が真っ暗になり、気づいたら部室で稲葉達と対面していたらしい。ちなみにその様子を見ていた稲葉達が言うには、座っていた【太一の身体】が突然意識を失ったようにがくんと前向きに折れ、その後またすぐむくりと起き上がったということだ。

それから永瀬はしばらくパニックに陥《おちい》っていたのだが、昨日の青木の話を思い出し、もしかしたらと【永瀬】がいるはずの教室に走った……というのが今までの流れであるらしい。

「いやー、魂っていうか中身が入れ替わっちゃったみたいだねー、わたしと太一」

あはは、と永瀬【太一】は信じられないくらいの軽ノリで明るく笑う。

「た、太一の屈託《くったく》のない笑顔って珍しくない？　いつもはどっかひねた笑い方なのに」

目をぱちぱちと瞬《またた》かせながら桐山が呟く。

「確かに。てか、素材は悪くないんだからいつもこんな風に笑ってりゃ、スゲーモテそうな気がすんね」

追随《ついずい》して青木も言う。

「普段の俺の笑い方ってそんなに酷《ひど》いのか……？　普通に笑ってるつもりなんだが……」

「〰〰〰っんなことどうでもいいだろうがっ！　話題を変えるな！」

どごん、と稲葉が机に拳《こぶし》を落とす。

「——っつ……」

「今絶対、手、痛かったろ？」

「こんのっ、黙れ——」と稲葉は太一【永瀬】に向かって一発地獄突きをかまそうとして「——ええいいいいい」とギリギリのところで自分の体をくるりと回転させ、貫手《ぬきて》を太一に当たる軌道《きどう》から逸《そ》らせた。

稲葉はバレリーナのような形で手を広げたまま固まる。羞恥《しゅうち》のためか、怒りのためか、顔がヒクヒクと痙攣《けいれん》している。

「稲葉ん、一人で楽しそうだね」

永瀬【太一】がぶすりととどめを刺した。

「今のはアレだ、たぶん太一が得意としてるぼそっと余計なつっこみをやられたもんだから、それに対して稲葉っちゃんが、いつもの感じで物理攻撃加えようと思ったら姿形は伊織ちゃんじゃーん……ってことに気づいて途中で自重したと予想するね、オレは」

「青木如《ごと》きに上から目線で語られてる稲葉が憐《あわ》れだわ……」

青木、桐山も続く。散々な言われようだった。

稲葉は顔を引きつらせながら姿勢を正し、自らを律するように、深呼吸。

「でもあんな愉快な稲葉は初めて見たな」

太一【永瀬】が思ったことをそのまま言う。と同時、ギロリと稲葉は太一に鋭い眼光を向けた。

「……後で覚えておけよ。たい……」そこまで言いかけて、稲葉は目を見開いて口をつぐんだ。

それを待っていた、と言わんばかりに永瀬【太一】はにやっと笑った。

「稲葉ん、今、思いっきり【永瀬伊織】の方を見ながら太一って言おうとしたよね？」

永瀬伊織、たぶん部内で唯一稲葉に対抗できる存在。

「ぐっ」と稲葉は苦虫を噛《か》み潰したような顔をする。「それは……お前らが変な演技するから……」

「太一がさあ、こんな器用にわたしの、永瀬伊織のモノマネできると思う？」

【太一の姿】をした永瀬が、ずいと稲葉に迫る。姿形も、声も【太一】のものであるのに、その仕草や話し方は、確実に永瀬のものだと感じられる。

「稲葉、信じられないだろうけど、というか俺もまだ信じられないんだけど、信じてくれ。俺が太一でこっちの【八重樫太一】が永瀬なんだ」

太一【永瀬】も、自分ならざる高音の声に違和感を覚えながら主張した。

稲葉は、ぎりっと爪を噛んでから矛先《ほこさき》を変える。

「唯と青木はどう思うんだ？　昨日は二人して、いや、青木だけだったか、魂が入れ替わってどうとかこうとか言ってた張本人だろ？」

「ああ、間違いなく太一と伊織ちゃんは入れ替わってるね。経験者はかく語りき、ってヤツだわ。もち唯もそう思うだろ？」

「うう……認めるしか……ないわね……」

「昨日はあれだけ否定していたのにか」憎々しげに稲葉が言う。

「だから断腸《だんちょう》の思いよっ！　あたしだって！」

ばんっと机に両手をついて桐山が立ち上がった。栗色の長髪が激しく揺れる。

「おっ、その感じだと、一昨日《おととい》の夜のオレと唯の入れ替わりも認める方向ってことか」

へらりと青木に笑いかけられ、桐山はもの凄く嫌そうな顔をしたが、「そうよ……」と小さな声で頷《うなず》いた。

「だって……やっぱあれが夢っておかしいもの。それに伊織と太一も中身が入れ替わったとか言い出したら……」

「おい……みんな本気で言ってるのか？　魂が入れ替わったって、そんなおとぎ話が現実に……」

稲葉の信じられないという気持ちもわかる。『魂入れ替わり現象』など、聞いただけで承認できるようなことでは決してないはずだ。

しかし、いくらあってはならない常識を逸脱《いつだつ》した事実であっても、それに触れてしまった人間にとっては、案外簡単に真実だと受け入れてしまうことができるものだ。

頭で考えているだけではどんなにあり得ない世界も、足を踏み入れてしまえば、なんてことない、ただの、普通の、世界だ。

稲葉が他の四人の顔を見渡していくと、それぞれが一つずつ頷いて見せた。

「お前らあっさり認め過ぎじゃないか……？　もうちょっと慌てるとかなんかあるだろうが」

「いや〜、これがなってみると『あ、え、そうなんだ〜』って感じなんだってば」

「永瀬、全く説明になってないぞ」太一【永瀬】がつっこむ。

「あ、頭痛くなってきた……。しかしこのままだと埒《らち》が明かんのも事実、か。……もう一度確認するが、お前らはおふざけでもなんでもなくて、本っっっ当に伊織と太一の魂というか人格が入れ替わったって言うんだな？」

「だから、姿形はどう見ても【永瀬】だが、俺は八重樫太一だぞ」

「ということは、その【伊織の身体】を持つお前は、太一しか知らないはずの事実を知っていて、【太一の身体】を持つお前は、伊織しか知らないはずの事実を知っている、ということだな」

本人しか知らないはずの情報で真偽《しんぎ》を見極めるということらしい。

「確かにそれが一番わかりやすいやり方だな。なんでもいいから質問してくれ、答えるぞ。……と言っても俺と稲葉が共通に知っていて、永瀬が知らないことっていうチョイスは難しくないか……？」

しかし太一の心配をよそに、稲葉は「あー、それなら大丈夫だ」と自信ありげに手をひらひらとさせる。

「よし、じゃあ今からアタシがする質問に答えろ。即答しか認めんからな」

身を乗り出して、稲葉が顔を寄せる。同じ高一とは思えない色っぽさにどぎまぎしながらも、太一【永瀬】はしっかりとその視線を受け止める。

「どんとこい」

「コンマ数秒で答えろよ？」

なぜか稲葉は執拗《しつよう》に念を押す。

「わかったって」

「よし、じゃあいくぞ」そう言い大きく息を吸い込んでから——、
稲葉は一気に早口で言い切った！

「最近太一が青木から借りたアダルトビデオのタイトルは!?」

「『巨乳女子こ……』って、お前なにを言わそうとしてんだよっ！　だ、第一答えがわからないだろっ、稲葉にはっ！」

思わず恥ずかしいタイトルを口にしそうになって、太一【永瀬】は焦った。

「おお～、こんなに声を荒げて慌てるのって太一にしては珍しくね？　……てかそんなことよりなんで稲葉っちゃんはオレ達の取引関係把握してんの!?」

「そこは今関係ない。そして答え合わせは青木がやってくれる。で、太一。答えは？」

稲葉は真面目な顔をしているのだが、目の奥にはどこか愉悦《ゆえつ》の色も見てとれる。

太一はちらりちらりと桐山と永瀬【太一】の方を確認する。桐山は顔を真っ赤にして太一の方を凝視し、永瀬は「巨乳ねえ……」と呟きながらジト目を太一に向けていた。

しかも、永瀬は【太一の姿形】をしている訳だから、尚のこと居心地が悪い。

「あ、あの、稲葉さん。青木に耳打ちするという形で勘弁してもらえませんか……？」

しばしの沈黙の後、稲葉はくいと顎を青木の方にしゃくった。

ほっとすると同時、稲葉の気が変わる前に、と太一【永瀬】は急いで青木の側に行って、正解を耳打ち。

「どうだった、青木？」

「大正解であります、稲葉隊長！　後、エロい単語が【伊織ちゃん】の声で聞けてちょっとおいしかったです！」

青木のアホな発言に、永瀬【太一】は「あれ？　なにこれ？　なんかすっげー損した気分になる。後で金品請求しようかな」とよくわからない感情を抱いているらしかった。

「さて、うちの野郎共二人が巨乳好きとわかったところで、次は【太一の姿をした奴】が伊織かどうか確かめようか」

「ま、まさか稲葉は俺たちの言うことが真実かどうか検証しつつ、さっき小バカにされた復讐《ふくしゅう》も同時進行させようとしているのか……？」

余りの恐ろしさに、太一【永瀬】は戦々恐々《せんせんきょうきょう》としながら呻く。

「ぜ、絶対稲葉だけは敵に回したくないわね」

どうやら桐山も稲葉への恐怖を深めたようだった。

稲葉はすくっと立ち上がると、座ったままの【太一】の外見をした永瀬の横に付き、耳元でぼそぼそとなにかを囁《ささや》く。すると……。

「ぶっ!?　ごほっ……ごほっ、ちょ……、い、稲葉んそれホントなの!?」

「本当だ」きっぱり断言する稲葉。

「そ、そんな……そんなこと今言わなくたって……」

手を目のところにやりながら、ずるずると永瀬【太一】は椅子をずり落ちていく。相当ショッキングなことを耳打ちされたようだ。

「でも……こうやってわたし達は大人になっていくんだろうね……ぐすっ」

いったいなにを言えばこんな状態になるのだろうか。甚《はなは》だしく気になるところである。

稲葉は表情を変えずに自分の席に戻ると、ぐっと背もたれに体重を預け、一度天井《てんじよう》を仰ぎ、呟いた。

「人格が入れ替わった、か。……認めるよ」

おお、と稲葉が折れたことに他の四人から歓声が上がった。

「演技でも太一があんな表情豊かなリアクションを取れる可能性と、人と人の間で人格が入れ替わる可能性を考えたら、後者の方がまだありそうだということになった」

「その見解に俺はどうリアクションしたらいいんだ……。しかも他の三人もなに『なるほど、その手があったか』みたいな顔で頷いてるんだよ……」

自分のことを皆はどう思っているのか、太一は今すぐにでも問いただしたい気分であった。

「で、伊織と太一で人格が入れ替わったってのは一応わかった。……わかったことにしてやる。……それでお前らはこれからどうするつもりなんだ?」

今更ながら稲葉は、当たり前に最も考えなければならないことを話題に出した。

「うへー、どうしますかな?」永瀬【太一】はへらへらと笑う。

「お前、なんで今日はそんな能天気キャラなんだよ……」稲葉も呆れ気味だ。

「その前に青木と桐山が入れ替わった時の話を聞かせてくれ。後で元に戻ったんだろ?」

いくらなんでもそこまで楽観的にはなれない太一【永瀬】が聞いた。

「うーん、なんてーか……一昨日の夜中三時頃だっけ? 部屋で寝てたら急に目が覚めたんだけど、寝心地とか変な感じすんなー、と思って部屋とか見回したら全く見たことない部屋にいたんだよ。で、軽くパニックになりながら部屋の確認をしてたら、あーら不思議、鏡に映ってる姿、【唯】じゃね? ってことで更なるパニックに襲われて、ぬがーってなってたら、また知らぬ間に元に戻って家のベッドにいた……つー感じ。唯もおんなじような感じだろ?」

「まあ、だいたいはね……。少し違うのは、あたしの場合これは悪い夢だと思ったから、自分の顔を鏡で見た瞬間すぐにベッドに潜り込んだ。ホント……、自分のベッドじゃないとかどうでもよかったから。……それと、あたしがまた自分の部屋に戻れたら……うん、【あたしの身体】に戻ったら、部屋の中がぐっちゃぐっちゃになってたわ」

桐山は非難がましい視線を青木に向ける。

「そ、その件については面目ねえ」と青木は平謝り。

「ふーん、じゃその入れ替わってる時間ってどのくらいだったの?」

永瀬【太一】が青木に向かって尋ねた。

「一時間とかは経ってなかったはずで、三、四十分てとこかなぁ」

「三、四十分間だけとはまた奇っ怪な現象だな。もちろん現象自体の方が奇々怪々なんだが……」

しかめっ面で稲葉が言う。

「それはやっぱ時間が関係してんのかな。それともなにかきっかけが――」

最後まで言い切るその直前。ぶつりと、コンセントを無理矢理引き抜かれたように、太一の視界が、意識が、途切れた。


「――おいっ！　大丈夫かっ！」

そう叫ぶ声が、ガンガンと酷く頭に響いて、太一は眉間《みけん》にシワを寄せながら目を開く。

暗闇は瞬時に消え失せ、先ほどとなんら変わらぬ部室の光景が目の前に――いや、違う。

今の今まで斜向《はすむ》かいにいたはずの稲葉が真正面に見えるし、青木と桐山の位置も変わっているし、【永瀬】が、永瀬の外見をした存在が太一を見つめている。

ということは即ち。

「「元に戻った！」」

顔をぱっと輝かせた永瀬と共に太一は叫んだ。

「ホントかよ……」呟きながら稲葉はずるりと腰を滑らせていた。

結局その日も、最後に副部長稲葉から「現段階ではこの『人格入れ替わり現象』について、ここだけの話に留《とど》めて置くように」とのお達しが下った後、お開きとなった。

三章　そいつ曰く、なかなか面白い人間達

八重樫太一《やえがしたいち》は朝学校に到着すると、教室を経由せず部室棟四階、文研部《ぶんけんぶ》部室に向かった。理由は登校中、桐山唯《きりやまゆい》より『学校に到着次第即刻部室に集合！（強制）』なるメールが届いたからだ。

自分と永瀬《ながせ》の人格が入れ替わった昨日の今日である。嫌な予感がしないという方がおかしい。

部屋に入ると、ぼけーっと焦点《しょうてん》の定まらない目をした永瀬伊織《いおり》がソファーに身を預けていた。いつもの溢《あふ》れ出るような輝きが、少し陰っているように見える。余りに脱力しているせいであろうか、存在まで虚《うつ》ろに感じられる気がした。

「おはよう、永瀬……でいいよな？」

普通ならあり得ない疑問系の挨拶《あいさつ》を、太一は意図せずしてしまう。

「うっす、太一。太一も太一で……いいよね？」

おかしな会話である。

ほんの一分ほどで続いての人間が部室に到着。

「うぇいっす、青……」言いかけて永瀬は言葉を切った。

部室に入ってきた青木義文《あおきよしふみ》は、倒れる寸前の貧血病患者のような姿なのだ。

それはまるで、一昨日《おととい》にあった光景の繰り返しのようでもあって。

「だ、大丈夫か……？」太一は恐る恐る声をかける。

「おっけー……だいじょーぶ……な訳ないでしょっっっっっ！」

青木はもちろん、（異様に疲れ切った表情をしていることを除けば）いつも通りの長身チャラい系優男なのだが、なぜかその口調は——。

「もしかして、えーと……、唯、……なのかなー？　なんちゃって」

永瀬がわざとらしい明るめの声で訊《き》く。

三日前、青木と入れ替わったという桐山唯。

その入れ替わりが、再び、起こったというのか。

「そうよっ！　あたしは桐山唯よっ！　ああ、もういや……。もう耐えられない……」

わなわな【青木】とも桐山とも言える存在は震える。

いくら「あたしは桐山唯よっ！」などと叫ばれようが、その外見は丸きり【青木】であって、桐山と見ようとしてもなかなか難しいものがある。ふざけてオカマ口調で喋《しゃべ》る【青木】、という風に感じられなくもない。だがしかし、体から溢れ出る切実さには確かなものがあって、決して冗談《じょうだん》などではないとわかる。

「とりあえず落ち着け、桐山。青木と入れ替わったのはわかったから」

しかし我慢の限界を迎えたのか、太一のなだめも空《むな》しく桐山【青木】は爆発した。

「なんなの!? なんで青木となの!? どうしてこんな【可愛《かわい》くない身体】にあたしがならなきゃいけないの!? どうして伊織と入れ替わらせてくれないのっ!?」

「それはキレる場所がおかしくないか……?」

というか間違いなくおかしかった。

「おっは〜す」

そして、続いて入ってきた人物の間延びした挨拶に、部屋にいた三人が凍り付く。

「いやいや今日も朝からこれって先が思いやられるわ。……って、ん? なに? どったの? 幽霊でも見たような顔しちゃって」

その軽い口調の言葉を、女性にしては少し低めの声で発していたのは——、【稲葉姫子《いなばひめこ》】であった。今の今まで稲葉の口からは一度も聞いたことのない、青木を彷彿とさせるような話し方だった。

ばたん！ と大きな音を立てて最後のメンバーが部室に到着した。はぁ、はぁと肩で息をしている。

細い首をこくんと動かし唾《つば》を飲み込んでから、その人物、——【桐山唯の姿】である人物は叫んだ。

「お、お前らの言ってること、本当だったんだな……！ あ、アタシ……【唯】になっちまった！」

「こういう」太一が言い、

「パターンも」永瀬が続けて、

「あるんだな……」太一が締めた。

この、桐山の人格が【青木の身体】に、青木の人格は【稲葉の身体】に、稲葉の人格は【桐山の身体】に移り変わるというまさかの緊急事態発生に、文研部全会一致で、一時間目の集団サボりが決議《けつぎ》されたのであった。

□■□■□

その日の昼休み、太一、永瀬、稲葉の三人は担任に職員室へと呼び出されていた。

理由は文研部員五人全員が一、二時間目を無断欠席し、三時間目から出席しているのが把握《はあく》されたからである。

「うん、まあ、アレだ。別に必要ないとは思うんだが、俺も体面があるしな。一応事情聴取《ちょうしゅ》しているポーズだけは取らせてくれよ。あ、俺は飯食うぞ。蕎麦《そば》だからな、蕎麦。伸びるもん」

周りに生徒三人を立たせ、一年三組担任の物理教師、後藤龍善《ごとうりゅうぜん》（通称ごっさん）は、学内の食堂から職員室まで出前させた丼鉢《どんぶりばち》のラップをぺりぺりと剥《は》がす。

「わたしもお腹減ったな……」太一の隣にいる永瀬が小声で呟《つぶや》いた。

「まあ普段は真面目なお前らのことだから気になるっちゃ気になるんだが……ごはっ！　ゴホッ、ゴホッ！　……あー、咽《む》せた。つか熱いもの食べる時一口目って必ず咽せるよな？　え、みんなは違うの？」

「さっさと用件を済ませろ、後藤」

「稲葉。何度も繰り返すが、俺はフランクで親しみやすい教師を目指しているから生徒達にも『ごっさん』なぞと呼ばせているが、呼び捨てしていいと言った覚えはないぞ」

実際その言葉通り生徒とも友達感覚で接するスタイルを貫く後藤は、生徒達からの人気も高かった。二十代半ばと若く、生徒と感性が近いことも影響しているのだろう。

「そんな偉そうなことを言うのは、きちんと自分の仕事を全うしてからにしろ。文化祭でクラスの会計処理を結局やったのは誰《だれ》だ、後藤」

「あ、その節は大変お世話になりまして、稲葉さん、ははは。……後できればそのことはあんまり他の先生のいるところで言わないでね」

少々友達感覚過ぎて、教育者としては問題アリな気もするが。

後藤はズルズルと麺を啜《すす》り、それを口に含んだまま汁を一口。

きゅ～と可愛らしくお腹の鳴る音が永瀬から聞こえた。太一が横目で見ると、恥ずかしさを誤魔化《ごまか》すためか、ぺろりと舌を出していた。いちいち可愛いから困る。

「それで、なんだっけ？　あ、そうそう。結局お前らなにしてたんだ？　青木と桐山の

奴も一、二サボりの三から出席らしいじゃないか。全員文研部員だし。文研部顧問《こもん》としてもこれは由々《ゆゆ》しき事態だぞ。……みたいな感じで一応それらしく言っておこう」

後藤は文化研究部《ぶんかけんきゆうぶ》の顧問でもあるのだ。というより、今年から誕生した文化研究部の創設者が後藤なのであった。

「なんということはない。昨日五人で分けて食べた五個入りミニチョコパンが腐《くさ》ってて、全員腹を壊して遅刻した。ただそれだけだ」

稲葉は事務的な口調できっぱりと答えた。ちなみに稲葉からは太一、永瀬の二人に対して、余計なことを喋るなと箝口令《かんこうれい》が布《し》かれている。

「それって、青木と桐山に聞いても同じ答え返ってくる？　今、一組の平田《ひらた》先生に呼ばれてたみたいだけど」

「もちろん」

そこら辺は事前に打ち合わせ済みである。

「ふむふむ」後藤は蕎麦を咀嚼《そしやく》しながら、なにかを思案するようにしばらく視線を空中に彷徨《さまよ》わせた。

「まあそれを嘘《うそ》だと証明することはできん訳だし、お前らがそうだと言うならそういうことにしておこう。もう行っていいぞ」

後藤は持っていた箸《はし》でくいと出口の方を指した。

「ではそうさせてもらおう。行くぞ」稲葉のかけ声で、太一と永瀬も一礼してから出口へと向かう。

と、去り際に背を向けたまま後藤が一言。

「次、集団でサボるなりする時は、あんまり目立たないようにな」

これを生徒に理解があると言うか、ただいい加減なだけと言うかは、意見の分かれそうなところである。

失礼しました、と誰も聞いちゃいないが一応形だけでも声をかけてから、三人は職員室を辞した。

廊下に出ると、すぐに永瀬が口を開いた。

「流石《さすが》稲葉ん。よくもまあ、あれだけ堂々と嘘をつけるもんだ」

「真っ赤な嘘をつきながら、あそこまで傲岸不遜《ごうがんふそん》な態度を取れるんだからな」

「末は詐欺師《さぎし》か当たり屋かって感じだねぇ」

「お前ら褒《ほ》める気がないんなら止めろ！」

永瀬と太一が稲葉論評をしていると、当の本人である稲葉から横やりが入った。

「え、褒める気満々だよ？」永瀬が答える。

「……ちょっとマジなトーンじゃねえか」

しかしこうしていると、今朝あった『三人の人間間での【身体】と人格のシャッフル』という、恐らく公《おおやけ》に認められることとなれば（もちろん信じてもらえればの話だが）、大騒ぎどころでは済まない出来事を体験したというのに、太一達の間になんら変化が起きてないようにも思える。だがそれは明らかに『思える』だけであって、表面から見えないところでは、今も現在進行形でなにかが変わってしまっているのだろうが。

でもまあ、実害がない限りは——。


——それは、まさに、瞬《また》きの間というが如《ごと》き、一瞬の闇の訪れ。


光が戻ると、太一の目の前には見知らぬ女子の顔があった。着席しているようなのだが、座高は普段より低くなっている気がする。

「どうしたの、【唯】？　急にぼうっとしちゃって？　ってあんた、アスパラ机に落としてるわよ」

実害は、そろそろ出てくるかもしれない。


「ちょ、ちょっとトイレ行ってくる」

「ん？　どうした、食事中に？　気分でも悪くなった？」

「いや……別にそういう訳じゃ……ないけど……」

「あたしも一緒に行こうか？」

「いい、いい！　一人で行くからっ！」

またもや起こった唐突《とうとつ》なる太一と桐山の入れ替わりという危機を、太一【桐山】はトイレと言って緊急避難的に回避。するとすぐさま稲葉から桐山の携帯電話に向けて電話がかかり、それに太一が出ようとしたところで——元に戻った。

時間にして三分少々。

それはまさしく疾風《しっぷう》のような出来事であったが、いや、疾風のような出来事であったからこそ、圧倒的な破壊力を持って、太一達のなにかを、変えた。

□■□■□

午後、本日最後の授業が終了。

当たり前のことだが、太一達個人の身になにが降りかかろうと、それが学校などの外世界に影響を与えない限り、世界の日常は何事もなかったかのように進行していく。

近くの席の友人と喋りながら帰宅準備をし、担任の後藤が入ってきてショートホームルームが始まり、ちょっとした連絡と掃除当番の確認が行われて、今日の日程は終了。

本日も、ルーティンワーク自体には異常なし。

太一を含めたごくわずかなメンバーの間に、過去最大の暴風雨が荒れ狂っても、それだけで世界は変わらない。

同じ班の友人と、トイレ掃除に向かうため連れだって教室を出る。

ぞわり。

その出際、横から強烈な視線を感じて太一は振り向いた。

視界の先には、昨日、中身の入れ替わった太一、永瀬と妙な絡《から》みを展開した学級委員長、藤島麻衣子《ふじしままいこ》がいた。おまけにその脇《わき》では、永瀬が困ったような表情でわたわたしながら、太一に『さっさと行け』というようなジェスチャーを見せている。

本日も、ルーティンワークに異常……なし？


「遅くなってすま——のわっ！」

太一が部室に到着し扉を開いた瞬間、横から永瀬が飛び出してきた。

「太一……！　貴様《きさま》に……貴様に訊きたいことがあるっっっ！」

目の前に立ち塞《ふさ》がった永瀬は、暴発を食い止めるが如く体全体をぷるぷると震わせながら、不安と困惑とが入り交じる切羽《せっぱ》詰まった顔つきをしていた。

「な、どうしたんだ、永瀬？」

「昨日、わたしが教室に乱入する前……、藤島さんとなにがあったぁぁぁぁ！」

やはりと言うべきなのか、なにかしらこじれているらしかった。

「いや、それは、大したことじゃなく——」

「大したことじゃないかどうかはわたしが決めるっっっ！」

こんなに怒ってる風な伊織ちゃんってマジレアじゃね、などという青木の雑音が太一の耳に入ってきた気がする。が、そんなものに構っている暇はなかった。今の永瀬には鬼気《きき》迫るものがある。

　変に誤魔化すと事態を悪化させるだけだと判断し、太一は包み隠さず全てを晒《さら》すことにした。つまりは、胸を揉《も》んでいるところを藤島に目撃された、ということを話した。

「うわーん！　胸揉まれたー！　お嫁にいけないよー！」

　本当に涙ぐむ永瀬。

「じ、自分の状況を確かめるためには仕方なかったんだよっ。その、女かどうかっていうのを確かめるためにはっ」

「いや、……というか、そんなことすらどうでもいいんだった……。と、とにかく、ふ、ふ、ふ、ふ、藤島さんが……ああああああ」

　がくがくと永瀬は尋常《じんじょう》じゃなく震えていた。恐慌状態《きょうこうじょうたい》と言ってもいいかもしれない。

「だ、大丈夫か永瀬っ⁉　いったいなにがあったらそんな状態になるんだ⁉　そしてなにより藤島は何者なんだ⁉」

　太一はそこらの怪談《かいだん》なんて目じゃないくらいの恐怖を感じた。人格が入れ替わってもへらへら笑っていられる永瀬をここまで追い込むとは、にわかに信じがたい話である。

「はいはい！　んなことより太一に質問！」青木が声を張り上げる。「伊織ちゃんの胸の大きさはどれく――ふべっ⁉」

　稲葉が青木に拳骨《げんこつ》を落とした。高校生にもなって拳骨を落とされている人間を見ると、なんだか侘《わび》しい気持ちになる。

「んなしょうもないことに時間使ってる場合かっ！　知りたきゃアタシが教えてやるよ！　伊織はCカップだ！　ついでに言っとくとアタシはBで唯がAだ！」

「あっ、あんた『ついでに』でなんてこと言ってくれてるのよっ!?」

がったーんとパイプ椅子《いす》を蹴散《けち》らして立ち上がり、桐山がかん高く吠《ほ》えた。

「すまん、勢いだ」

「伊織のところまではまだしも、勢いで『ついでに』はならないでしょうがっっ！　明らかに悪意が見えてんのよっ！」

頬《ほほ》を紅潮《こうちょう》させてばんばんと机を叩きながら訴える桐山を、稲葉は楽しそうにゲラゲラ笑って眺めている。

「大丈夫だ、唯。胸はドンマイかもしれないけど、唯には他の魅力《みりょく》がいっぱいあるから！」

青木がさわやかな笑顔で白い歯を見せる。

「ドンマイってなによっ、ドンマイって！　後小さい方が可愛いってポイント高い時もありますからっ！」

「へえ、俺、胸のカップっていう大きさの表し方がいまいちわからなかったんだよ。稲葉がBで……、桐山がA……、と」

「太一ぃぃぃぃ！　あんたはなに冷静に観察してんのっゴホッ……ゴホッ……」

桐山が叫び過ぎて咽せていた。

色んなことが起こったし、これからも色んなことが起こるだろうけれども、文研部が騒がしいことだけは、当分変わりそうになかった。


しばらくぎゃーぎゃーと騒いでいた太一達であったが、そうばかりもしていられないくらいに事態は深刻であるので、いい加減真面目な話し合いを始めていた。

「じゃ、ここらで一旦まとめてみる、か。まず三日前の夜、正確に言うと一昨日のことになるのか、に就寝中の唯と青木の間で人格入れ替わり現象が起こる、と」

書記を務めていた稲葉が、黒板《こくばん》を見つめながら続ける。

「そして昨日の放課後、部活を始めた直後に伊織と太一の入れ替わりが発生。で、今日の朝、だいたい皆が登校中の時間帯に、アタシが【唯】に、唯が【青木】に、青木が【アタシ】の姿になるというシャッフルが起きる。おまけに今日は昼にも唯と太一の入れ替わりが発生した、ってことだな」

「改めて見るともの凄いことになってるね……。入れ替わって戻って、また別の人と入れ替わって……、なんか感覚マヒしそうだ」

永瀬が難しそうに顔をしかめながらぼやく。

「次に入れ替わり自体についていこうか。全てに『今のところ』という前置きを付けなければならないんだが……。では、その一、唐突に起こる。今のところ入れ替わりの前に規則性は見あたらないし、自分たちでもいつ起こるかなんて一切わからない。その二、入れ替わっている時間は不規則。今のところ最短が今日昼にあった三分ちょいで、最長が今日朝の一時間半。全四回の平均は四十分くらい。その三、入れ替わりは文研部五人の中で起こる。……これもどうなんだかな。アタシらだけっていうのもおかしな話だし、これから広がっていく可能性は十分ある。後は入れ替わるって言っても一対一の交換じゃなくて、三人以上を巻き込んでの場合もある、ってことをもう一度確認して、と。他になにかあるか？」

「あ、その、ちょっと引っかかることが……」桐山がおずおずと口を開いた。

「どうせほとんどに根拠《こんきょ》もクソもないんだから気にせず言え」

気遣っているんだかいないんだかよくわからない口調で稲葉が促《うなが》す。

「あたしはその……、何回も巻き込まれたから気になるのかもしれないんだけど、伊織と太一が入れ替わった時、【太一の身体】ががくんと折れて、一瞬、完全に意識が落ちてたわよね。で、その次の日、あたしと稲葉と青木で入れ替わった時——あたしが【青木】になった時、あたしは座り込んではいたけれど、地面に倒れ込んだりはしていなかった。そして……」

桐山が視線を向けたので、太一はその先を引き継ぐ。

「確かに、俺が永瀬と入れ替わった時は机の上に倒れ込んでたけど、桐山と入れ替わった時はちゃんと座ったままだったな。箸も握ってたし。アスパラは落としてたけど」

「そう、あたしも今度は、足ががくっと折れたくらいで座り込みもしなかった……」

「慣れてきた、ってこと？」永瀬が首を傾《かし》げる。

「なるほど、言われてみればそうだな。ナイスだ、唯。……しかしその入れ替わりに耐性ができるってのは、アタシ達にとって望ましい事態と言うべきことなのかねぇ」

稲葉の言葉が示唆《しさ》するところは、余りにも重く太一達にのしかかった。

この現象はいつまで続くのか。

そしてもし仮に続くのであるとすれば、いったい終着点はどこにあるのか。

「さて、他になにもなければ、次は具体的な対策やらを考えていくか」

始めはこの現象に圧倒されていた感のあった稲葉だったが、今ではすっかりペースを取り戻していた。

事態の完全掌握《しょうあく》。それが稲葉の信条であるらしい。そしてそのために必要となる情報収集、情報分析が、稲葉のライフワークなのであった。

「まず突き止める必要があるのは、『なぜこうなったか』だ。こんな大それた現象なんだ、必ず明確な原因があるはずだ。……というかないと困る。つーことでお前ら、心当たりないか？　アタシはこんな非現実展開に巻き込まれる覚えなど一つもないぞ」

「てか、人と人の中身がころころ入れ替わる現象の原因て、いったいどんなんだよ？そんな異常事態の原因となることなら、その原因となる事態が起こった時点で、なにかしら気づきそうなんだけどな」

「アホ太一。それがわからんから考えてるんだろうが」

その通りなのだが、アホとまでは言わなくても……と太一は心の中で思った。

「う～ん、とりあえず漫画で中身が入れ替わる時の基本は、走ってて思いっ切りぶつかった時じゃね？」

「アホ青木。略してアホ木。お前はなにアホな意見を……いや、この事態そのものがアホみたいに突拍子もないことなんだから、的外れと断言することもできないか……」

的外れな意見でもないらしいのに、もっと酷《ひど》い扱いをされている奴がいた。

「クソッ、一個でもまともじゃないことを認めると、他のまともじゃないことも認める必要が出てくるのかっ」

苛立たしげに、稲葉は右手人差し指の爪を噛《か》んだ。

「真面目に考えろ。あるはずなんだ、なにか原因が——」

——その時。

外から扉が開かれた。

部室棟四〇一号室を訪れる人間など、文研部メンバー以外には基本的にいない。ここまで先方がわざわざ来る必要のある用事などないからだ。用事があるなら、向こうに呼び出されてこちらが出向くパターンしか今まではなかった。

少なくとも、今年の春にこの部屋が文化研究部部室となって以来、太一が把握《はあく》する限りここを訪れたことのある人間は、文研部の五人のみだった。

そんなある種五人だけの聖域《せいいき》への扉が、それ以外の誰かの手によって、開かれたのだ。

瞬間的に、室内を緊張感が駆け巡る。

今、自分達の身に降りかかっていること。

そのタイミングで起こる『いつも』にはなかった出来事。

なにかが、起ころうと、しているのか。

そして扉から顔を覗《のぞ》かせた人物は——。

——一年三組担任兼、文化研究部顧問、後藤龍善だった。

「……はーい……。どうも……、と」

やたらとやる気のなさそうな声だった。

「〰〰〰〰ってっっっめえ、オイコラ後藤っ！　変なタイミングでこんなとこ来るんじゃねえよ！　ちょっとビビっただろうが！」

肝《きも》が据わっているはずの稲葉も、今のはビビったらしい。しかし明らかに後藤には怒《ど》鳴《な》られる謂《いわ》れなどなかった。

「いやいや、知らないですよそんなの……」

後藤の様子が少し、おかしい。全体的に覇気《はき》が感じられず、目もいつもの半分くらいしか開いていない。

「……どうしたんだ、お前。体調、悪いのかよ？」

余りに顔色の優《すぐ》れない姿に、稲葉も心配したような面持ちで訊《たず》ねる。

「いやいや、体調はばっちりですよ……。【この人】無駄《むだ》に健康体ですし……。ただ僕にやる気とか根気とか勇気とか生気とかその他諸々がないからじゃないですかねぇ……」

明らかに、【後藤】の話し方が、いつもとは違っていた。話している内容も、奇妙だ。

太一達の間に、徐々に、あり得ない想像が染み渡っていく。と、

「あんた誰？」

永瀬がはっきりとそんな風に、言った。

どこか冷たく澄んだ目で、言った。

どう見ても【後藤龍善の姿である存在】に、そう言った。

「……永瀬さんは話が早くて助かりますよ、ホント……。……色々説明するのって面倒臭いですからねぇ……」

「オイ……、なにふざけた真似《まね》やってん……だ？」

わずかな可能性に縋《すが》るかのように、稲葉が言葉を押し出す。

「いやいや、この上なくふざけた状態の皆さんが言うセリフじゃないでしょ……」

「ちょっと、ごっさん、どうしたのよ……？」

事態についていけていないのか、おろおろとした様子で、今度は桐山が尋ねかけた。

「どうしたのって、そりゃ皆さんがいい感じに『人格入れ替わり』でパニックになっているからやって来たんじゃないですか……。……僕だって本当はこんなとこ来たくないですよ。あー……、それと僕のこと、後藤とかごっさんとか呼ぶの止めてくれます？僕その人じゃないですしねぇ……。別に、気にするとこじゃないかもしれませんけど……」

その【後藤の姿をした存在】の発した言葉は、太一達の『日常』の崩壊宣言として、しっかりと五人の胸に刻み込まれた。

しばらくは、後藤が先ほどまでの会話を盗み聞きしてふざけているだけではないのかという論も主張されたが（主に稲葉によって）、どうもそうでないということは、すぐに認めざるを得なくなった。『入れ替わり』が起こった時の太一達の行動について、皆では話し合っていないようなところまで逐一述べられたらひとたまりもない。

それに、事実自分達の人格と【身体】が入れ替わっているのだ。他の人間には起こらないという道理などなかった。

「……お前が普通じゃない、ってことはわかった。そして、アタシ達が知る後藤ではないということも、だ。それで、お前は、何者なんだ？」

稲葉の問いに、【後藤】は少し考えるようなポーズを取った。

「何者……何者って言うべきですかねぇ……。〈ふうせんかずら〉というのが、僕の名前的なものでありますけど……」

「〈ふうせんかずら〉……ってなんでそんなマイナーな植物の名前が出てくるんだよ」

不満げに稲葉がぼやく。

「……はぁ？　……さあ？　……まあ、立場で言えば『皆さんを観察する存在』みたいな感じで……ああ……やっぱもういいや。じゃあ、僕はただのしがない〈ふうせんかずら〉ということで……」

「俺達を観察する存在……？　じゃ、その……本当のごっさんはどうなってるんだ？　誰か【他の身体】に入ってるということなのか？」

「ああ……、八重樫さんも理解が早くて助かる……。まあ、そうなんです。正確に言うと僕の場合は、入れ替わるとかまどろっこしい真似してないんですけどねぇ……。間借りさせて貰っているイメージかな……？　別に理解して貰う必要もないんですけど。ああ……じゃあなんでこんなこと喋ってるんですかねぇ……。もう用件に入ってもいいですか？　ていうか入らせて下さい。そして帰らせて下さい。お願いします」

気怠《けだる》そうに、そして相手のことなど全く気にする素振《そぶ》りのないマイペースさで、【後藤の姿】をした〈ふうせんかずら〉は言う。

「えー、この状況について色々説明してくれる、ということでございましょうか」

なぜか丁寧《ていねい》な言葉遣いになる青木。

「はあ……、まあ。……でも、皆さんが期待している説明ではないかもしれませんけどねぇ。期待に応える意味もないし……。じゃあ……早速……あ、メモらなくてもいいですか？　あ、記憶力抜群《ばつぐん》の稲葉さんがいるから大丈夫でしたねぇ……」

「なんでんなところまで把握してるんだよ……」という稲葉の呟きも無視して、【後藤の姿】をした〈ふうせんかずら〉は自分勝手に話し始める。

「ええと……とりあえずこれから当分の間、皆さん五人の中で……時々アトランダムに人格が入れ替わるんです。皆さんご苦労様です、って一応言っておきます。……本当は全然思ってないですけど。……あれ？　今僕最後に余計なこと言いましたよね……？　ああ……、またやっちゃった。普段から独り言多いからですかねぇ。直したいとは思ってるんだけど……。いや……、あんまり思ってないし、もう直そうとするの止めようかなぁ……」

「誰と誰が入れ替わるのかってのも、いつ入れ替わるのかってのも、両方含めてランダム？」

さっきから大人しく、そして意外に平静を保ったままの永瀬が問う。むしろ普段より落ち着き払っていて、声色《こわいろ》が冷たく感じられるほどだ。

「ああ……流石《さすが》永瀬さん。その通りなんですよ。で、そんなランダム人格入れ替わり状態である皆さんを、僕が観察する……ただそれだけの話です。ああ……観察すると言っても、四六時中皆さんのプライバシーを覗き見てる訳じゃないのでご安心を。特定の条件の時だけしか見ませんし……。まあこっちも見たくないですから……面倒臭いし……。とりあえずこれで事態の把握はできましたか？　できないって言われても、特になにかするつもりないですけど」

「説明不足が過ぎるだろ……」

そのままの感想を太一が漏《も》らす。と、今度は稲葉が訊ねる。

「ふ～……、普通なら『なに訳わかんねえこと言ってんだ！』って言いたくなるところなんだが、まあ、アタシ達も実際訳わからんことになっているのは事実だし、まずはお前の話に乗っかって質問してやるよ。『なぜアタシ達だ？』、『この事態はお前のコントロール下にあるのか？』、『これを終わらせるには？』、『お前の目的は？』……本当はもっとあるが、ひとまずはこれだけにしといてやる」

【後藤の姿】をした〈ふうせんかずら〉は、ぼうっとした表情でしばらく稲葉の方を向いて固まっていた。

「いい質問のチョイスしますすね、稲葉さんは……。あえて『どうやったらこんなことができるのか』とか訊かないあたりがまたなんとも……。それって訳がわからない事態になったらしたくなる質問ですけど、よく考えるとどうでもいいことですもんね……ああ……意味のない喋りが長い……」

だらだらと、ゆるゆると、己《おのれ》のペースを〈ふうせんかずら〉は崩さない。

「そうですすね……。まず一つ目に関してですけど『たまたま』、としか言いようがないですかねぇ。ああ……、正確に言えば、たまたま皆さんが『なかなか面白い』からになるのかなぁ」

「なんだよ『なかなか面白い』って……」太一が呟く。

「いやいや、だって皆さん、普通よりちょっとだけ面白いじゃないですか……？　……ああ、でもそうか。自覚ある人とない人がいるんですよねぇ……」

〈ふうせんかずら〉の言葉は、太一、永瀬、稲葉、桐山、青木、五人全員に向けられているようだった。

それは、なにを意味するのか。

「後なんでしたっけ？　コントロール下にあるかと終わらせ方、目的、ってとこですか。じゃあ順に言っていけば……ってあれ……？　というかそれに答える必要とか意味とか僕にありましたっけ……？　ああ……完全にないな、これ。思わず流れで話してしまいそうだった……危ない、危ない……。ふぅ……まあ、適当な感じでしばらく入れ替わって貰って、『ああ、そこそこ面白かったなぁ』という感じになれば、その時点で終わりますから……。そんなに長い期間じゃないですよ、皆さんの『長い』の定義がどんなもんか知らないし、知るつもりもないですけど……」

「『そこそこ面白かった』って……完全にお前目線だよな。少なくとも終わりはお前のコントロール下にあるということ、か。……じゃあこれを引き起こしたのも、お前ってことでよさそうだな」

稲葉が断定口調でズバリと言った。

「ああ……ばれちゃった……。……というか今の『ばれちゃった』で本格的にばれちゃった……。……とにかく、皆さん、あんまり気にしないで、普通に生活してて下さい。気にしても無駄ですから。『なるもんはなるから仕方ないかぁ』ぐらいに思ってたらいいんじゃないですかね……。心配しなくても、別に死にやしませんから。……後、『入れ替わり』がどういう原理で成り立っているかとかそういうのも、考えない方がいいですよ……、皆さんじゃわかりやしませんし。できれば僕のことも、忘れといて貰えるとありがたいです……。皆さんがやるべき主題はそこじゃあないんですよ……。そんな暇があるなら、自分自身についてでも考えていて下さい。その方が早くこの入れ替わりも終わりますからねぇ……。皆さんも嬉《うれ》しい、僕も嬉しい、ああ……素晴らしい」

今の状況をただあるがままに、受け入れろと言うつもりなのだろうか。こんな異常な、状況を。

「後言い忘れてることは……ああそうだ。皆さんの間で人格が入れ替わってることは、余り周りに言わない方がいいですよ……。僕がどうとかっていうより、言うと皆さんがややこしいことになるって、いくらなんでもわかりますよねぇ……？　……僕の中では勝手にわかってることにしときますから」

【後藤の身体】に乗り移っているらしい〈ふうせんかずら〉は、ぽりぽりと頭を掻《か》き、なにかを思い出そうとするかのように視線を宙《ちゅう》に漂《ただよ》わせた。

「じゃあ……言い忘れてることもないような気がする……というかもうないということにして帰ります……。じゃあ頑張って下さい。心の上っ面のところで、ちょっとだけ応援してますから……。ああ……普通なら嘘でも心の底からって言うところだった……」

くるりと体を翻《ひるがえ》し、【後藤】は——、〈ふうせんかずら〉はドアの方に近付いていく。

本当に、太一達の都合など微塵《みじん》も考えることなく、自分のペースで言いたいことだけを言って、自分勝手に去って——。

「オイ、待てよ」

――行くような奴を、事態の完全掌握を信条とする稲葉が許すはずもなかった。

稲葉はつかつかと早足で歩み寄ると、〈ふうせんかずら〉の肩を掴んだ。

「とりあえず黙って聞いててやったが、こっちにはまだ聞きたいことが山ほどあるんだよ。さっき言った質問にもまだ全然答えて貰ってないしな」

恐れを感じさせぬもの言いだった。

「こんな意味わかんないことされてるのに、このまま行かすのはちょっと、ねえ？」

稲葉の背後、指の骨をパキリと鳴らしながら永瀬が続く。

普段から好戦的な稲葉と、場のノリと勢いでいくらでも暴走する永瀬。二人のリズムが合い始めると、誰も止められなくなる。

「あの……だから皆さんがすべきことはそういうのじゃないんですけど……。僕は皆さんと敵対するつもりなんてないですよ……。これは本心です。……まあ仲よくしたい訳じゃ……あ、言わなくてよかった」

肩越し、困ったというよりただ純粋に面倒臭そうな態度で、〈ふうせんかずら〉は稲葉に言う。

「お前の都合だけで物事が進むと思うなよ！」

稲葉が強引に〈ふうせんかずら〉を振り向かせようと力を込める。

刹那《せつな》、〈ふうせんかずら〉の目が鋭く光った。

どごん。

肉と肉、そしてその奥の骨と骨がぶつかり合う音。

同時に稲葉の体が宙を舞った。

稲葉はそれこそアクション映画のように、後ろにいた永瀬を弾き飛ばして吹っ飛び、進路上にいた青木を巻き込んだ。

パイプ椅子が、机が、倒れる。

悲鳴が上がる。

稲葉が青木を下敷きにして倒れたまま、胸元を押さえ、咽せる、嘔吐《えず》く。どうやら胸の辺りを思いっきり肘《ひじ》打ちされたようだ。

「いちちち……」

永瀬は尻餅《しりもち》をついて腰をさすっている。変な言い方だがこちらはまだ大丈夫そうだ。

「まあ不本意ですけど、一回こう見せつけちゃった方が手っ取り早いですからねぇ……。いや、したくないのは本当ですよ……。……だって面倒臭いし」

一瞬見せたナイフのように鋭い雰囲気《ふんいき》を、同じく一瞬で弛緩《しかん》させ、また元の気怠げな様子で〈ふうせんかずら〉は言った。

圧倒的、だった。

どこがとかなにがとか問われても答えられないが、とにかく太一はそう思った。

そんな中、息をするのも苦しそうな稲葉が、必死に掠《かす》れた声を絞り出す。

「お前ら……はっ、がはっ……そいつを……行かすな……！」

「稲葉っちゃん！　まだ無理しない方がいいって！」

稲葉を介抱しながら青木が言う。

「……俺、基本的に暴力反対だけどさ。ここは力尽くもやむなしだと思うな」

太一はそう言い、歩み出る。〈ふうせんかずら〉がふっと太一の方に視線を向け、そのまま静止する。

姿形は間違いなく【後藤】であるのに、思わず歩みを止めたくなるような底知れぬなにかが、そこには、見えた。

だが稲葉の言う通り、ここでこの【後藤の姿】をした〈ふうせんかずら〉なる何者かを、自分達の陥ってしまった得体の知れぬ現状に、重大な関わりがあると思われる何者かを、逃がすべきではなかった。このまま行かせてしまったとして、また再び〈ふうせんかずら〉と相見《あいまみ》えることができる保証など、ないのだ。しかもどうやら話し合いではなく、実力行使でもって〈ふうせんかずら〉を止めなくてはならないらしい。

そしてそれは自分が引き受けなければならない。

姿は【後藤】であるため、やりにくいと言えばやりにくいが、致し方ないだろう。

そう思い進む太一の前、ちょうど胸の辺りに、すっと腕が伸びた。

「待って、太一。ここはあたしに、任せて」

真っ白なブラウスに包まれた腕を差し出し、太一の前進を止めたのは、桐山だった。

「でも、俺がやらなきゃ――」

「太一、あんたがやらなきゃならない理由は、ないよ」

桐山は眉間《みけん》にシワを少し寄せつつそれでも優しく頬《ほほ》を緩めるという、まるでわがままを言う子供に相対しているかのような表情をした。

「それにあたしの方が強いでしょ。大丈夫、すぐに黙らせてやるわ」

太一は反論しようと口を開きかけたが、なにも声を発せないままぐっと唇《くちびる》を噛み締めるしかなかった。桐山の方が強いというのは、事実なのだ。力云々《うんぬん》だけでは男である太一の方が強いだろうが、実際に対人戦闘を行うなら、中学時代までは女子フルコンタクト空手で圧倒的強さを誇り『神童』とまで呼ばれていた桐山の方が恐らく、強い。

でもその声は少し、震えていた。

だから。

「じゃあ、一緒に――」

「邪魔《じゃま》」

言い切る前に太一の提案は却下された。

「唯！　ならオレが援護を――」

「消えて」

いつだって青木に対しては容赦《ようしゃ》がない。

とん、とん、と桐山が軽く飛び、腰を低くして構えを取った。コンマ数秒遅れて、跳ね上がっていた栗色のロングヘアーが、重力に引かれてゆるりと落ちる。

はっきりそれとわかるほど、桐山の発する雰囲気が、豹変《ひょうへん》した。

欠片《かけら》ほどでも動いてしまうと、その瞬間飛びかかられるのではないかと思わせるほどの空気を、身長百五十センチと少ししかない小柄な桐山が作り出す。

部屋の中に猛禽《もうきん》が、一羽。そんな連想が思い浮かぶ。

しかし〈ふうせんかずら〉は全く動じた様子を見せず、無表情に桐山を見つめていた。

「お待たせ。……というかどうして待ってくれたのかしら？　今の間、逃げようとする動作一つ見せなかったみたいだけど？」桐山がじりじりと間合いを詰めながら問う。

「……あ、ホントだ。ああ……そうすればよかった……。けどほんのちょっと面白いものが見られそうだったから……。本当にもうこれでもかってびっくりするくらいほんのちょっとなんですけどねぇ」

「……その余裕、消してやるわ」

言うと共に桐山が一歩踏み込んだ。

そして次の二歩目で地面を強く蹴り、飛翔。

「ごっさんごめんっっっ！」

鷹《たか》が獲物を狩るかのような跳び蹴りが飛んだ。

二十センチ以上の身長差をものともせず、その蹴りは【後藤の姿】をした〈ふうせんかずら〉の顔面に直撃——と思われたギリギリのところで〈ふうせんかずら〉の腕によるガードが間に入った。

圧倒的な身長差をものともせず、顔面に向けて高速の飛び蹴りを放った桐山。

瞬きすら許されないような速度の蹴りを当然の如く防御した〈ふうせんかずら〉。

この時点で、太一のような常人にとっては驚きだったのだが、二人の勝負は更に太一の想像の範疇《はんちゅう》を超え、着地を待つことすら許さなかった。

桐山が地面へ落下しながら振り下ろし気味の拳を繰り出す。

長髪をなびかせ舞う姿は、本当に鳥のようであった。

が、しかし。

〈ふうせんかずら〉は事もなげに先ほどガードを行ったのとは反対の手で桐山の右手首を摑んだ。

簡単そうに〈ふうせんかずら〉はやってのけたが、本当は超人めいたことだというくらい太一にもわかった。

桐山の両足が地面に着く、と同時腰が抜けたように桐山はへたり込んでしまった。右手を摑まれているだけで、しかも思い切り力を入れられている訳でもなさそうなのに、桐山は完全に戦意を喪失《そうしつ》していた。

俯《うつむ》き、ぶるぶると震える姿は、生まれたばかりでなにもできない子鹿のようで、先ほどまで見せつけていた強者のイメージは、一瞬で霧散《むさん》してしまっていた。

「唯っ！」「桐山！」

永瀬が、そしてほんの僅《わず》かに遅れて太一が、桐山の、〈ふうせんかずら〉の元へと駆ける。

まさにその刹那。

――太一の視界が歪んで消える。

次の瞬間、太一は膝《ひざ》をついて稲葉の体を支えていた。

一瞬の混乱。

そして、思い当たる。

稲葉を支えているということは、――自分は【青木】になったのか。

太一【青木】の腕の中で、【稲葉】が再度激しく咳《せ》き込み始めた。

「おいっ、大丈夫かっ」

「げほっ、ごほっ……稲葉ん、こんな……き、キツっ……」

目の前の【稲葉】は、『稲葉ん』と言った。太一達の中で、いやたぶん学校中でも稲葉のことをそう呼ぶのは――永瀬だけだ。

太一は周りの状況を確認しようと顔を上げる。

視界の端で、【太一の姿】になった誰かが、へなへなと床に崩れ落ちていくのが映る。

さっきまでの様子を考えれば、あれは――桐山か。

〈ふうせんかずら〉に腕を掴まれへたり込んだままの【桐山】は、やはり身動きが取れず固まっている。太一から確認できるその横顔は真っ青だった。

そして【永瀬の姿】をした誰かは、腕を組んで仁王立《におうだ》ちしていた。

「あれ……もしかして……このタイミングで入れ替わり？　これはちょっと……面白かったかも」

混乱状態に陥った太一達を見下ろし、言葉とは裏腹にそれほど面白くなさそうな顔で〈ふうせんかずら〉は言った。

「ああ……じゃあ、ちょうどよさそうなので今度こそ帰ります……」

〈ふうせんかずら〉は【桐山】の手を離し、ドアに手をかける。

「オイ、一つだけ答えていけ」

そう言って〈ふうせんかずら〉を呼び止めたのは、【永瀬の姿】をした誰かだ。

「アタシ達にお前を止めることはできないだろう。だから問いたい。お前に……〈ふうせんかずら〉にもう一度会えるチャンスはあるのか？」

「……どうですかねぇ、これが終わる時にもう一度会えますかねぇ……。まあ保証はしませんけど……。ああ、だからこの……【後藤さん】でしたっけ？　――を絞り上げるのは止めてあげて下さいよ……。そんなことに時間取って欲しくないですし」

「そうかい。ならお前に反撃ということも難しい、か。ふん、本当にそういう話じゃなさそうだな……。ぶっ潰してやりたかったのに、残念だよ、〈ふうせんかずら〉。……残念だから最後に気づいたこと言わせて貰ってもいいよな？」

　不敵に笑いながら、妙に親しげな口調で、【永瀬】は言う。そしてその中身は、こんなことをこんな場面で言い出せるのは、──稲葉しかいないはずだ。

「お前は初めの方で、アタシ達がいい感じに『人格入れ替わり』でパニクってるからここに来たって言ったよな。つまりそれは、アタシ達がいい感じに入れ替わっていなければ来なかった、ということだな。そしてお前が、変にアタシの質問の仕方に感心していたのも考慮すると、お前は何回かこんなことをしたことがある、そう考えるのが妥当《だとう》だよな？　オマケにもう一つ言えば、お前にわざわざ〈ふうせんかずら〉なんて名前があるということは、お前らは複数いるということになるよな？」

　この混迷した状況下においても、稲葉は与えられたわずかな情報で、相手の手の内を暴いてみせる。外見は『純粋無垢《じゅんすいむく》』という言葉が似合いそうな【永瀬】にもかかわらず、その横顔に、性悪そうな笑みを貼り付けてしまうところもまた恐ろしい。

　稲葉の言葉を受け、〈ふうせんかずら〉はたった一言、返す。

「……さあ？」

〈ふうせんかずら〉はその時初めて、少しだけ唇を吊り上げた。いつもの【後藤】の顔には浮かんだことのない、影のある、不気味と言っていい、笑みだった。

稲葉【永瀬】と【後藤の姿】をした〈ふうせんかずら〉の間に、見えない火花が散る。

　しかしすぐに、〈ふうせんかずら〉は元の眠そうな雰囲気に戻って、ゆるりと言った。

「じゃあ……ご武運《ぶうん》を……。ああ……戦う気も戦わせる気もないのになんか雰囲気で言っちゃった……。というか一度言ってみたかったんですよねぇ……」

そんな言葉を残し、一方的に不条理を押し売りするだけ押し売りした〈ふうせんかずら〉は、部屋から出ていった。

そして今更ながら、太一は消去法で【桐山の姿】になったのは青木だと気づいた。

ちなみに。

一応確認しなければということで、しばらくしてから職員室に行くと、そこにはいつもと変わらぬ様子の一年三組担任兼、文化研究部顧問、後藤龍善がいた。さっきまでなにをしていたのか問うと「なにってこの書類を仕上げようとさっきからずっと頑張って……あれ？　おい、なんでこんだけ時間経ってるのに全然進んでないんだ!? ……ミステリーだ……。これ学校の七不思議として次の文研新聞に載せろって」などと言っていた。その時点で堪忍袋《かんにんぶくろ》の緒が切れかかっていたらしい稲葉であったが、次の「……ん？　なんか左腕が痛い……。……おおう!?　妙に赤くなってるぞ!?　……待てよ。二つの要素を論理的に組み合わせれば……そうか！　変に左腕に体重のかかる格好で居眠りでもしてたんだな、なーんだ、そういうことか。いやー、参った、参った」という能天気極まりない発言で完全にキレ、職員室にもかかわらず後藤（二十五歳・職業『教師』）にヘッドロックを極めながら拳をぐりぐりと脳天にめり込ませていた。

「いててて痛いって稲葉!?　仮にも俺は教師だぞっ!?」

「教師なら教師らしく深い思慮《しりょ》ぐらい持ちやがれっ！　もうお前に手がかりを求める気も失せたわっ！　時間の無駄にしかなりそうにないからなっ！」

そこまでの意図があったのかは推論するしかないのだが、〈ふうせんかずら〉が【後藤の身体】を使った理由が、太一はなんとなくわかった気が……した。

四章

人と繋がって、爆弾を抱えて、一週間が経って

山星高校《やまぼしこうこう》では、部活動への加入が義務づけられている。基本的に緩《ゆる》い校則が売りの山星高校で、唯一面倒だと言われている決まりだ。

学校側の意図《いと》としては、生徒が部活動に励《はげ》むことで非行に走る原因を減らし、その代わり校則をガチガチにしないで自立性を育てよう、ということらしい。

中学生ならまだしも、高校生にもなって部活動を強制なんて、と一部からは反感を買っている訳だが、その分部活動に関しての予算やら施設やらの充実度は、他校を圧倒するところがあった。

中でも特に際だっているのが、部活数の多さである。

部員さえ規定人数集まれば、内容はほぼなんでもありという軽い承認手続きのおかげで、タケノコのようににょきにょきと部活が立ち上がり、その総数は百を超えているのだ。と言ってもほとんどは数代限りで後が途絶えており、現在も活動実態があるという条件を付ければ、数はもう少し常識的な範囲に収まる（それでもかなり多いのだが）。

しかし活動実態がなくとも、名目上部活は存在していることになっているので、一年生は百を超える中から、自分の入りたいところを選ぶことになる。

ただ一つ注意しなければならないのが、五名以上部員が集まらなければ、部として活動することを認めて貰えない、という規則が存在することである。

山星高校では、部活への全員加入を強制しているという性質上、新入生は決められた日付までに、入部届を担任に提出するシステムになっている。今現在も活動している部を選択した者は、そのまま入部が許可され、現時点で名目上しか存在していない部の場合は、期日までに新入生と例外的な二、三年で転部を希望する人、合わせて五人が集まれば活動が公認され入部できる、という形になる。

一応制度上はそうなっているのだが、ほとんどの生徒は前者の『現時点で活動実態のある部』への入部を希望する。大抵皆の入りたいような部はその範疇《はんちゅう》で賄《まかな》えているし、なにより、今活動していない部を復興《ふっこう》させようという者などかなり希《まれ》である。

時折、名目上しか残っていない部に入ろうとする生徒もいるが、そういう者はきちんと根回しをするのが普通なので、『ある部に入りたかったけど部の人数が五人に満たなかった』などの理由で部活を選び直す必要が出た、というパターンになることはまずなかった。

しかし、なんにせよ例外はある。

アウトローはいつどこにだって、そこに集団がある限り存在するのだ。

例えばそれは、プロレスをこの上なく愛しており、部活動一覧表でその名を視認すると、五人集まらなければ部活として活動できないなどという規則も知らず、即決で『プロレス研究会』と書いてその場で提出してしまう、八重樫太一《やえがしたいち》という男子であったり。

例えばそれは、中学までずっと空手一筋で生きてきたのが要因になったのか、高校に入る頃になると、可愛《かわい》いものに対して異様な関心を示すようになり、部活動一覧表にて、ファンシー部なる六年前に二年間だけ活動があったという実態は一切不明な部の存在を知ると、「これは天啓《てんけい》に違いないわ」となにかに目覚めたかのような発言をし、周囲からは五人も集まらないと散々言われながらも、「今年は可愛い子が多いから大丈夫」とよくわからない論拠《ろんきょ》の元、ファンシー部と書いて入部届を提出した、桐山唯《きりやまゆい》という女子であったり。

例えばそれは、情報収集と情報分析が趣味だと語り、パソコン部に入ろうとしたが、体験入部最終日に、パソコン部部長と修復不可能なほどの衝突《しょうとつ》をしてしまい（自身の傲慢《ごうまん》な態度と部長の器の小ささが原因）、急遽《きゅうきょ》、既に提出していたパソコン部への入部届を担任から取り戻し、昔ごたごたでパソコン部から分離し誕生したが、今は活動を停止している情報処理部復活への道を模索《もさく》し出した、稲葉姫子《いなばひめこ》という女子であったり。

例えばそれは、山星高校には遊びサークル部なる、大学ならまだしも、高校では考えられないような部があり、それは部活動一覧表には書いてないけれども、希望する部の欄《らん》に書くと入れて貰うことができる、という都市伝説じみた話を聞き、「それハンパなく楽しそうじゃん」とそのまま信じ込み、その部を希望したが、部活動一覧表にないのだから当然過去にすらそんな部は存在したことがないので、結局扱い的には部の新設申し込みということになった、青木義文《あおきよしふみ》という男子であったり。

例えばそれは、これだけ部活があると選ぶのも面倒だし、逆に運を天に任せる感じで選んだ方が、新鮮な驚きと感動に出会えて、それはそれで素晴らしい思い出になるはずだ、という本気で言っているのか、ただノリでそんな感じに言ってみただけなのか、かなり疑わしい発言の元、希望する部の欄にて『先生にお任せします♡』と最終的な選択は担任へ一任するというかっ飛び具合を披露《ひろう》した、永瀬伊織《ながせいおり》という女子であったり。

ただそんなアウトロー達も、学校という社会的空間にいる限りは、その社会のルールに縛られる存在でしかなく、特に高校生という身分でしかない者達は、否応なく体制側に取り込まれることになるのが世の常《つね》である。

しかしそれにも、やはり『通常ならば』という限定文句が付く。

確かにアウトロー達は、圧倒的権力を有する体制側に屈服《くっぷく》することが多いかもしれない。

だが時にアウトロー達は、反逆する。

例えばそれは、山星高校一年三組に所属する八重樫太一、永瀬伊織、稲葉姫子らの「先生。五人いないとダメなんて聞いてません」や「いや、だからごっさんに任すって。わたしは先生のセンスに期待してるよ！」や「とりあえず締め切りをもう少し延ばしてくれ。必ず四人引きずってくるから」という言葉であったり。

例えばそれは、山星高校一年一組に所属する桐山唯、青木義文らの「先生っ！　それは集計ミスに違いありません。もう一度募集をかけてみて下さい。女子高生は可愛いものが大好きなんだから絶対大丈夫です！」や「え？　ないの？　んじゃオレ作っちゃおうかな～。いいんでしょ？　五人？　すぐ集まるっしょ」という言葉であったり。

しかしだからといって、その反逆が自らの思い通りの結果を生み出すことはほとんどない。世界は、誰《だれ》でも彼でも反逆して変えられるほど甘くはないし、脆《もろ》くもないのである。大抵の場合は、そのまま体制側に飲み込まれるか、潰《つぶ》されてしまう。

だがそれにも、やっぱり例外はある。

反逆は、時に当事者達が全く意図せぬ変革を生み出すのだ。

例えばそれは、基本的に軽くて物臭《ものぐさ》で適当な性格であり、よく言えば常識に縛られない、また悪く言えばちょっとネジの外れた考え方をする人物で、太一、永瀬、稲葉の三人を説得し、既存《きぞん》の部に入らせる作業が面倒だと思い、「いっそこの三人をまとめて、好きにやらせる新しい部を作った方が早くね？」というある種のウルトラC的発想を編み出す、後藤龍善《ごとうりゆうぜん》という教師が、体制側として反逆に対応した場合だったり。

例えばそれは、軽くてノリのいい性格であり、更に美人でスタイルもなかなかなので、学生時代間違いなくアイドル的存在であったと噂《うわさ》され、また少々天然も入っていて、「そこがいいんだよ。萌《も》える」と男子にはとても評判がいいのだが、教育者としてはどうなんだろうかと一部から言われており、後藤から「かくかくしかじかで新しい部を作っちゃおうかと思ってるんだけど」という話を聞き、「あ、ならうちのクラスにちょうどよさそうな生徒が二人いますよ」という簡潔《かんけつ》なやり取りで桐山、青木の処遇《しょぐう》を決定してしまう、平田涼子《ひらたりょうこ》という教師が、同じく体制側、一年一組の担任を務《つと》めている場合だったり。

そんな色んな偶然やら条件やらが重なって、太一達の所属する文化研究部《ぶんかけんきゅうぶ》が誕生することになったのである。

つまり文化研究部とは、体制側に立ち向かったアウトロー達の勝利の象徴とも、少々周りからズレた学生が、同じく少々ズレた教師と組み合わさったことによる、化学反応の産物とも言うことができた。

この際、後者の意味合いの方が非常に強いことなど、些末《さまつ》な問題なのである。……たぶん。

そうして生まれた文化研究部（顧問《こもん》は責任を取って後藤）の部としての定義は、『既存の枠にとらわれない、様々な分野における広範《こうはん》な文化研究活動』、翻訳《ほんやく》すれば『なんでもあり』。

太一達五人はその定義通り、部室と部の予算を活用しながら、基本的に自分達のやりたいことを好き勝手やっていた。

しかし、流石《さすが》に高校の部活なので余りに放任という訳にもいかず、学校側から部の存続条件として、月に一回活動の記録を報告することが義務づけられており、文研部ではそれを『文研新聞』という形でまとめ、校内で張り出したり配布したりしているのだった（そのマニアックさがごく一部の生徒の間で評判になっているらしい）。

だが九月某日。

文化研究部は存亡《そんぼう》の危機に関わる、いや、部なんてもの度外視した、それぞれの人生に関わり得る、衝撃的な事態を迎えることとなる。

それが、『五人の間での人格入れ替わり現象』であり、〈ふうせんかずら〉との遭遇《そうぐう》であった。

□■□■□

「もうわかっているとは思うが、今日集まって貰ったのは他でもない、今週一週間の大反省会をするためだ！」

気合いが入り過ぎて怒気《どき》を含んだような稲葉の言葉に対して、太一、永瀬、桐山、青木は思い思いの返答をする。

〈ふうせんかずら〉と相見《あいまみ》えたのが先週の金曜日で、それから一週間が経過して本日は土曜日、文研部のメンバー五人は稲葉宅に集合していた。

「ではまず……ん？」

どこかの部屋から電話の鳴る音が響く。

「スマン、ちょっと電話に出てくる。大人しく待ってろよ」

まるで小さい子供に対するような言い草を残し、稲葉が部屋を出ていった。

「ん～、稲葉っちゃんの部屋は相変わらず『らしい』よなー。前に来たのって、合宿という名の遊び旅行の日程決める時だっけ？」

青木が、きょろきょろと部屋の中を見回しながら言う。確かに、ほとんどがモノトーンや落ち着いた色で構成され、ベッド、机、本棚、テレビ、パソコンなど必要と思われるものは大抵揃《そろ》っているものの、それ以外の余計なものが一切見あたらない、効率性・機能性に特化した稲葉の部屋は、大変『らし』かった。

「はあ～、稲葉はいいわよね。こんだけ広い一人部屋があって。五人集まっても余裕なんだもん。あたしも最近やっと一人部屋貰えたけど、すっごい小さいから必要なもの置いたらそれでほとんどスペースなくなっちゃうし、おまけに妹の部屋にはテレビないとかでしょっちゅう妹に居座られるし。てゆーかあいつ無駄《むだ》にでかくなって邪魔《じゃま》なのよ。あたしより大きくなりやがって……。まあ小さい方が可愛いと思うからいいんだけど」

床にぺたんと座り、机の上の菓子《かし》をぽりぽりやりながら桐山が呟《つぶや》く。

太一は思ったままを口にした。と、

「それは胸の話か？」

「てぇぇい！」

クッキーを顔面に投げつけられた。予想外に痛かった。

「なんでそうなるのよっ！　身長に決まってるじゃない！　わ、わかった。いつも胸のことばっかり考えてるからそうなるのね……！　太一は違うと思ってたのに……。そこのエロがっぱと同じだったなんて……」

「いや、前に、小さい方が可愛いとか言ってたもんだから……」

「後そこのエロがっぱってオレのことだよね……？　一応否定させてもらって——」

「却下」

こんな扱いのされ方が定着している青木が憐《あわ》れだった。

「おうおう、クッキーをそんな風に床に散らかしてると、稲葉んに怒られるぞ。稲葉ん、無駄に潔癖症《けっぺきしょう》のきらいがあるし」

「ああっ、そうだわ！　エロがっぱ達のせいで稲葉のお仕置き喰らうなんてゴメンよ」

永瀬に言われ、這《は》いつくばってせっせと落ちたクッキーのカスを拾い始める桐山。長い栗色の髪が床に落ちる。小さめの体軀《たいく》と、フリフリのついた淡い色の半袖ワンピースが合わさった姿は、どことなく扇情的《せんじようてき》でもあった。

自分が食べている時に落としたクズにも気づいたらしく、桐山はそれも拾い集めていく。そして——、

「ゴミを拾う唯が、方向転換していく姿を、男達二人はパンチラを期待しつつ凝視するのであった」

永瀬が勝手に小説の地《じ》の文風に一言入れた。

「なっ、永瀬⁉　なにを言ってるんだっ⁉　俺は決してそんなことなど――」

「くそう！　後もう少しだったのにっ！」

太一の横にいる男は、救いようがないくらい正直者のバカだった。

ばっ、と慌ててワンピースの裾《すそ》を押さえ、桐山は床に座り込む。その後すぐに、顔を赤く染め上げながらぷるぷると震え出した。

不味《まず》い。太一は思ったが、状況を打開する妙案は思いつかない。

桐山の手が、ゆっくりとクッキーの入った皿に向かう。

「ダメだって、唯！　散らかすと稲葉んに怒られちゃうって！」

自ら原因を作った永瀬であるが、ふざけっぱなしではなく、蒔《ま》いた種は自分で刈り取る――、

「だからこの『ずっしり重みのある低反発クッション』を使うんだ！」

――訳なんてなかった。

「永瀬っ！　俺にはそっちの方が被害拡大するように思えるぞ⁉　後ずっしりとした重みはヤバイって！」

だが太一の叫びも虚《むな》しく、永瀬は『ずっしり重みのある低反発クッション』を「あっはっは」と高笑いしながらトス。その落下点で、桐山が飛翔しながら回転する。

しかしそんな派手な動きをすれば必然――。

「あ、パンチラ」

……最後の青木の一言で、更に桐山の回転に捻《ひね》りが加えられた。

「ファイヤァァァァ！」

桐山の回転飛び蹴りが『ずっしり重みのある低反発クッション』にヒット。どずん、と凄い音がしたかと思うと、すさまじい速度で『ずっしり重みのある低反発クッション』が青木めがけて飛んだ。

「どはぁ！」

両腕でガードしていたにもかかわらず、青木が吹き飛ばされる。

と、その時ドアが開き、

「オイ、なに騒い――」

ぼすんっ。

青木に当たり勢いが弱まったとはいえ、結構な速度で宙《ちゅう》を舞う『ずっしり重みのある低反発クッション』が、見事稲葉の顔面を直撃した。もの凄く綺麗に入ったらしく、当たった衝撃で稲葉の首が仰《の》け反り、しかもそのまま『ずっしり重みのある低反発クッション』は落下することなく稲葉の顔に乗っかっていた。

密度が凝縮されたかのような、恐ろしいまでに長く感じられる数秒が流れ、やがて稲葉が首を戻すと、『ずっしり重みのある低反発クッション』が下に落ちた。

鬼がいた。

他の四人は抗弁《こうべん》することもできず、ただただ震え上がった。

「……覚悟のできた奴から手を挙げようか……！」

結局、永瀬がデコピン一発、太一も一発、桐山が二発、青木が二発＋ビンタ一発喰らうこととなった。

【後藤】に乗り移った、〈ふうせんかずら〉なる何者かと出会ってから、太一達は『この入れ替わりをただ受け入れる』という選択肢を取っていた。いや、正確に言えば取らざるを得なかった。

まず、『入れ替わり』を無視することなどできなかった。いつ、どんな時でも入れ替わりは強制的に起こったし、太一達も一日中家に籠《こ》もりっぱなしでいる訳にもいかない。そして、『入れ替わり』に立ち向かうことも叶わずにいた。立ち向かおうにも、立ち向かう先すら見えてこないのだから当然である。唯一、太一達の把握《はあく》する『入れ替わり現象の根源《こんげん》との関係者』として、〈ふうせんかずら〉は手がかりになり得るかもしれなかったが、【後藤】を注意深く観察していても、再び現れる気配は今のところ全くなかった。

どうしようもなく、どうする当てもなく、どう考えたらよいかもわからず。

暗中模索《あんちゅうもさく》の中、ただ一つ縋《すが》れるものは、〈ふうせんかずら〉の残した酷《ひど》く偏《かたよ》った情報だけだった。

正しいのかどうかすらわからないが、それを正しいと信ずるしか、つまりは、いつか終わるはずだからという淡い希望を抱きながら、ただこの『入れ替わり』を受け入れて日々を流れていくだけしか、道はなかったのである。


そんなこんなでやっと反省会が始まる。司会兼、議長兼、最終決定権保有者はもちろん稲葉姫子だ。

「では最初に、一週間前入れ替わりに際してどうしたらいいか、皆で決めたことをおさらいしようか。『可能な限り連絡を取り合って状況を相互に確認する、なるべく人目を避けて大人しくしている、他人に相対する時はできるだけ本人になりきる、余計なことはしない』これが基本方針だったな。これさえ守っていれば、ある程度の期間なら誤魔《ごま》化《か》せるだろうと考えていたんだが……お前らは余りにも注意力がなさ過ぎるっ！」

どかりと胡座《あぐら》を掻《か》いて座った稲葉が、皆の顔を睨《にら》みつける。そんな座り方をしていても、猫背にならず背筋を伸ばしている。胡座と言うより座禅《ざぜん》っぽい。

「まず、初歩中の初歩！　誰か異性と入れ替わっている時、男子トイレと女子トイレ間違えたことのある奴っ！」

「はい」「はい」「はい」「はい」

稲葉以外全員だった。

「なぜ間違う!?　男と女で入れ替わったら注意すべきことナンバーワンだろ！　べった

べた過ぎてネタにもならんぞっ！」

「やっぱ癖がねー。しかもトイレって逃げ込もうとして入る時も多いからつい、ね」

「なにが『ね』っだ伊織。おかげでアタシ達若干《じゃっかん》トイレに入りにくくなっただろ！」

高校生にもなって男子トイレ、女子トイレを間違えると、周りからはぎゃーぎゃー騒がれるというより、普通に引かれるだけだった。特に太一や稲葉のようなキャラの人間が、男女逆のトイレに入ると、周囲の方が反応に困っていた。外見が【青木】の場合だけは、「痴漢《ちかん》だ！」「変態だ！」と教師に突き出されそうになっていたが（その時の中身は桐山で、半泣きになっていた）。

「あ、それで提案あるんだけど、みんな入れ替わってないうちに、もっとトイレ行っとかない？」桐山が顔の横あたりで手を挙げながら言う。

「今トイレに入りにくくなったって話をしたばかりだと思うんだが」

稲葉が呆れ気味に呟く。

「だって、あたし達女子が【太一】か【青木】になってる時、トイレに行きたくなったら……必然的にあのおぞましいものを見なきゃいけないのよっ！　いやあああ！」

思い出しただけでもダメージを受けたようで、桐山は鳥肌《とりはだ》を揉《も》み消すように自分の腕を撫《な》でる。

「そこまで拒否反応起こさなくても大丈夫だと思うけどな、別に体に付いてるもんなんだし。それに桐山は触らなくても済むように、洋式の個室でやってるんだろ？　でも桐山が嫌って言うなら、俺と青木で気をつけておくよ」

「あ、うん。ありがとう、太一」

「コラ太一。なに一人で好感度上げてんだよ。オレも気をつけるからね、唯」

「あんまり気にしなければ全然大丈夫だよ、唯。わたしなんてもう立ちションできるようになったしね！」

へらへらと笑って言う永瀬。

「それは流石にもう少し気にしろ。後、自慢気に言わんでよろしい」

太一がつっこむ。純真な笑顔で言われると少々対処に困る。

「そうだ、こいつらのは大したことはないぞ、唯。ちなみに太一の方が大きかった」

にやにやと笑って言う稲葉。

「それは変な方向を気にし過ぎだ！　比べんなよ！　それと青木！　真剣に頭抱えて落ち込むな！」

「しかし、それよりもアタシ達の貞操《ていそう》というか身体は大丈夫なのか……？」

おふざけ調子から一転して、今度は真面目な雰囲気《ふんいき》で稲葉が尋ねる。

それに関しては、太一ははっきりと断言することができた。

「大丈夫だ。なあ、青木」

「あー、確かに自分が【女の子の身体】になるんだもんなー、あんなことやこんなことやってみたくなるよなー……って、なに？　皆さん普通にドン引きしないでよ。それはやってないって……。道徳上不味いでしょ……。今のところトイレに行く機会もなかったし、いや、ホントだって。その刺すような視線止めてくれよ、ははは……」

虚《むな》しげな青木の笑い声が、室内に反響する。

「俺はなにもしてないぞ」

「太一は……まあ、そう言うなら、な」

一応稲葉は認めてくれるようだ。

「もちオレも——」

「……本当か？」

稲葉が疑いの眼差《まなざ》し全開で青木を見据える。

「ホントだって！　こういう時こそ信頼関係ってのが重要になるんじゃん！　だからそんなバカな真似はしないって」

「——そ……うだな」

それは一瞬だったけれども、稲葉は言葉に詰まって、苦いものを飲み込むような顔をした。どうかしたのかと太一は尋ねようとしたが、その前に桐山が青木に向けて喋《しゃべ》り始めてしまった。

「あ、そういえばあんた、あたしの家で【あたし】になった時、普段あたしは『ママ』って呼んでるのに『お袋』って呼ぶわ、自分の部屋間違うわ散々したらしいわね」

「大丈夫っしょ。確かに『お姉ちゃん今日どうしたの？』とは何度も言われはしたけど」

「相当問題じゃない！」

咳払《せきばら》いしてから、言い合う二人の間に稲葉が割って入る。

「そういうとこを、きちんとしていかないとな。既にアタシ達が最近ちょっと変だというのは、一部で噂になってるらしいし。しかしいくらなんでも、それが中身の入れ替わりだとバレることはないはずだが」

確かに人格が入れ替わっているなど、こちら側がわかって貰おうとしない限り、相手側が独力《どくりょく》で着想するとは思えなかった。だからその分、『おかしなところ』は全部、本人の人格に帰属《きぞく》させられてしまうのだけれど。

「家と言えば……、伊織。あたしがこの前【伊織】になった時、深夜なのに他に誰もいなかったんだけど、あれって……？　あ、夜、家に女子高生一人ってちょっと危ないなって……」

聞きにくいタイプの話ということもあるだろう、徐々に声を細くしながら桐山が言う。

永瀬はすぐに反応せず、少し間が空く。

しん、とした沈黙が部屋に降りる。

「あー……、それね。まあ、言う機会もなかったから言ってなかったけど、う、うちの両親、離婚してて母親と二人暮らしなんだよ。でもって母親も忙しくて……みたいな感じかな。ま、そこいらの男くらいなら、護身用催涙《さいるい》スプレーぶっかけて、ボコボコにしてやればいいから心配して貰わなくても大丈——」

「全然っっっ大丈夫なんかじゃないわよっっ！　そこいらの男だってそんな風に甘く見てるのが一番危ないんだからねっ！　もっとちゃんと対策しとかないと、なにかが起こってからでは遅いんだよっ!?」

激高《げっこう》、と言っていいだろう。それくらい桐山がキレた。いつものやり取りの中でぎゃーぎゃーと騒いでいるのとは別種の、本気の、全力の、叫びだった。

「え……？　あ、と……ご、ごめん」

面食らって永瀬が謝罪の言葉を口にする。

とても珍しい、いや、ほとんど初めて見ると言っていいほどの展開だった。

謝られて、高ぶった感情がいくらか冷めたのだろう、「う、あ、あたしこそ……なんかごめん」と桐山も頭を下げる。

重い空気が、五人を支配する。

——思えば今までは、幸運だった。

『人と人の人格が入れ替わる』なんて常軌《じょうき》を逸《いっ》したことが起こっていたというのに、特になにも起こらなかったのだから。

当然ながら、不便はした。

けど今までは、少なくとも表面上見える限りにおいては、それだけだった。

人と人の人格が、いつどこで入れ替わるかわからないような状態で、なにかを傷つけ、なにかを壊さないいなんてことがあるだろうか。

否、そんなことはどう考えたってあり得ない。

今はただ、まだそれが起こっていないだけだ。

そんな幸運が、果たしていつまで続くのか。

そして、『もし』それが起こってしまった時、自分達はどうなってしまうのか。

人は繋がって、どこへゆくのか。

パン、と稲葉が両手を鳴らした。

「とにかく、だ。なんだかんだ入れ替わってる、つまりは【自分の身体】に誰か他の人間が入っている時間は、何時間もって訳じゃないんだから、一人一人が責任もって【人の身体】を使ってやれば、トラブルもフォローで誤魔化しきれるくらいには納められるだろう。ま、そんな話じゃ効かない問題も……いや、今はもういいな」

多少無理矢理ではあるが、稲葉が場の空気を入れ換える。

こういうことができるから、皆は場を仕切るのを稲葉に任せるのだ。ただ単に強引な稲葉にイニシアティブを取られている訳ではない……と太一は思う。

そんな稲葉が、今度は嫌みったらしい口調で言う。

「差し当たって問題なのは、既に実害が出てきている点だ。な、青木よ」

「え、なんかあったけ？」ぽかんと口を開ける青木。

がくりと稲葉の体が折れた。

「なんで覚えてすらいないんだよっ！　アタシの英語の小テストでめちゃくちゃな点数

取りやがっただろうが！」

「あー、アレか。でもあれマジ頑張ったほうなんだって」

「三十点満点で七点のどこが『頑張った』だ！　おかげで今度補習だぞ！　それにいつもは成績いいもんだから、どうかしたのかと呼び出されるし。全く、バカであっても自分しか迷惑しないのならいいが、他人に迷惑をかけるようになると罪だな、最早」

「しゃーないでしょ。オレだって好きでバカやってる訳じゃないし」

青木はふて腐れたようにして、前髪をねじねじといじる。

「まあ稲葉も、そこまで目くじら立てんでもいいだろ。あのテストだって、成績に反映される訳じゃなかったし、バカはどう頑張ってもバカなんだから」

太一が間に割って入った。そして、

「そだよ、稲葉ん。バカは死んでも治らないんだし」

永瀬が言い、

「そうよ、稲葉。バカはバカのまま死ぬしかないんだし」

桐山が続けた。

「みんな、フォローになってないよ⁉　てゆーかフォローの方が酷いこと言ってるよ！」

皆に愛されている青木だった。

「お前ら、大したことないと思ってるみたいだが、入れ替わりはいつまで続くかわからないんだぞ……？　もし中間テストや期末テストの時までそのままだと……」

はっ、と三人（太一・永瀬・桐山）が息を呑《の》む。稲葉があえて口にしなかったその先を想像して、戦々恐々《せんせんきょうきょう》となる。

そんな中、渦中《かちゅう》のバカが口を開いた。

「え？　どゆこと……？　オレがテスト中【誰かの姿】になる、そして逆に【オレの姿】に誰かが……あっ！　オレの赤点取る教科の数が減るワケか！　うっひょ～」

「代わりに増やされる奴がいるんだけどな！　ていうかここにはお前以外赤点取ってる奴なんていねえんだぞ！」

稲葉は皮肉《ひにく》ったが、青木には余り効果がないようだった。

「……前向きにいきましょう、前向きに。こんなことすぐ終わる、って」

前髪を掻き上げ、頭を押さえながら、桐山が呟いていた。

それからもがやがやと反省会（途中からはただの無駄話会）は続いたが、夕方を過ぎて「親が帰ってくるから」と稲葉が言い、お開きになった。

途中、一人方向の違う永瀬とは別れ、太一、桐山、青木で帰路《きろ》に就いている……はずだったのだが、ちょうど三人が乗換駅に着いた時、青木と永瀬が入れ替わった。

とりあえず『姿の入れ替わった』永瀬と青木で連絡を取り合い、お互いこのまま家の方面へと向かいつつ、元に戻らないようならどこかで時間を潰す、ということが確認された。

「あ〜、それにしてもこれが【青木】の視点な訳かー。たっけなー。【青木】になるのは初めてなんだよね、わたし。百七十以上あるもんね」

永瀬【青木】はやたらと楽しそうであった。緊張感の欠片《かけら》もない。

「あんまりでかい声で……いや、別に他人が聞いてもなに言ってるかわからない、か」

太一は注意しかけたがすぐに思い直した。

「おおー、唯がすっげーちびっ子に見えるぜ」

言いながら永瀬【青木】は、桐山の頭を撫でようと手を伸ばす。と、桐山はすいっと頭を反らしてそれを躱《かわ》し、永瀬から体も遠ざけた。

「えっ？」

「あっ」

一瞬の沈黙。

なんてことない、と流してしまうには微妙に、異様な、空気が流れた。

その後、永瀬【青木】は少し気まずそうにしながら苦笑いした。

「ち、違うのよっ、伊織。別に、伊織に触られるのが嫌だからとかじゃないのよ。今は伊織が【青木】になってるから避けちゃった訳で、それで——」

「わかってるよ、唯。こっちこそゴメンね。ちょっと無神経だったかもね」

「……この光景、青木が見たら泣くな」

友人を想い、太一は呟いておいた。

「い、いつも青木が変な風に来るから、条件反射になっちゃってるのよ。そこまで嫌いって訳じゃないわよ。バカだけど悪い奴じゃないし……」

「お、おお……。そうだな」

半分以上は冗談のつもりで言ったのだが、もの凄く真面目なトーンで桐山が返してきたので、太一は戸惑ってしまった。

そこで桐山の乗る上り電車が来てしまい、ぎこちない雰囲気を引きずったまま、桐山とは別れることになった。


結局、青木の家の最寄り駅まで来ても、まだ【青木】の中身は永瀬になったままだったので、本来なら先の駅まで行く太一もそこで一緒に降り、時間潰しに付き合うことにした。

現段階においての入れ替わりは、文研部員五人全員でトータルして、一日当たり一〜八回、一回の入れ替わり時間は一分ほどから最長でも二時間程度であり、元に戻るのにそこまで時間はかからないだろうと考えられた。

太一と永瀬【青木】は、二人してホームの待合室に入る。中に他の客はいなかった。間に肘《ひじ》かけのあるベンチに、一人分の隙間を空けて二人は座る。

太一が右を向くと、見慣れた親友の横顔がある。しかしそこにその親友がいる訳ではない。代わりに別の親友、——そう呼べるであろう、女友達がいるのだ。

「やっちまった……」

　先ほどの電車内でも塞《ふさ》ぎ込み黙っていた永瀬【青木】が、耐えかねたかのように声を漏《も》らした。

「さっきの桐山とのやり取りのことか？　まあ、あれは、タイミングとか色々悪かっただけで、そんなに気にすることでもないと思うんだが」

「そう捉《とら》えることも、確かに、できるよ。でもわたしは、ダメなんだ……。わたしは誰かが本気で嫌がることをやっちゃ……ダメなんだ……絶対……ダメなんだよ」

　そうやって、異常なまでに永瀬は沈み込んでいく。ただ桐山に悪いことをしてしまったという罪悪感以上のなにかが、永瀬を苦しめているように、見えた。

「あー……」永瀬【青木】は体を折って手で顔を覆う。

　酷く永瀬の存在が脆《もろ》く、淡く感じられる。今にも砕けそうな気がして、太一は支えて、あげなければならないと思う。そうしたいと、思う。

「どうしたんだよ永瀬。俺に助けてやれることはない、か？」

　太一は聞くが、永瀬【青木】は返事をせず、体も静止させたままだ。

　そのまましばし時間が流れる。

　じっと見ているのも悪いと思い、太一は外の風景に目をやる。

「……太一」

　やがて、永瀬【青木】から、とても小さな問いかけがあった。

「……なんだ？」

ゆっくりと、それに答えてやる。

「わたしさ……こんな風に人格が入れ替わるようになってから、いわゆる『人格入れ替わりモノ』の漫画やらを古本屋で漁《あさ》りまくったんだよね……」

「おお、そんなことやっていたのか」

話の筋が、少々見えない。

「でね、やっぱり多くの作品では、男女間での入れ替わりモノになってるんだよ。で、そういう作品には結構な確率でさ…………【男】になっちゃった女の子が男のアレをアレするという下りがあるんだよねっ！」

もの凄く満面の笑みで言われた。

「だからここは、わたしも男のアレをアレした方がいいのかなと思って——」

「ちょ、ちょっと待て。その話、さっきの桐山とのやり取りと関係あるのか？」

「ぷっ、くくく。なに言ってんの、太一？　ある訳ないじゃん」

「おいっ、さっきまでのシリアスさはどこへいった⁉　後その話にもなにか重要な意味があるんじゃないかと思って真剣に聞いていた俺の集中力を返せ！」

切り替えの早い奴だった。悩んでいるように見えて、いつからそんなアホなことを考え始めたのだろうか。

「ただ男のアレをアレすると言っても、具体的にどうしたらいいのかよく知らないんだよ。だからここは、太一にわたしが男のアレをアレするのをアレして貰おうかと……」

「話を更に進めるな！　後具体的になんの単語が入るのかは知らんが、俺はお前が男のアレをアレするのをアレしたりはしないぞ！」

「でもわたしが未熟《みじゅく》な知識で男のアレをアレすると、なんかアレなことになったりしたらアレだし……」

「ええい、ならば男のアレをアレすることなんてしなければ、お前が男のアレをアレしてアレになったおかげでアレになることもないだろうが！」

「確かにわたしが男のアレをアレしなければ、男のアレをアレしてアレになったおかげでアレになることはないかもしれないけど、それは同時にわたしが男のアレをアレすることができなくてアレというアレレな事態を招《まね》く訳で……あれ？」

「ていうか永瀬、完全に『アレ』『アレ』言いたいだけだろ」

「バレちった」

「バレちったじゃねえよ」

「でも途中から太一も楽しんでやってたよね？」

……否定できなかった。というか正直凄く楽しかったりする。

「まあ、真面目に言うと、男のアレをアレしたりなんかしないよ。だって、やられたら嫌でしょ？」

「そりゃ……当然」

「なら、やらないよ」

にへら、と永瀬【青木】が笑う。その笑顔が、とても満足げで晴れやかだったから、太一はふと、思い当たる。

「もしかして、永瀬が『人格入れ替わりモノ』の漫画やらを漁ったのって、入れ替わりに際してどう行動すべきか研究する意図が――」

「ここで永瀬伊織から太一へのクエッションターイム！」

永瀬が太一の言葉を無理矢理遮《さえぎ》る。じゃじゃっじゃじゃじゃん、などと効果音を口ずさむ永瀬【青木】は、少し照れているようにも見えた。

落ち込んでいたかと思えば、次の瞬間にはハイテンションになったり、なにも考えず思いつきで好き勝手行動しているのかと思えば、しっかりものを考えて計画的に行動していたり、バンバン下ネタも照れずに言うかと思えば、思いもよらぬところで照れたりする、そんな永瀬の持つ多彩《たさい》な顔は、太一の目に、とても魅力的に映っていた。

続けて永瀬はまた違う表情を見せる。しかしそれは、――どう捉えたらいいのかよくわからないキャラだった。

「わたし達は暗黙の内に、魂というか意識というか人格というものでもって『わたし達はわたし達たり得ている』、と判断しています。それは今、【青木の身体】に永瀬伊織の魂が込められているこの存在を、わたし達は永瀬伊織として認める、ということです。しかし、そこで問題となってくるのは、その魂、もしくは意識、もしくは人格と呼ばれるものが、実は、非常に曖昧《あいまい》なものであるということです。なぜならそれは、触れることも視認することも、できないからです」

どこか、今この場所から一歩引いたような笑顔が、永瀬【青木】の顔には張り付いていた。

「ですから我々は、『わたし達をわたし達たらしめている』のは魂、意識、人格と呼ばれるものだということを意識しつつも、普段は【身体】でもって『その人物がその人物である』ということを判断しているのです。だって、現に今わたし達の間で、中身がそっくりそのまま日々入れ替わっているというのに、少しおかしいと思われることはあれど、誰もわたし達以外の人が、入れ替わりに気づくことなんてないじゃないですか」

淡々と、用意された問題原稿を読み上げるだけの司会者のように、永瀬は続ける。

「そうつまり、【身体】というものは、我々にとって絶対のよりどころとなるものなのです。しかし、もし、その【身体】が——例えば人格入れ替わりで——曖昧なものになってしまったら？　我々は我々として存在し続けることができるのでしょうか？　……なんちって」

最後は冗談めかして笑って見せ——ようとしたところで目の前の【青木】は一瞬目を瞑《つぶ》り、再び開いた。

「……うぇいっと!?　お、太一」言ってから、【青木】は自分の体を眺める。

「うーん……と、戻ったみたいだな。あ〜、やっと我が【身体】に帰ってこれたー……

って、コレ、考えたらかなり変な言い方じゃね?」

どうやら入れ替わりが終了し、元に戻ったらしい青木からの言葉に、太一は自分でもなにを言っているかわからないまま適当に応じる。

太一はただ、圧倒されていた。

脳内は、まだ、先ほど目の前で見せられた永瀬【青木】の姿で占められている。

表情を消し、一本調子で、ある種哲学的なことを語る永瀬など、普段の彼女からは余りにも、かけ離れ過ぎている。

永瀬はなにを、伝えたかったのだろうか。

それは淡々としている分だけ、逆に悲痛なる叫びにも思えた。思えたのだけれども、思えたというだけで、太一には、それ以上のことはなにも、わからなかった。

わかって、やれなかった。

わかって、やりたかったのに。

五章　ジョバーはなにを思う

週が明けて月曜日、一時間目終わりの休み時間。八重樫太一《やえがしたいち》は『この前永瀬伊織《ながせいおり》の様子が少しおかしかった』、ということをかなーりそれとなく稲葉姫子《いなばひめこ》に相談してみた。深刻に捉《とら》え過ぎてても永瀬に迷惑かと思い、太一は軽めな口調で言ったのだが、稲葉はいやに真剣な表情で聞いていた。

「ふーん……。そういう風に転がる、か」

肘《ひじ》をついて顎《あご》を支えながら、稲葉は含みのある言い方をする。

「なんだよ、『そういう風』って」

「そういう風はそういう風だよ。……ったく、下手《へた》な展開にならなきゃいいんだが」

「だからなんだよ、『下手な展開』って」

「~~~っ下手な展開は下手な展開だ！　ちょっとは自分で考えろ！　ていうか自分で聞いてこい！」

なぜかキレ出した稲葉に思い切り背中を押され、太一はたたらを踏んだ。と、ちょうど席を立とうとしていた永瀬と、太一の目が合う。

にっこり笑顔を浮かべた永瀬は、そのままぱたぱたと太一の元に駆け寄ってくる。

「ん？　どうしたどうした、なんか楽しそうなことやってんの？」

「いや別に……。ところで永瀬、前の土曜の帰り際のことなんだけど……」

「なになに？　なんかあったっけ？」

非の打ち所のない微笑《ほほえ》みで、本当に心当たりがなさそうに永瀬は言う。

そしてそんな目が眩《くら》むほどの笑顔に当てられると、なんだか自分が持った疑念も勘違《かんちが》いのような気がしてきて、この前の出来事も、ただの気まぐれの産物だったのかなと思えてくる。

「ああ……いや、なんでもない」

そこまで心配しなくても大丈夫だろう、太一はそう結論づけることにして、話を打ち切った。……後ろでは聞こえよがしに稲葉が舌打ちをしていたが。

□■□■□

さて、なんてことない九月半ばの凡庸《ぼんよう》なる平日だったのだが、五時間目終わりの休み時間の今、一年三組の教室には、不穏《ふおん》な空気が流れていた。

皆、表面上は歓談《かんだん》やらなんやらをいつもと同じようにしている。が、時々、各々《おのおの》が各各の行動をしつつも、チラリと教室上のある点を見やるのだ。

そしてその、皆から危険地帯と見なされ、不穏な空気の発生源となっている場所にいるのは、『アタシは今すっごい不機嫌なんだから近付くんじゃねえぞ。近付いてきやがったらどうなっても知らねえぞ』的オーラを、（もちろん口には出さずに）全身から周りに発している、稲葉姫子だった。

ほんの僅《わず》かでも触れると噴火《ふんか》する可能性があるので、非常にデリケートな対応が——。

「稲葉んもさぁ、いつまでもそんなぶすーっとしてないでさぁ」

稲葉の前の席に陣取り、椅子《いす》をガンガンと揺すりながら永瀬が言う。

その恐れ知らずの態度と行動に、周りの方は戦々恐々《せんせんきょうきょう》だ。

「やべえぞっ！」「なんて無謀《むぼう》な！」「伊織……やっぱりあんたは大物よ」「ええいっ、爆弾処理班はなにをしているんだ!?」

様々な言葉がクラスのあちらこちらから聞こえてくる。予想外の展開に、本来もっと絞《しぼ》るべき声が大きくなっているようだ。

ちなみに最後の『爆弾処理班』は、恐らく、騒動の震源地《しんげんち》近くに立つ太一に向けられたものだ。というか、太一はさっき友人にそう言われて送り出されてきた。

話は至極《しごく》単純。五時間目古典の授業が始まった時、稲葉姫子と青木義文《あおきよしふみ》が一対一で入れ替わっていた。そして授業中、一年三組の教室で【稲葉】（中身は青木）が爆睡《ばくすい》。それを教師が発見し、頭を教科書ですぱーんと一撃。目が覚めた時には【稲葉の身体】に稲葉の人格が既に戻っていた、ということなのである（眠っている段階で戻っていたのか、殴られると同時に戻ったのかは不明）。

「教師如《ごと》きにこのアタシの頭が叩かれるなんて……なんたる屈辱《くつじょく》かっ……！」

稲葉は何様のつもりなのだろうか。一度問いただしてみたいものである。

「まあまあ稲葉ん。ある程度は仕方ないって諦めなきゃ。後はその怒りを、本当の意味で原因を作った人間にぶつけるしかないよ」

「永瀬っ、それは青木への事実上の死刑宣告か!?」

「……そうだな。フフフ、この代償《だいしょう》は高く付くぞ……」

残忍《ざんにん》そうな笑みを浮かべ、稲葉が上唇《うわくちびる》をペロリと舐《な》めた。

その凶悪犯顔負けの姿に、クラス中から悲鳴が上がる。

「ひぃ！」「早く沈静化しろ！」「大丈夫！　こちらに被害はないはずよ！」「爆弾処理班！　ちゃんと仕事してんのか！」

どうやらちょっと面白くなってきたようで、皆完全に調子に乗っていた。

「なんか悪意のある妄言《もうげん》が聞こえるんだが……」

それに気づいた稲葉が、周囲に首《こうべ》を巡らそうと――。

「気のせいだっ！　稲葉！」

爆弾処理班としての面目を保つため、太一が稲葉の動作をガード。

と、ちょうどそのタイミングで鐘《かね》が鳴り、休み時間の終了と六時間目ホームルームの始まりを告げた。同時に担任の後藤《ごとう》龍善《りゅうぜん》が教室に素早く入ってくる。いつもはもっとダラダラと遅れて来るはずなのに、今日は様相が違っていた。

「おーい、お前ら早く席に着けー」

後藤はてきぱきと着席を促《うなが》す。まだ不満そうな稲葉に声をかけてから、太一と永瀬も自分の席に戻った。

どういう訳か、後藤はごほごほとわざとらしい咳払《せきばら》いをしている。なにか怪《あや》しい。

「え〜いいか、お前らよく聞け」

妙に改まった口調だった。そして、予《あらかじ》め用意していたかのように一気に言う。

「知ってる奴は知ってると思うが、我が校では定期的に、地元地域でのボランティア清掃活動を行っている。こんなのに進んで参加したがる奴なんてほとんどいないから、だいたいの場合は、持ち回りみたいな感じで運動部が駆り出されるんだが、今回は試合が近いやらの諸事情と調整ミスで、人員が少々足りないということになった。そして受験生である三年生を除いた一、二年の三クラスから、最低各三名選出して今回の清掃活動に強制参加させるということが職員会議で決まったんだ」

この時点で嫌な予感がぷんぷんと漂《ただよ》ってきてはいたのだが、一年三組の面々は一縷《いちる》の望みをかけ、固唾《かたず》を呑《の》んで先の言葉を待つ。

「そして、その三クラスをどこにするか決めるためのじゃんけん大会が先ほど開かれた訳だが、見事先生はそこで――」

後藤はじっくりと教室全体を見渡し、これでもかというくらいのタメを作る。

「——負けたため」

「アホ！」「なに負けてんだ！」「溜めて言うな！　余計腹が立つ！」

余りにも予想通りのオチに、生徒達が非難の雨霰《あめあられ》を後藤に浴《あ》びせかける。

「俺だって負けたくて負けた訳じゃないぞ！　ということでウチのクラスから三人出さなきゃならんからな！　メンバーはお前らで勝手に決めてくれ！　あ、ボイコットみたいな真似《まね》は止めとけよ。ペナルティとして次回の清掃にクラス全員強制参加、ってなことになるからな。……じゃあ後は藤島《ふじしま》、頼んだぞ！　集合は放課後正門前だ！」

それだけ言い残すと、後藤は脱兎《だっと》の如く教室から逃げ出した。

「せ、先生!?」急な指名に戸惑い焦《あせ》る、一年三組学級委員、藤島麻衣子《まいこ》。

「あ、逃げやがった！」「職務放棄《ほうき》だ！」「ホントに教師かよ！」

そんな声が上がるが、後藤本人が去りし後には、虚《むな》しく響くばかりだった。

「はぁ……、そういう訳で誰《だれ》かやりたい人……は、いないわよね。やってくれる人、挙《きょ》手《しゅ》して下さい」

担任から責任を丸投げされ、嫌そうにしながらも、きちんと役割を果たそうと、藤島が教卓の前に立つ。

もちろん、手を挙げる人間など誰もいない。なんのメリットもない、ただの面倒くさい行為を、自ら進んでやるなど酔狂《すいきょう》としか言えなかった。

「お前やれよ」「あたしは部活で忙しいから無理」「てゆーかウチの学校全員部活入ってるじゃん」「いつもは運動部がやってるんだから、こんな時くらいは文化部がやればいいんじゃね？」「それ関係なくない？」などなど様々な文句を使いながら、結局はただの擦《なす》り付け合いとなる。

始めはきちんと皆の事情を考慮しながら決めようとしていた藤島だったが、皆が勝手にわーわーと騒ぐので、ついにさじを投げた。

「ふぅ……、じゃあもうみんなで話し合って決めて。決まり切らなかったらじゃんけん、これで決まり」

おいおいお前まで責任放棄か、などと自分のことは棚に上げておいて、外野《がいや》共がヤジを飛ばす。

「はいはいわかってるわよ。代わりに三つの内一枠は私が埋めるから。後二人ね。これでいい？」

流石《さすが》は藤島、と今度は皆から拍手が起こる。酷《ひど》い掌《てのひら》の返し様だった。

それにしても藤島はできた人間である。……だからこそ最近知った、永瀬をあれほど怯《おび》えさせる裏の藤島の顔が気になるところなのだが。

そして太一は、ここで思う。

もうちょっと華のあるボランティア活動ならまだしも、どう考えてもこんな清掃活動をやりたい人間などいない。結局押し付け合いになるのは、不可避のことであろう。

もし話し合いで誰かに決まるとなれば、気の弱い奴が無理矢理やらされることになる可能性が高い。

しかし、話し合いで決まり切らずじゃんけんになると、本当に都合の悪い人間に当たった時、その人間が困ることになってしまう。そういった人間は抜けばいいじゃないか、ということになるかもしれないが、その判定基準でまた揉《も》めることになるだろう。

このままだと、どう転んだって誰かが迷惑することになるのだ。

だがしかし、一つだけそれを回避できる方法があるではないか。太一はそのことに思い当たる。まあ、始めからわかっていたことなのだが。

それは余りにも単純な話で。

誰かがやらなければならないのなら、自分が引き受ければよいではないか。

それで全て解決だ。

もちろん、後一人をどうするのかという問題は残るが、少なくとも犠牲者《ぎせいしゃ》を一人は減らすことができるのである。

ふっと息を吐き、太一は目を瞑《つぶ》りながら右手を挙げる。

「やるよ」

——と、声がどこかおかしい。そのことにすぐ、気づく。

目を開く。

教卓までの位置が、いや、自分の座る位置が変わっている。

それが意味することは――。

「あ、えっと……【稲葉さん】がやってくれるということで……いいのかしら？」

信じられないものを見た、とでも言いたげな顔をしている藤島が問う。

いい加減、入れ替わりにも慣れた。だから最近は、一瞬驚きはするけれども、すぐに平静に戻って対処もできる。それにしても今回は、少々タイミングがよ過ぎるが。

太一は振り返って自分、【八重樫太一】の席を確認する。

「ア……俺もやります」

顔を引きつらせ、胸の下辺りで左手中指を突き立てながら、右手をピンと挙げた【太一】が――そして恐らく中身は稲葉が――、言った。

カムバックしてきた後藤が、罵声《ばせい》を浴びながらホームルームを終了させ、放課後。

「八重樫はまだわかるんだよ、可能性がゼロとは言えない。しかし稲葉ってそんなことやるタイプか？」「今日、明らかに稲葉さんおかしくない？」「というか最近おかしいこと多いよね、あいつら」

ざわざわと教室がざわめく中、太一【稲葉】が稲葉【太一】の元へ向かう。もちろん、たった今決まった雑務のためだ。

「あ～～～～ったく、とんだ厄日だな、今日はっ」

腹立たしげに、しかし周囲に注意を払いあくまで小声で稲葉【太一】は吐き捨てた。

「まあ、その、さっきも言ったけど、スマン。今回は、奇跡的に俺が手を挙げようとした瞬間起こった入れ替わりを恨んでくれ」

「確かに青木の件も含めて、今日の入れ替わりのタイミングには悪意を感じるよ。だが、アタシはお前本人にも相当むかついてるぞ？」

ギロリと稲葉【太一】が睨《にら》みを利《き》かす。

まさか自分の身体で、これほどの迫力が出せるとは思ってもみなかった、と太一は新鮮な気分であった。

「埋め合わせはしますので、それでご勘弁《かんべん》を」

「ふんっ、どんな報復をしてくれようかねぇ」

稲葉は損失補塡《ほてん》よりも、損失倍返しをお望みらしい。……タチが悪い。

「ほらほら、【太一】も喧嘩《けんか》上等《じょうとう》みたいにガン飛ばさないで。いつもはそんな顔してないんだからみんなに怪しまれるよ、笑って笑って」

なにやらにやにや楽しそうな永瀬は、稲葉【太一】の頰《ほほ》をぷにーと挟んで無理矢理えびす顔を作ろうとする。

「あれ？　なんか不気味だ。あ、そうか。太一も普段から笑顔振りまくようなキャラじゃなかったか」

「だったらやるな。誰も得してないぞ」

されるがままになっている【自分】（中身は稲葉）の顔を見ていると、太一自身むず痒《がゆ》いし恥ずかしい。

「それより、さっきから藤島がこちらを睨んでいるんだが」

永瀬に頬を摘《つま》まれたままの稲葉【太一】の指摘で太一【稲葉】が振り返る。と、そこには腕を組み、こちらをじぃーと見つめる藤島がいた。

普段は温厚篤実《おんこうとくじつ》なはずの藤島だが、今の表情は非常に……恐かった。

藤島に促され、太一と稲葉は教室を出る。永瀬は「頑張ってゴミ拾ってこいよ。ばはーい」と言い残し、部室へと向かっていった。

荷物を教室に置いたまま、三人は正門へと赴《おもむ》く。藤島を先頭に二人が後に続く形だ。

その道中、稲葉【太一】が、小さく肘で太一【稲葉】の脇腹をとんとんと突き、囁《ささや》く。

「なあ、藤島の当たりが太一に対してきついのはいつものことなのか？」

「ああ。例の俺と永瀬が初めて入れ替わった時の騒動以来、な」

「ま、別に彼氏でもなんでもないクラスメイト男子に、身体をまさぐられたらそうなるわな。それにどうも藤島の奴……、アレっぽいからな。で、どうやら伊織を狙っている節がある、と。そりゃ今時珍しい『天然物』の美少女が一人で胸を揉みしだいてたらなぁ……。でもって太一をライバル視してる……か。ちょっと面白過ぎるだろ、これ」

「全然面白くねえよ」

そんな風に入れ替わった太一と稲葉が話していると、急に藤島が振り返った。

「ねえ、ちょっといいかしら、八重樫君」

「おう、ど――」反射的に太一【稲葉】が返事しようとしたところを、

「どうか、した？」

大声で稲葉【太一】が遮《さえぎ》った。

稲葉【太一】は、太一【稲葉】にガン、と強めに肘打ちを喰らわせた後、歩幅を大きくして藤島に並ぶ。途中太一の方を見やり、バーカと口パクで伝えるのも忘れない。

危ない……。やはり唐突《とうとつ》に名前を呼ばれると、思わず反応してしまう。

その点相手のフォローまでしてしまう稲葉はあっぱれだ。いつも周りに厳しく言うだけのことはある。

「前々から気になってたから、単刀直入に聞かせて貰うけど……永瀬さんと八重樫君の関係って、なんなの？」

「んなっ……!?」後ろで聞いていた太一【稲葉】は絶句した。

周りに人がいるにもかかわらずド直球だった。しかもノーモーション。

藤島麻衣子、恐るべし。

「ほら、なんか今日もベタベタしてたし。それに例のあの日も、永瀬さんを無理矢理連れて行くし……」

「なんなのって言われても……」

と一旦は言い淀《よど》んで後ろを振り返った稲葉【太一】であったが、そこでなにかに思い当たったようで、はっと顔を輝かせた。

絶望的な予感しか、太一には、しなかった。

「もちろん男と女の関係さ！」

……やりやがった。

「嘘《うそ》ね」

……しかも見破られやがった。

「なっ、ど、どうして嘘だとわかる？」

これは予想外だったようで稲葉もたじろいでいた。

「舐《な》めないで貰いたいわね。私くらいになると、女の子に男の手垢《てあか》が付いているかどうかくらい、その人を見るだけでわかるのよ」

メガネをすちゃりとかけ直す藤島。底知れぬポテンシャルを感じさせた。褒めていいのかは判断に迷うところではあるが。

「そうか、ならこちらも正直に言うしかないな……」

稲葉【太一】は妙に感情を込めて唸《うな》る。

太一はストップをかけたいのだが、この中途半端な状態では止めるに止められない。

それに上から被せて否定しようとしても、藤島から見れば太一本人が言ったことに、他人がなにを言おうと説得力に欠ける。

「俺と伊織は男と女の関係になる……半歩手前だ！」

「は、半歩……。そこまでとは想定外ね……。これはピンチかもしれないわ……！」

「ということで伊織には近付かないで貰おうか！」

「それはこっちのセリフね。女の子の体をあんな節操《せっそう》もなく触る八重樫君なんかに――」

「はい、ストップ！　マジで！」

もうこれ以上は危険と判断した太一【稲葉】は、体を無理矢理二人の間にねじ込んで話を打ち止めにした。

「ちっ」と稲葉【太一】は舌打ちし、「ふんっ」と藤島は鼻を鳴らした。

もちろん太一【稲葉】が漏《も》らしたのは、「はぁ」という溜息《ためいき》だった。


正門前に集合した（させられた）生徒達に対して、担当教師が説明を与える。といっても、学校近辺でゴミをそれなりの量拾ってこい。ゴミ箱からゴミを拝借《はいしゃく》して量をかさ増しするなどの不正行為が発覚した場合は、きつーいお仕置きが待っている、程度のことであった。その後号令と共に、軍手とゴミ袋を装備品として支給された生徒達が（一部はゴミばさみも持って）、わらわらと散開していく。

藤島は他クラスの友人と行ってしまったので、自然と、太一と稲葉は二人で校外へ繰り出す形になった。

雲一つない澄み渡った空の下、学校近くの無駄《むだ》に広い公園をぶらぶらと歩く。

「あーあ、お前とゴミ拾いデート、か」

手に持ったゴミばさみで宙《ちゅう》を摑《つか》みカチカチ鳴らしながら、稲葉【太一】が気怠《けだる》そうに呟《つぶや》く。

確かに散歩なんかするには最高の陽気で、ゴミ拾い要素を除けば（結局それがあるからどうもならないのだが）、デートっぽくもあった。

「しゃーないだろ、お――」

一瞬、太一の目の前が闇に染まり、立ち位置が変わる――というか元に戻った。太一の人格は【太一の身体】に、稲葉の人格は【稲葉の身体】へ――本来の形へ。

「……しっかもこのタイミングで元に戻るかぁ？　ついてねえなぁ。あ、とりあえず太一が持ってるゴミばさみ貸せよな」

憎々しげに愚痴《ぐち》を零《こぼ》しながら、稲葉が太一からゴミばさみを奪い取った。

「ま、ドンマイ」

「ドンマイじゃねえよ。おかげでこっちは、半年ほど築き上げてきたキャラが数時間にして崩壊だってての」

「その語尾、まさしくアメリカのプロレス中継《ちゅうけい》を日本で放送する時、選手のスペイン語訛《なま》りを表現するためのそれだな」

「誰にも伝わらない例えつっこみをするな、バカ」

バカとわかっていても、言いたい時があるものなのだ。

「でも居眠りで抜けてるとこを見せて、その後本当はいい奴アピールみたいになったじゃないか、たぶん稲葉株高騰《こうとう》だな、これは」

「そんなもん望んでない。敵につけ込まれる隙を提供しただけじゃないか、腹立つ」

「誰だよ？　敵って」

「自分以外の人間は敵さ、基本的にな」

稲葉は不敵に笑って見せる。「お、大物発見」と、稲葉は一度雨に濡《ぬ》れたのかしわしわになった週刊誌をゴミばさみでがっちり挟み込み、自分のゴミ袋に投入。

「お前の『敵』の定義が気になるよ……。……ってんなことよりもさっきの藤島とのやり取りだ！　言いたい放題言いやがって！　俺にはクラスメイトの誰とも敵対関係になるつもりはないっての」

太一は多少語気を強めて言ったのだが、稲葉は、はんっ、とそれを鼻で一蹴《いっしゅう》した。

「おいおい、感謝はされても非難される覚えはないぞ。明確な対立構造を作って、後はお前が頑張れば、伊織を藤島の魔の手から奪取《だっしゅ》できる状況にしてやったんじゃないか」

「意味わからんぞ」

「なに言ってる。お前にぴったりの状況じゃないか、なあ——」

言葉を一旦切った稲葉が、太一と目を合わせ、意味ありげな視線を送る。同情も、哀れみも、労《いたわ》りも、怒りも、苛立ちも、それと同時に、もし太一の勘違いでなければ、若干《じゃっかん》の羨望《せんぼう》も見て取れるような、目だった。

そして稲葉は言葉を続ける。

「――自己犠牲野郎」

「……なんだよ、自己犠牲野郎って……」

太一には稲葉の言わんとするところが、いまいち理解できなかった。しかし、理解できないのに、理解できていないはずなのに、妙な息苦しさを、感じた。

「まんまの意味だよ。言い得て妙だろ？」

流し目で、どこか自信ありげに稲葉が言う。

「どこが――」

「じゃあ聞くけど、お前はなんでこのクソ面倒なイベントに自ら立候補した？」

「……だってみんなやりたくなくて、でも誰かがやらなくちゃならなくて、それを俺が引き受ければ誰も嫌な思いをしなくて済んで――」

「その『誰も』に、どうしてお前自身のことを入れないんだ？　お前だってやりたい訳ではないんだろ？　だったら、お前が嫌な思いをしてるじゃないか」

「それは……」

太一は二の句が継げない。なにか言葉を発したいのだが、そのなにかが見えて、こない。深い霧の中、どこかに存在しているはずなのだけれど。

「やっぱりお前は、自己犠牲野郎に相応《ふさわ》しいよ。どうして自分を皆と同列で考えない。なぜ自分だけを特別視するんだ？　ああ、自分を上に見るって意味じゃないぞ。逆だ、下に見るんだ。自分だけを殺してもいいと思うんだ。そんな自分のことを大事だと思えない奴の考えてることが、アタシにはわからない。気持ち悪いとさえ、思う」

いつにもまして辛辣《しんらつ》を極めた稲葉が、有無を言わさず太一に言葉の刃を突き刺す。

「お前がプロレスを好きな理由、なんだった？」

唐突に、稲葉が話題を変える。

不意打ちではあったが、自分がこよなく愛することに関してなのだ。すぐ口を衝《つ》いて言葉が出てくる。

「……よく知られてる言葉で言えば『受けの美学』、だ。プロレスは台本のあるショーだから、対戦相手同士は真剣勝負してる訳じゃない。その代わり『魅せる』格闘技《かくとうぎ》として観客と真剣勝負してるんだ。プロレスはただどちらかの選手が強くて凄い技を出せばいいってもんじゃない。本当に重要なのは、技を『受ける側』にあるんだ。受ける側の魅せ方の技術で技の、ひいては試合の完成度まで変わってくる。技を受ける側の引き立てがあって、初めてプロレスとして成立するんだ。特に俺が好きなのは完全にやられ役に徹《てっ》しているジョバーと呼ばれる選手で、やられっぷりのよさで言えば——」

「黙りやがれこのクソプロレスオタク」

侮蔑感《ぶべっかん》を隠そうともしない態度でそんな暴言を叩き付けられた。

「お、お前が話せと……」

「誰もそこまで詳細な説明は要求してないんだよ、このクソプロレスオタク」

更に嫌悪感《けんおかん》を上乗せしたような声で稲葉に吐き捨てられた。

「に、二回もクソプロレスオタクと言わなくても……」

「とにかく、だ。アタシが言いたかったのは、お前の場合の『受けの美学』とは『自己犠牲の美学』のことじゃないのかって話だ」

「稲葉、それは違うぞ。『受けの美学』は——」

「勘違《かんちが》いするな。プロレス全般のことを言ってるんじゃない。お前の場合は、だ」

「俺の場合でも、違う……」

きっぱりと言い切れないのは、稲葉の高圧的な態度に押されているからだろうか、それとも、稲葉の言うことが的を射ていると感じているからだろうか。

「ふん、どうだかな」

言いたいことを言って満足したのか、稲葉は一つ息をついた。視線を下げ、落ちていたスナック菓子《かし》の空箱をゴミばさみでキャッチし、自分のゴミ袋に投入。

さっきから順調にゴミを拾っていく稲葉に対して、太一のゴミ袋は空のままだ。

「で、話を戻すけど……お前伊織のこと好きだろ？」

「ぶはっ!?」思わず太一は吹き出した。

「お前、最近リアクション過剰《かじょう》になったなぁ。前はもっと無愛想キャラだったのに」

くはは、と稲葉は腹を抱えて笑う。明らかに、狙って反応を楽しんでいた。

「そうせざるを得なくされてるだけだろっ！　というか、どこをどう戻ったらそんな話になるんだよ。一つも戻ってないだろ」

「藤島に先を越される前に、早く伊織を落としとけって話だよ」

「なんでそうなる。競い合う意味がわからん。……その前にまず俺が永瀬を落とさなきゃならんというのがおかしい」

「わかってるか、お前？　文研部五人の中で一番脆《もろ》いのは、伊織だぞ。あんな不安定な人間、アタシは他に見たこと、ない」

太一の脳裏《のうり》を、【青木の姿】になった永瀬と、二人で話していた時の光景がよぎる。わずかな時間の間に、色々な表情を見せた、永瀬。それを表情豊かと取るか、不安定と取るか。

「そしてそんな脆さが、お前好みなんだろ？　自分が壁になって、傷を負って、守ってやらなきゃダメだもんな。そうしないと、壊れちゃうかもしれないもんな。自己犠牲野郎のお前にとってはこの上ない逸材《いつざい》だよな」

「……勝手に決めつけるなよ、稲葉。そんなこと、考えたことも、ねえよ」

稲葉の方が聡《さと》いことは認めるけれども、自分のことを一番理解しているのは、自分だ。想像で好き勝手言われる覚えはない。

どうだかねえ、と呟いて、稲葉は手に持っているゴミばさみをくるりと回す。

「太一の場合無意識っぽいしな。だからタチも悪い。後ついでに言っとくと、……伊織も太一のことが好きだぞ」

「いや、それはないだろ」

太一は冷静につっこんだ。

「ちっ、しょーもないリアクションだな。二回目で一回目を超えてナンボだろうが」

意味のわからないハードルを設定している奴だった。

「んなもん知るかよ。というかそれも稲葉の勝手な妄言だよな」

「失礼な、確証があるから言うに決まってるだろ。あいつは、伊織は、よりどころを必要としてるんだよ。なにがあっても、絶対的に自分を肯定《こうてい》してくれる存在をな。そういうの、気持ち悪いほど尽くしたい願望のあるお前にピッタリじゃねーか、太一。歪《いびつ》な欠陥品同士、パーツが上手く組み合いそうだろ？」

酷い、言い草だった。

「お前いくらなんでも言い過ぎ――」

「それにお前と伊織は、お前ら二人の時が一番生き生きしている」

なぜかその言葉だけは、目を逸《そ》らしてぶっきらぼうに放たれた。

「そう……か？」

皮肉《ひにく》混じりのもの言いばかりだったので、普通の言い方をされると、太一は逆に面食らってしまう。

「ま、結局はどうでもいいんだけどな。お前らの問題だ、好きにやってくれればいい。アタシには関係ない」

ちょっとしたお節介さ、稲葉はそんな似合わないセリフを、やはり自分でもそう思っているのか、少々照れくさそうに小声で付け加え、足を速めた。

普段から思ったことは包み隠さずオープンにするタイプで、強烈な皮肉《ひにく》も辞さない稲葉ではあるが、ここまで人の内面に深く切り込んだのは、太一の記憶にある限り初めてだった。それにはやはり、この入れ替わりがなにかしら関係しているのだろうか。

「でもやっぱり」と、稲葉が珍しく憂《うれ》いを帯びた感慨《かんがい》深げな顔をして呟いた。凛《りん》とした佇《たたず》まいと合わさって、まるで、切り取られた絵画のようにも見えた。

「伊織が一番危ない気がするな」

「危ない……ってどういうことだ?」

「この『人格入れ替わり』は誰かを蹂躙《じゅうりん》し破壊し得る可能性すらあるけど、その対象に一番なりそうなのが、伊織ってことだ。入れ替わりの悪影響を一番モロに受けるのは、あいつなんだよ」

神妙な面持ちで稲葉は言う。

「……入れ替わりの悪影響、か。そういうのも、あるだろうな。けど蹂躙し破壊するってのは言い過ぎだろ。確かにいつ大事になるかわからないってのはあるが、今のところ細かなトラブルしか起こってないんだし、そこまで深刻にならなくても大丈夫なんじゃないか？　あくまで人格の入れ替わりは二時間以内だし、もっと短いことも多い。たったそれだけって思えば大したことじゃない、今までだって、大丈夫だったんだからさ」

軽い口調で、深く考えもせず、太一はそう言った。

そしてそんな太一の言葉は、稲葉の逆鱗《げきりん》に触れてしまった、らしい。

「バカかお前はっ！」

稲葉が憎悪すら籠もった口調で吐き捨てた。

俯《うつむ》き、立ち止まり、わなわなと震えながら続けて言葉を漏らす。

「お前は本気でそんなことを言ってるのか……！　どうしてそこまで能天気でいられるんだ!?　間違いない、うちらの中で一番鈍いのはお前だ、太一。自己犠牲野郎は痛みの感覚も麻痺《まひ》しているのかもな。今この状況、深刻だぞ。危機的だぞ。——絶望的だぞ。いつ、どこで、なにがあったって、誰が傷ついたって、それこそ壊れたっておかしくない。お前はそれがわかってるのか!?　この入れ替わりで大丈夫なことなんて一つもありゃ、しないんだぞ……！」

顔を上げた稲葉は、切れ長の目をこれでもかというくらい見開いて、視殺《しさつ》せんばかりに太一を睨んでいた。

稲葉は普段からよく怒る。しかし怒るには怒るのだが、決して感情に飲み込まれているのではなく、あくまでその怒りも、自分の理性の支配下に置いていることがほとんどだ。

だが今の稲葉は確実に、感情に支配されていた。

それほど稲葉は、怒っていた。それもそうだろう。現状を絶望的だと判断し警鐘《けいしょう》を鳴らしているというのに、バカみたいに呑気《のんき》なことを言われたのなら、頭にきて当然だ。

自分は以前、この入れ替わりを危険な状態であると認識した——そう思わされる機会があったはずなのに、自分に『こうあればいい』という願望でも言い聞かせたかったのだろうか、甘ったれた愚かな言葉を口にしていたのだ。

「……すまん、稲葉」太一の口から、自然と謝罪の言葉が漏れ出る。

と、稲葉は、バツの悪そうな顔で曖昧《あいまい》に苦笑した。

「ああ……いや、アタシこそなんか今日は言い過ぎたと……、思う。色々あって虫の居所が悪かったんだ。……すまない」

稲葉はきゅっと唇《くちびる》を結び、今まで決して見せたことのないような不安げな瞳《ひとみ》で、太一の顔を覗《のぞ》き込んだ。長いまつげが、その憂いをより強調している。

そしてなにかに怯《おび》えるように、儚《はかな》げな声で、囁《ささや》いた。

「許して……くれるか？」

普段の稲葉からかけ離れたそれはまさしく、か弱き乙女の姿だった。

想像だにしなかった稲葉の姿にどぎまぎしながらも、太一はなんとか言葉を絞り出す。

「……許すもなにも、稲葉の言ってることは見当違いじゃないと思うし……。うん、大丈夫だぞ、そんな心配そうな顔しなくても」

それを聞いて稲葉は、本当にほっとしたように頬をほやりと緩める。稲葉が見せるその無防備な表情には、太一の心を十分戸惑わせるだけのものがあった。

「さ、さっさと行こうぜ。いつまでも立ち止まってたら終わるもんも終わらないだろ」

なんだか気恥ずかしくて、稲葉の方を確認せずに太一は歩を進める。

「──やっぱりお前は、にぶちんだよ」

後ろで稲葉の呟く声が、風に乗って太一の耳に届く。

「だって……、自分の持っていたゴミ袋が、途中で飛んでいったことにも気づかないんだから」

「……………………え？」

太一は両手に視線を落とす。

軍手のはめられた手に握られていたはずのゴミ袋が、ない。

「……どの時点で飛んでいったのか稲葉は知ってるのか？」

稲葉はにやにやと心の底から愉快そうに笑っていた。

「アタシが『お前伊織のこと好きだろ？』って言って、太一が『ぶはっ!?』とかいうリアクションを取った瞬間」

「大分前じゃねえか！　なんでその時言ってくれないんだよっ！」

「だってその方が……、面白いじゃん」

いつも通りの、人を使ってドSで性悪な楽しみ方をする稲葉が、そこにはいた。

六章　ローブロー最強説

ボランティア清掃活動があってから数日経った、文化研究部《ぶんかけんきゅうぶ》部室。その室内には今二人の人間がいた。【稲葉姫子《いなばひめこ》の姿】になっている八重樫太一《やえがしたいち》と、【桐山唯《きりやまゆい》の姿】になっている青木義文《あおきよしふみ》だ。

そんな二人は、今、携帯電話で撮り立てほやほやのムービーを見ながら、もの凄くにやにやしていた。……もの凄く。

二人が開く携帯電話、そのディスプレイの中には、

『あ、あたしねっ、ずっと素直になれなくて、いつもきつく当たっちゃってたけど……本当は青木のこと……好き、だから。ゴメンね、突然こんなこと言っちゃって……』

潤《うる》んだ瞳《ひとみ》をきらきら光らせながら、そんなセリフを口にする【桐山】と、

『ア、アタシね……、あ、あなたのことが……え、えっと……す、好きです……。だからもしよければ……アタシと付き合って……下さい』

恥ずかしそうに俯《うつむ》きながら、そんなセリフを口にする【稲葉】が映っていた。

文研部女子陣が所用でいない中（正確に言うと用事があるのは永瀬伊織《ながせいおり》、太一、青木の三人だったのだが、今【太一の身体】の人格は桐山に、【青木の身体】の人格は稲葉になっていた）、【女子二人の姿】になった文研部男子陣は、『その女の子に言って貰いたいセリフを【本人の身体】を使って再現してみる』というなんともアホな企画を実行に移しているのだった（発案者はもちろん青木）！

「いや、これはイイ！　シャープで男っぽくて、基本冷たいし一筋縄《ひとすじなわ》ではいかなそうな印象の【稲葉っちゃん】が、甘酸《あまず》っぱくて初々《ういうい》しい、女の子女の子した告白をするというギャップが……萌《も》えだ！」

ただ恥ずかしくてそうなってしまっただけなのだが、太一の演技は青木のお気に召したらしい。

「青木の方は……、よくお前の願望が現れてるな」

「だろ～。あーあ、いつかこれをちゃんと本人の口から言わせてみてえもんだ」

青木【桐山】がぼやく。太一にはまんま【桐山の姿】に見える訳だから、なんともおかしな気分だ。

「にしても青木の桐山への一途度は凄いよな」

結構酷《ひど》い扱いをされてもめげないところは、素直に尊敬に値する。

「まあね、もうビビビッときたからね。理屈じゃなく、いや、もちろん理屈もあるけどさ。可愛《かわい》いとか、明るいとか、純情とか、子供っぽいとか、こうと思ったら結構向こう見ずになるとか、ツンデレだとか」

最後のだけは、青木の『そうあって欲しい』という願いに思えなくもないが。

「でもやっぱり一番は直感なんだよ。雷に打たれた様とは、まさにあのことだろうな」

桐山への愛を語りながら、うんうんと頷《うなず》く青木【桐山】。

「ま、とりあえずこれで満足だよな。動画削除しとこうぜ」

太一【稲葉】が言うと、青木【桐山】は「おいおい」とコメディ映画のアメリカ人並みに大げさな動作で肩をすくめてみせた。

「ここからが本番、だろ？」

にや～と笑いながら言う青木【桐山】。

「いやしかしだな……」

「なら、やーめた」

一発目を撮ろうとした時は、かなり強固に説得してきたくせに、なぜか青木【桐山】はすぐに引き下がった。そしてなにかを待つように、いやまるで太一を焦《じ》らすかのように、鼻歌なぞを歌い出した。

「…………ど、どうしてもって言うならやってやらないこともないぞっ」

言ってから太一は思った。……人として大切ななにかを失った気がする、と。

再び撮影を開始した二人のテンションは、これでもかというくらいアゲアゲ状態であった。まだ皆が帰ってくるまでには余裕があるはずなので、もう少しこの時間を満喫《まんきつ》できるだろう、その事実に二人は、浮かれていたのである。

しかし、それは余りにも、迂闊《うかつ》だった。

扉の開く音が、した。

予想されたより早く、【太一】、【青木】が戻ってきたのだ（さっき連絡を取り合った時のままであれば【太一の姿】になっているのは桐山、【青木の姿】になっているのは稲葉）。

それを見て太一【稲葉】と青木【桐山】は、瞬間、固まった。

別にさっきまでの会話が、漏《も》れ聞こえていた訳でもないのだから、冷静に対応すれば誤魔化《ごまか》し切れていただろう。だがしかし、二人は、誰《だれ》かが戻ってきた時に際しての警戒というものを、完全になくしてしまっていた（それぐらいノリノリだった）。

数秒の空白は必然であった。

そしてその空白を見逃すほど、文化研究部の女子陣の二人は甘くない。

「唯っ！　あの携帯を奪え！」稲葉【青木】が瞬時に指示を出す。

「任せて！」桐山【太一】が、使い手によってこれほど変わるのかというくらい俊敏《しゅんびん》かつ無駄《むだ》のない動きで、青木【桐山】に迫った。

「ひぃ」と情けない悲鳴を上げ縮こまった青木【桐山】の手から、桐山【太一】が携帯電話をあっという間に奪取《だっしゅ》した。それを稲葉【青木】に手渡す。

「さて、アタシの携帯でなにをしてくれたのか……ん？　ムービーか……」

静まりかえった部室内、響くのは携帯電話から流れる、先ほど撮影された映像の音声。

沈黙《ちんもく》が支配する空間を、歯の浮くようなセリフが次々と駆け抜けていく。

ぴくりとも動かぬ稲葉【青木】の超然とした態度が成せる幻聴《げんちょう》なのだろうか、そんなもの聞こえるはずないのだが、ぷつん、と血管の切れる音がした……気がした。

「へー、なかなか面白い遊びをやってたみたいじゃないか」

稲葉【青木】は言いながらブレザーを脱ぎ捨て、ネクタイも解《ほど》き、ワイシャツのボタンに手をかける。他が呆気《あっけ》に取られている間に、稲葉【青木】はワイシャツを放り投げると、下着のTシャツも脱いで上半身裸になった。更に今度はズボンのベルトに手を伸ばす。

「ちょ、ちょっとあんたなにやってんのよ!?」

そこまできて、やっと桐山【太一】が声を上げた。顔はもう真っ赤だ。

「なにって、ちょいと裸で校内を走り回ろうかと思っただけさ」

「じょ、冗談《じょうだん》だろ稲葉？」

目の前で繰り広げられている、絶望的なほど凶悪な復讐方法が信じられず、太一【稲葉】が呟《つぶや》く。

「さあて、それはどうだろうな……フフフ」

「や、止めてくれ稲葉っちゃん！　そんなことされたら【オレ】が社会的に死んでしまうって！」

「そ、そうだぞ稲葉。いくらなんでも死を与えるのはやり過ぎだろ……？」

稲葉だってそこまでの鬼畜《きちく》ではないだろうが――

「ふん、死ね」

――紛《まご》う方無き鬼畜だった。

「お願いします稲葉さんっ！　僕は社会的に死んでしまったら、肉体的にも生きていく自信がありませんっ！」

青木が跪《ひざまず》いて稲葉に懇願《こんがん》する。ただその外観は【青木】に対して【桐山】が跪く構図なのであり、なんかもう凄いことになっていた。

「黙れ！【アタシの身体】であんな羞恥《しゅうち》プレイをやったんだから当然の報《むく》いだ！」

結局、怒れる稲葉を、すったもんだの末なんとか三人がかり（流石《さすが》に桐山も太一・青木側についた）で止めたのだった。


部屋の中が落ち着いた頃には、全員の人格が本来の【身体】に戻っていた（というか稲葉が【自分の身体】に戻ったから落ち着かざるを得なくなったのだった）。

「お前ら……、次やったら命はないと思っておけよ？」

「『はい、すいませんでした。稲葉さん』」太一と青木は頭を下げて、謝罪。

「言っとくけどあたしも怒ってるよ？　次、判明したらぶっ飛ばすからね？」

桐山も満面の笑み《え》（完全に作り笑顔）で言った。

「は、はい……。わかってます」

桐山が本気になったら入院沙汰《ざた》すら否定できないので、太一は恐《おそ》れ戦《おのの》いた。

「それはヤバそうだ……。でもちょっとやられてみたいかも……！」

相変わらず青木はアホなことを言っていた。

「……あ、それでさあ。もしかして、ってちょっと気になったことがあんだけどさ……」

言いにくそうに躊躇《ためら》いを見せた後、でもやっぱり何気ない口調で、青木は続けた。

「唯さ、オレらのこと恐いとかある？　なんか【唯の姿】になってる時、オレらっつー か男が至近距離に来ると、【身体】がびくんってなるんだけど」

青木が発した問いかけ、その意味を捉《とら》えきれずに、太一は「は？」と首を傾《かし》げる。

が、しかし。

青木のセリフは核心を突いていた、らしい。

桐山が色を失って硬直《こうちょく》していた。

目が、一点を見据えて動かない。

瞬《また》きもしない。

それこそ、ぷつりと糸が切れてしまった操り人形のように。

と、今度は急に電源のスイッチを入れたみたいに桐山が跳ね上がった。そして無理矢理貼り付けた笑顔を浮かべ、壊れたように上手く抑揚《よくよう》をつけられないまま、言葉を外へと押し出していく。

「……はっ……え？　そ、そんなことある訳ないじゃない……。誰があんたらみたいなのを恐がる必要が……あるのよ。だってあたしは……あたしは強いのよ。絶対あんた達より、強いもん……。だから……だから──男なんて恐くない」

誰が聞いたって、百八十度裏返したものが真実だと気づけるような、言い様だった。厳冬《げんとう》の寒さに凍えるかのような震えを抑えるためか、桐山は片方の腕で肩を抱く。小さ過ぎる手の中で、一緒に摑《つか》んでしまった長髪の栗色とブラウスの白が混じり合う。ぎゅっと握られた手の上に、また髪がかかる。

頭が前に傾げられ、髪に桐山の表情が隠れる。いつも以上に、体軀《たいく》が小さく見える。

そうやって一人佇《たたず》む薄幸《はっこう》の少女を、太一は、なんとかしてやりたい、なんとかしなければならないと思った。

けれども桐山の覗《のぞ》かせたその一面を、太一はまだ現実のものだと理解できないでいた。そんな素振《そぶ》り、一度も見せたことがなかった、はずなのに。いや、見えていなかっただけなのか。見ようとしていなかった、だけなのか。

「悪かった！」

急に青木が立ち上がって、深々と頭を下げた。

「結構長い間一緒にいたし、ずっと好きだって言い続けていたのに……こんな……こんなことにすら、こういう変な状況にならなきゃ気づけなくて……。たぶんたくさん傷つけてきたよなっ……。オレは……本当に、最低の大バカ野郎だっ」

誠心誠意全力で、そう思いそう言っていることが、伝わった。

ばっ、と桐山が顔を上げる。

いつもは力強く勝ち気な光を宿す瞳に、今は一杯の涙が溜まっている。キリッとした眉《まゆ》が、苦しげに歪《ゆが》められる。乱れた髪が一房、桃色の蕾《つぼみ》のような唇《くちびる》に張り付く。

桐山の双眸《そうぼう》が稲葉を、青木を、太一を、順番に捉えた。

そうやって全員の顔色を確認した後、桐山はその場から、——逃げ出した。

栗色の長髪とスカートをなびかせながら一瞬でターン。足のバネを生かして一呼吸で扉に到達すると、そのまま部室を飛び出していった。誰かが止める間もなかった。

「唯っ！」

遅ればせながら叫び、青木が後を追おうと走り出す。

と、稲葉が右腕でもって青木の行く手を阻《はば》んだ。

「稲葉っちゃん⁉」

「気づくのはいいんだが、もうちょっとタイミングってもんがあるだろ……。まあ、今の感じだとタイミングもクソもない、か。……ていうかああいうのって【身体】に染みつくものなのか？　アタシは知ってるのに、【唯】になっても、そういうの余り感じなかったんだが。やっぱり体質やら性質の問題か……？　青木はなにも考えてない分、感覚的なことには敏感《びんかん》そうだしな」

反対の手で頭を掻《か》きながら、独り言のように稲葉が呟く。

「稲葉はこのことを……？　どうして桐山は……」

目の前で展開される出来事に翻弄《ほんろう》されつつも、できるだけ現状の理解を行おうと、太一が稲葉に問いかける。

「これまで気づかなかった方がおかしい……、と言うのはお前らにとってちょっと酷《こく》かな、それくらい隠し方上手かったし、普段の絡《から》み方からしたら、そんなこと思いもよらないよなぁ。……まあ、アタシは見破ったけど。実際相当なもんらしいんだがな。ああ、詳しいことを話すつもりはないよ。知りたきゃ本人の口から、聞け」

「つーか、行かしてくんないかな？」

青木が稲葉の腕をどけて、無理矢理進路をこじ開けようとする。

「止めとけ。今お前が行っても、余りいい結果にはならんだろ。唯の奴は結構激情型だし、下手《へた》に刺激するより、一旦アタシが行って落ち着かせてやった方がいい」

数秒間、沈黙の睨み合いはあったが、すぐに青木が折れた。

「……わかった……任せるよ、稲葉っちゃん」

「あくまでアタシができるのはフォローまでだ。その後のことは、お前ら自身でなんとかしろよ。……太一、お前もだぞ？」

「わ、わかってるよ」じろりと睨《にら》む稲葉の視線にびくつきながらも、太一は頷く。

太一に疑り深げな視線をじっとりと送った後、稲葉は携帯電話を取り出しながら部屋を出る。

　そして太一達には背を向けたまま、言う。

「こんな風に誰かが傷つくのは目に見えていたんだ。いや、『傷』になるかどうかはお前ら次第、か」

　それだけ言い残して、稲葉は扉を閉じた。


　部室には、太一と青木だけが残された。

「あー……自分のバカさ加減が嫌になる……。鈍感具合がムカツク……。うう、自己嫌悪だな、マジで……。唯がそんなこと思っていたなんて……。今までどうして気づかなかったんだ……。【唯】に入れ替わって、それでやっと気づくなんて……反則だろ」

　青木はだらしなく頬《ほほ》を机にへばり付けて唸《うな》る。

「仕方ない部分はあるだろ、稲葉が褒《ほ》めるくらいの誤魔化しだったらしいし。つーか【桐山】になっても気づかない俺ってなんなんだよ……」

「いや、でもそれは、入れ替わった時と場合にもよるんじゃね？　オレもなんとなくでわかっただけだし。はぁ……、にしてもなぁ……」

　太一達が桐山の隠していたことを知ったおかげで、太一達の世界は大きく変わってしまいそうだ。もしかして、気づかないままの方がよかったのだろうか。そんな風に一度思い、それは違うとすぐ太一は思い直す。

桐山と仲間であり続ける限り、いつかは、なんらかの形で、気づかなくては、向き合わなくてはならない事柄に違いなかった。問題はその時がどのようにして訪れるかであって、今回のケースは、望ましい形とは言えないのであろう。

「でも考えてみればあんだよ、ちょっとおかしな点が。例えばさ、太一は唯の身体に触れるもしくは触れられたこと、あるか？　もちろん入れ替わってる時はなしな」

「……ない……かな？　でもそれは高校生の男女なら別段珍しい訳でも……」

「うにゃ、それがそうでもないんだわ。ウチらの場合だと稲葉っちゃんがキレキャラってか暴力キャラでガンガンやっちゃってるし、伊織ちゃんもスキンシップ大好きーな感じだし、結構そーゆうの多いだろ？」

確かに、文研部のメンバーはかなり仲がよく、男女間の隔《へだ》たりというものも少ない。変な意味ではなく、『触り触られ』は普通のことだ。

「そんな『そーゆうのが許されている雰囲気《ふんいき》』の中で、あんな活発な性格の唯が、そーゆうのしないってなんかヘンじゃね？　それに稲葉っちゃんがやる殴りつっこみキャラのところには、感情の表し方が激しくて、オマケに格闘《かくとう》少女でもある唯が収まっててもおかしくないいんだよ」

「でも唯がただ手を出さないキャラなだけ……いや、違うな。俺この前クッキー投げつけられた」

「オレ、『ずっしり重みのある低反発クッション』シュート」

この間、稲葉家であったことだ。

「別にそーゆうのやるのが普通って言うつもりじゃないけど、考えていけば、なんか違《い》和感《わかん》あんだよね、っつう話だわ」

それ以外にも、思い当たる節はあった。例えば、駅のホームで桐山が、【青木】になった永瀬に触られそうになった時だとか。

「青木……結構鋭いな」

「惚《ほ》れた女のことだぜ」

そう言う青木の姿はとても、眩《まぶ》しく見えた。

「お前は、なんか変わらないよな、こんな事態になっても」

ぽろりと、そんな言葉が太一からこぼれ落ちていた。

「オレはそーゆう生き方してるからなー。『今楽しけりゃそれでオッケー』みたいな」

「そりゃまた、羨《うらや》ましい生き方で」

だろー、と子供のように笑う青木に、思わず太一は苦笑する。

「へへっ、言いたいことはわかるぜ。人格入れ替わって、〈ふうせんかずら〉とかいうヤツ出てきて、訳わかんないことになってんだから『もっと色々真剣に悩んだりしろや！』って感じだろ？」

「そのセリフのモデル稲葉だろ」

一応つっこみは入れておく。

てないから」
「でもそれはできねー相談だな。オレはそんなことで揺らぐような、半端な生き方はし
「でもその揺るがない生き方は『今楽しけりゃそれでオッケー』なんだよな？」
「オレは、それが全てだと思ってるから。そうやってさ、目標がなんであれ、それに向
かって全力で生きてる奴はもう、勝ちだと思うんだよね」
少し皮肉《ひにく》混じりの太一の言葉にも、動じる様子など微塵《みじん》も見せず、青木は堂々と言い
切ってしまった。
「オレは死ぬ時に『ああ楽しかった』って言える人生が送れたら満足なんだわ。だから
できればこの入れ替わり現象のことも、いつかは、ただの笑い話にできればいいと思っ
てんだよね。まあ流石に、そいつは無茶な望みかもしんないけど。早速唯は傷つけちゃ
ったし……」
もしかしたら文研部の五人の中で、一番人生の真理みたいなものに近いのは、青木で
はないだろうか。もちろんそんな真理なんて全く理解していない太一の判断など、なん
の当てにもならない訳だが。
そこで青木ははっとしたような顔をして「うぬぉ〜。オレなにマジで語っちゃってん
の。キャラじゃねー」と叫び声を上げた。
「なあ、もしかして青木って、相当大物なんじゃないのか？　なんかへこむな……」
「そーだろ……って、あれ？　へこむっておかしくね？」

「いや、青木ってただのバカだと思ってたから」

「太一も毒吐くなあ、オイ！　あ、あれか！　見下してた人間に上いかれちゃって、ってやつか！　ちくしょう、初めは稲葉っちゃんだけだったのに、いつの間にこんなことに……」

「そーいや最近稲葉にもボロカス言われたし……」

「それはいつものことじゃね？」

さらりとそういうセリフが出てくる状態というのは、如何《いかが》なものなのだろうか。

「いや……、いつも以上に、な。色々とダメ出しされた感じで……」

「へえ、太一が落ち込むほどって、珍しいこともあるもんだな。あんまし引きずるタイプじゃなさそうなのに。ま、稲葉っちゃんは手厳しいしねー。……聞いて欲しけりゃ話聞いちゃるぞ？」

少し迷った末、大人しく好意に甘えることにした太一は、先日稲葉に言われた『自己犠牲野郎』だとかの話をした（永瀬の件《くだり》は言わなかった）。

「は～ん、なるほどねぇ。うんうん、あーそういうことか。ほーほー」

話を聞き終えると、訳知り顔で青木は何度も頷く。

「いやー、稲葉っちゃんの言うこともわかるな、マジで。自己犠牲野郎とは上手く言ったもんだ。やっぱやるね、稲葉っちゃんは」

「青木までそう思うのか……」

太一は真剣に落ち込みそうだった。

「まあ聞けよ、太一。オレの生き方だって、オレはこれでいいと思ってるけど、人によれば『なにそれ？　それよりもっと大切なことがあるでしょ？』って感じじゃん。でもさ、人にどう言われようが、その考え方は変わらないんだよねー。つーかさ、ぶっちゃけるとさっき格好《かっこう》付けて『こんなことで揺らぐような生き方してない』とか言ったけど、どっちかつうと『揺るがない』って言うより『揺るげない』って言った方が正しいかもしれんわ。オレは、そういう性格なんだもの。人間、表面上は目まぐるしく変わりに変わっても、『本質』なんて、変えたくてもそうは変えれんよ。変わってるように見える人間がいても、それはあくまで表面上だけなんだ。で、オレはたまたまその本質自体が『表面上のものが変わりにくい』って特性を持ってた、ってだけの話」

飄々《ひょうひょう》と、でもしっかりと芯《しん》を感じさせる話し方を青木はしていた。

青木は確かに、こんな異常な事態になっているのに、なにかが変わったようには見えなかった。しかし変わっていないからこそ、その印象は、他の誰よりも変わることになりそうだ。

「で、さっきから柄にもないこと喋《しゃべ》ってるけど、結局言いたいのは『そういう自分を踏まえて、どういう風に生きていくかが問題なんじゃね？』ってこと。自己犠牲野郎も、確かに直した方がいい面も多いんだろうけど、自己犠牲野郎にしかできないこととかもあるだろうしさ。ま、直したいと思っても、直せないことって結構あるっしょ？」

それはなにかを諦めているようで、諦めることとは決定的に異なるものなのだろう。受け入れて、考えて、進んでいかなくてはならない、といったところか。

「お前……やっぱすげえよ」

太一とか他の多くの人間が、もっと時間をかけて見つけなくてはならないものを、青木はもう既に見つけているような気がした。

「んな真顔で言われたら照れるっての。つーか、オレに言わせりゃ太一の方がスゲーと思うぜ？　ポテンシャルの面で言えば、オレなんかの遥《はる》か上いってるよ」

「なんのポテンシャルだよ」

「いや、お前は天然だからわかんないだろうけど凄いんだって。だからこそ、稲葉っちゃんから自己犠牲野郎なんて称号を頂くことになるんだよ。なんかさー、唯のことだって太一の方が上手くやりそうだもん。一度そういうことを知っちまったら、どんな風に接すればいいのやら……。オレなんて見当もつかねえよ……」

桐山がずっと隠し続けてきた秘密を、太一達は知ってしまった。それにより、自分達はどうなってしまうのか。そして、自分達はどうすべきなのか。

「だよな。どうやったら桐山を、救ってやれるんだろうな」

「だから……そういうところがスゲーんだって……。スケールでかいわ。根本的に救うのかよ。オレなんて、とりあえず今二人の関係をどうするかで精一杯だってのに」

「いや、別に、そこまで大それたことを考えてる訳じゃないんだが……」

「ホントにやっちまいそうだから太一は恐ろしい……。てかそんなことになったら……唯が太一に惚れるんじゃないのか!? やばっ、なんかホントにそうなりそうな気がしてきた……!」

勝手に妄想《もうそう》を進めて悶《もだ》える青木であった。

□■□■□

やっぱり例に漏れず、それは突然だった。

夕食後、太一は居間で妹と共に漫然《まんぜん》とテレビの画面を見つめていたはず、なのに。

太一はうつ伏せになっていた体を起こし、ベッドの上から見知らぬ部屋の中を見渡す。

視界が水中のようにぼやけている。鼻からなにか垂《た》れそうな気配があって、慌てて啜《すす》り上げる。同時に、頬が濡れているのにも気づいた。ピンク色のロングTシャツの袖で、頬にまで伝った涙を拭き上げ、目の下に溜まった涙を吸い上げる。

よくわからないが、胸に締め付けるような痛みがある。

また、誰かに入れ替わったらしい。

太一は体の長短の違いに多少手間取りつつベッドから降り、近くのラックにあった赤く縁取られたハート型の置き鏡を覗く。

目と鼻が赤い。栗色の髪は、普段よりコシがなく元気がない。少しやつれ、いつもよりもっと幼く見えるその顔は、本能的な保護欲を誘発する色合いを帯びていた。

鏡の中にいたのは、【桐山唯】だった。

──今この状況、深刻だぞ。危機的だぞ。絶望的だぞ。

──いつ、どこで、なにがあったって、誰が傷ついたって、それこそ壊れたっておかしくない。

そう言った稲葉の声が、太一の脳裏《のうり》に蘇《よみがえ》る。

この時、本当にはっきりと、太一は『人格入れ替わり』がなにをもたらすのか、思い知らされたような気がした。

桐山は家に帰ってから、ずっと泣き続けていたのだろうか。一度は泣き止んだものの、再びぶり返して泣いているのだろうか。それとももしかして、また別の理由で泣いているのだろうか。

自分は今、【桐山】になって涙を流しているのだけれども、その理由さえわかりはしないのだ。こんな身体と中身の入れ替わりという繋がり方をしていたって、心と心が、繋がっている訳ではない。

もう一度目元を拭《ぬぐ》い、どうしようかとその場に寝転がる。蛍光灯が眩しくて、右手をかざして光を遮《さえぎ》る。白くて、でも格闘技をしていたんだなとはっきりわかるその手は、なにかを防ごうとするには少し、小さ過ぎるように思えた。

桐山が一人で流していたこの涙は、絶対に他人に見られるつもりのなかった涙だ。それを、覗き見る以上のゼロ距離で体感してしまって、よかったのだろうか。

常識的に考えれば、いい訳なんてない、ということになるだろう。だって、普通の状態では絶対あり得ないことなのだから。

でも、だ。

よいことも、あるのではないだろうか。

例えば、少なくともこの体で感じる胸と、目と、鼻の痛みを、背負ってやることができた。そんなものは、桐山の心の痛みに比べれば極小のものかもしれないが、一人で背負うよりは、ちょっとだけ楽になるはずだ。

そんな風に思うのは、間違いだろうか。

人は得てして自分の陥ってしまった状況を、嘆《なげ》くだけになりがちだ。

そうなってしまったせいだと文句を言い、そうなってしまったことを恨み、もしそうでなければとありもしない架空の世界に思いを馳《は》せ、だから無理なんだと言ってしまえば、それで許されてしまうからだ。

しかしそれは、ただの諦めという名の逃亡だ。現実を見て常識的に考えているようで、実のところなんにもなりやしない。

それがどんな状態であれ、光明《こうみよう》を見出すことの方が、戦いなのではないだろうか。

そしてそれもまた、ただの能天気や楽観視とは決して同じではいけないのだ。

なんとかなる、と無責任に楽観するのとは違う。

努力して、なんとかするのだ。

絶望的現状を理解した上でそう思うのなら、稲葉も許してくれるだろうか。

オルゴール調の携帯着信音が鳴る。

体を起こして音源を探すと、ベッドの上で薄い桃色の携帯電話が着信を伝えていた。すぐ取りに行き、着信相手の表示を確認。『八重樫太一』となっていた。

電話に出ると、最近はある程度聞き慣れたとはいえ、まだまだ違和感のある声が太一【桐山】の耳に飛び込んできた。

「ねえっ、あの……太一だよね!?」

それは、【八重樫太一】の声だ。

「ああ、そうだ」

「わかってるかもしれないけど、あたし桐山だからっ。でね、ええと、なんかあたし泣いてたと思うけど、それは余り……気にしないで欲しいの。……というか、忘れて」

【太一】の声で紡《つむ》がれる言葉が、桐山の切なる思いを伝える。

見られたくないものを見られてしまったから忘れてくれ、その発想は至極《しごく》当然のことだ。そうなったことから目を逸らせば、そうなったということを表面上は忘れたフリができる。しかし、それで得られるのは、偽りの平穏でしかない。

けど、その平穏を得ようとする行為を、断罪《だんざい》するつもりなんてさらさらない。だって、今目の前の平穏を手に入れられることは、確かなのだから。誤魔化さないと一人じゃ耐え切れない、乗り切れないことなんて、この世にごまんとある。

それは、わかっているのだ。

でも——。

「忘れろなんてのは、無理だ」

太一はそう、言う。まずは受け入れなければ始まらないから。

電話越し、桐山【太一】の息を呑む様子が、はっきり太一の目蓋《まぶた》に浮かんだ。

「代わりに、桐山がもうこんな涙を、忘れればいいんじゃないかな」

太一は続けて、言う。次に考えなくてはならないから。

そうするための具体策なんてなにも思いついてはおらず、ただ願望を口にしただけではあるが、そこから始めればいい。

「……っ、なにそれ……？　なにバカなこと……言ってるの……」

桐山【太一】の声が、潤んでいく。

「桐山、今から会えないか？」

少なくとも今の自分では、言葉だけで桐山をどうにかすることなんてできやしない。

太一はそう思ったから、「会いたい」と言った。

そうやって、進んでいくのだ。

歩もうとする暗闇の道は、先がどうなっているか全く確認できない。道中、生傷だらけにもなるだろう。足を踏み外して、崖《がけ》を転げ落ちる可能性だってある。

それでもその先にある光を信じて進むことは、やはりバカのすることなのだろうか。

でもやっぱり自分は、桐山のことを、――『救って』やりたいのだ。


時刻は午後八時半。すっかり夜の帳《とばり》は降りている。

余り人目のあるところでは会いたくない、と桐山が言うので、二人が共通で知る寂《さび》れた公園で落ち合うことになった。位置は二人の家の中間くらい。少々遠いが自転車で行ける距離だ。両者とも見知らぬ家からの出発だったが、なんとなくの土地勘《とちかん》で到達できるくらいにはお互いの地域を知っていたので問題なかった。

園内にはベンチと、シーソーと、砂場が、ぽつんぽつんと点在し、それらをぼんやりと街灯《がいとう》が照らしていた。住宅街の隙間を埋めるように作られたそこは、子供達が野球か鬼ごっこをするには少し、狭過ぎる。

この時間帯だと付近の道路を人や車が通ることもほとんどなく、だからといって不良の溜まり場になることもなく、本当にただ忘れ去られたようにその公園は存在していた。

そこに今、二つの人影と二台の自転車。

八重樫太一と、桐山唯だ。そしてお互いの人格は入れ替わっている。

もしかして泣いたりしていないだろうか、と太一は心配していたのだが、桐山【太一】は落ち着いた表情を見せていた。Ｔシャツに青の薄いパーカー、下はジャージと太一が家にいた時の格好のままだ。

「太一ゴメンね、妹さんに変に思われたかも」

桐山【太一】の第一声はまずそれだった。

「うっ、どんな感じだったんだ？」

確かに今日のタイミングは慌てても仕方がない。自分が泣いているところだったのだから。

「急だったから……っていつも急なんだけど、今回は特にパニクっちゃって……。『お兄ちゃん最近時々おかしいけど大丈夫？　病院行かなくても平気？』とか言われて……」

「……病院行きが選択肢《せんたくし》に出る段階とは」

かなり不味《まず》い気がする。後でなにかしらのフォローを入れておこう。

「ま、それは後でいいや。それより桐山――」

「今日のこと、でしょ？」

桐山【太一】は太一【桐山】の言葉を遮《さえぎ》って言った。

「ああ……、今日のことだ」

「ちょうど太一とあたしが入れ替わる前ね、青木から電話があったの。詳しくは直接会って話したいけど、すぐ言っておきたいことがあるから、って。で、すっごい謝られた。……本当に、何度も」

太一はまだどうしようか決めかねている段階で、青木はしっかりと行動を起こしていたようだ。

「全部、あたしが悪いのにね。……それでこれから青木に、それから太一にも凄い気を遣わせることになるんだろうなぁ……とか考えてると、もの凄く自分が情けなくて、惨《みじ》めで……。それに、今まで通りみんなで楽しくもできなくなるかも……とか思うと悲しくて、泣いちゃった。ゴメン、……こんなに弱くて」

見た目は確実に【太一】であるのだけれど、そこから漂《ただよ》う儚《はかな》さと哀愁《あいしゅう》は、桐山の雰囲気を感じさせた。自分には出せない空気だと、太一は思った。

「とりあえず、『ゴメン』はなしにしよう。桐山だって謝る必要ないと思うし。……やっぱ最後に一回だけ俺にも言わせてくれ。ゴメン」

本当に色んなことがあるけれども、それを一つ一つ挙げていくのは無粋《ぶすい》な気がした。

桐山【太一】もそう思っていたのか、「ん」と短く頷いただけだった。

「えっと、それでさ……、桐山は、男性恐怖症なんだよな？」

口にすると、それは予想よりも遙かに密度の濃い質量を持っていた。一人で抱えるには、重過ぎるように感じられる。

「……うん。普通に喋ったりする分には問題ないんだけど、必要以上に近付いたり触れたりするのは……、かなりキツイ。震えが出ちゃったりする感じかな」

ははは、と薄く桐山【太一】は笑って見せた。その笑いは、大したことないんだと自分の感覚を麻痺《まひ》させ、言い聞かせているようでもあった。

「いつから……というか原因かなにかあるんだろ？　もしよかったら、俺に話してくれないか？」

まっすぐ桐山【太一】の目を見つめながら、太一【桐山】は言った。できれば一緒に、自分の思いも伝わるように。

桐山【太一】は、くすっと小さく笑い、目を逸らしてから呟く。

「やっぱり、一気に踏み込んでくるよね、太一は」

「ダメか？」

「ダメじゃないけど……なんか心配なんだよ……」

桐山【太一】は曖昧《あいまい》な表情で言葉を濁《にご》す。それが意味するところを、太一は理解できない。

「でも……それが太一だもんね。いいよ、太一なら、話しても。ちなみにこの学校で話を聞かせるのは、稲葉に続いて太一が、二人目です」

先ほどより少し明るめの声で言い、道化を演じるかのようにぺこりと桐山【太一】は頭を下げた。

「てゆーか、引っ張っといてアレだけど、そんなに凄い話でもないわよ？　実際の出来事だけで言えば、そこまで特別でもない、ありきたりな、どこにでもある話だから」

そんな前置きを並べておいてから、桐山【太一】は語り始めた。

「中学の時の話なんだけど、あたし男に襲われかけたことがあるの。……って本気で深刻な話じゃないわよ。あくまで襲われかけただけで、本当になにかやられた訳でもないし、その前に抵抗して逃げたんだから」

話す桐山【太一】は、太一と目を合わせようとせずに続ける。

「でさ、なにがショックだったって、あたし結構バリバリの空手少女だったでしょ？　だから、それなりに腕に自信があったし、小学生の時からずっと男とケンカして負けたことなんてなくて、もし襲われるようなことがあっても返り討ちにしてやるわ、くらいに思ってた。なのに、実際その場面になると、全然そんな風にはならなかった。逃げ出すので精一杯だった。知ってた？　大人の男の力ってもの凄く強いのよ、女の子にとっては絶望的なくらい。で、その時感じたわ、ああ男には絶対敵《かな》わないんだって」

桐山【太一】は夜空を見上げた。つられて太一【桐山】も視線を上げる。闇夜には上弦《じょうげん》の月が浮かぶ。本当にぴしっと真半分だった。

「それまで大会で年上とかには何度か負けたことがあったけど、こいつには一生かかっても勝てない、なんて、女に対して思ったことなかったわ。けどね、あたしはそれを、どこにでもいそうな普通の男に感じてしまったの。ちょうどその頃は、男の子がどんどん、成長期の早い女の子を抜いていく時期だし、それも合わさって、女って男に絶対勝てないよなー、って思い出したら、なんか恐くなったのよ。そしたら男と女が完全に別種の生き物に思えてきて、また、恐くなった。それで一度そんな風に違いを認識すると、ここも、そこも、あそこも、ってどんどん違うところが見えてきて更に、恐くなった。……ホント、バカだよね」

「バカなんかじゃないだろ、絶対。そういう考えをしてしまうのだって、別段おかしくない」

もちろん男の太一に、桐山の気持ちがわかるなんて、おこがましいことを言うつもりはないが、なんとなく想像することはできた。

「……とにかくそれで、完全にあたしの中で男は訳のわからない異星人、みたいな存在になっちゃって、一時期は近付くだけで気分が悪くなったりしてた。まあ、そこまでなってたのは少しの間で、今は普通に話して楽しくやれるくらいにはなってるけど。でもやっぱり、触れるとか極端に近付かれるのは……、もっと具体的に言うなら、『相手に攻撃の意志があるとわかって対処できない間合い』に入られるのには、凄い拒否反応がある」

「ということは……、桐山は普段俺らと絡《から》んでる時の間合いだと、攻撃されても対応できるってことか」

「避けるくらいなら、ね」

普通に人と人とが話す時の距離には、しょっちゅう近付いているはずなのだが。

「なんでだろうなぁ……。襲われたこと自体が、トラウマになってるって意識はないんだけど……。やっぱりあの時、腕を摑まれて力負けしたから『男に摑まれたら負ける』って刷り込まれちゃったのかなぁ……。自分のことなのに全然わからないなんて、おかしな話よね」

まあそんなお話でした、と最後にまた頭を下げ、桐山【太一】は道化を演じ終えた。

桐山の傷は予想よりも深い位置に、しかも見えにくく、刻み込まれているようだ。

桐山の中で『男』は忌避《きひ》されるものではないのだが、本能的に危険なものとして認識されているらしい。頭ではわかっていても、身体が思うようになってくれないという状態は、それを克服《こくふく》するという観点から見れば、望ましいものには思えなかった。

——克服。すぐそちらの方へ頭がいってしまう太一は、やっぱり青木や稲葉に言わせれば、楽観主義なのだろうか。

どうあれ、まずは本人の気持ちだ。

「なあ、桐山。お前はどうしたいと思ってるんだ？　その……男性恐怖症のことを」

聞くまでもないことだろうか。でも聞いておきたかった。

「あんまり……言いたくないな」

桐山【太一】は眉間《みけん》にシワを寄せながら、頬を緩めて困ったような顔をした。以前もどこかで、——たぶんそれは【桐山】本人の姿で、見たことがあるような面持ちだった。

「別に、どうなりたいか希望を言うだけならいいんじゃないのか……？」

「でもさ……」今度は完全に困ったような表情で言い淀《よど》む。

「力に、なりたいんだよ」

太一【桐山】は力強く、言った。

「——それよ」

短く、そして鋭く桐山【太一】は指摘《してき》する。それから溜息《ためいき》を一つ。その溜息には、呆れとか諦め以上のなにか、たぶん、優しさとかに近いものが、含まれていた。

「太一の前でそんなこと言うと、『助けて』って言ってるのと同義になっちゃうもの」

【自分の姿をする存在】——まるで自分の分身のような存在——、に言われているせいもあるだろうか、突きつけられたその言葉は、太一の心の中の、普段なら触れられるべきではないところを、鷲掴《わしづか》みにした。

——それは、自分の『本質』なのだろうか。

「それは……、ダメなことなのか？」

「ダメじゃないけど……嫌なのよ、あたしが弱いばっかりに、他人に迷惑かけるっていうのが。惨めになるし、やっぱ悪いし……」

困り果てたように苦笑いして、桐山【太一】がぼそぼそと呟く。

それを見て、なんというか、人間は不便な生き物だと、太一は思った。

お互いがお互いのことを思っていても、お互いがお互いを理解できている訳ではない。だから簡単に優しさがすれ違う。自分はよかれと思っていても、相手にとっては全く違った意味合いになることが多々ある。

それは、たとえお互いの人格と身体が入れ替わっても、それだけ近付いても、変わらないことらしい。心なんて見えやしないのだから、少なくとも言ってくれなければ、わからないのだ。

だから、言え。

言って進め。

「俺は、桐山が男性恐怖症のままである方が……、迷惑だ」

いくらなんでもキツ過ぎる言い方かもしれない、そうも思った。

でも事実を言ってしまえば、そうなるに決まっている。

だから、言った。

それでも構わないと温かく見守りながら、徐々に問題解決するのも一手だろう。それだともし解決に至らなくても、なんとか表面上の平穏は保つことができるかもしれない。

太一が取った手段だと、それを『迷惑』だと言ってしまった以上、逃げ場がなくなってしまっている。解決できなければ、その先に待つのは、破綻《はたん》でしかない。

案の定、桐山【太一】はわなわな震えながら、全身に怒りを漲《みなぎ》らせていく。

「そんな……そんな言い方ってある⁉　あたしだってなりたくてそうなってる訳じゃない……！　こんなの嫌だって思ってるっ！　それを、迷惑だなんて――」

――でもほら、本音をぶつけたら、相手からも本音が聞けたじゃないか。

「だから、助けさせてくれよ」

「なっ――」

「桐山だって嫌なんだろ。今はっきり、そう言ったよな」

安全策などとるな、真正面から対決しろ。

事実を否定するという意味ではない、受け入れて、戦うのだ。

「なによ……それ……？　ホント……なんなのよ……。お節介過ぎよ……」

桐山【太一】は呆然と立ちすくんで、震える声を漏らす。

ずっとこれまで乗り越えられなかったことを、立ち向かわずに乗り越えられるはずがない、太一はそう、思う。険しくリスキーだとしても、その道を歩くのが、自分のやり方なのだ。それは変えられないし、変わらない。

そしてなにより、太一には一つ、思いついたことがあった。

こんな状態だからこそ起こったことがあるならば、こんな状態だからこそできること、もあるはずなのだ。

「桐山、お前は男に力でねじ伏せられるとどうしようもないこと、つまりは体を摑まれて力押しされれば勝てないことが恐いんだよな？」

「えっ、そ、そうね」

「そして桐山、お前は頭でわかっていても、なかなか思い通りになってくれない……、身体なのか深層心理なのかはわからないが、そこに拒否反応らしきものが刷り込まれてしまっている、そう言うんだな？」

太一【桐山】は一歩、また一歩と桐山【太一】との距離を詰めながら訊《たず》ねる。

「そうよ……。ってなんで近付いてきてるのよ」

「つまり、男に身体を摑まれても大丈夫だってことを、身体に叩き込むなりして無意識レベルで理解させれば、男性恐怖症も克服できる、そういうことでいいよな?」

「……もの凄く単純に解釈《かいしゃく》すればそうなるかもしれないけど……。って、なんかあんた目つきが怪《あや》しいわよ」

耳を澄ませば、相手の吐息《といき》が聞こえてくるくらいの距離まで接近した。

高校一年生として、平均少し上くらいの身長しかない太一だが、【桐山】の視点から見た【自分の身体】は、改めて見つめると、随分大きく見えた。

「今から俺が、お前は絶対男になんて負けない、ってことを身体で教えてやる。ショック療法《りょうほう》だから覚悟しろよ?」

「だから、なんかさっきから顔つきが危ないんだけど……。しかも【自分】に迫られてるから恐さ倍増じゃない……」

言葉通り、たじろいで桐山【太一】は一歩、後退した。顔も引きつっている。

「いいから任せろって。桐山、【俺の身体】を摑んでみてくれ」

「う、うん」

桐山【太一】は恐る恐るといった具合で、太一【桐山】の左肩を摑んだ。

確かに、言われて意識すれば、自分が【桐山の身体】になっている時、男である【太一】に触られると不快感がある……ような気がしないでもない。

桐山【太一】が、不安そうに目を覗き込んできたので、太一【桐山】はにやりと笑みを浮かべてやった。

息を吸い込み、覚悟を決める。

自分の【身体】を痛めつけることになるが、そんなものは関係ない。

やってやろうじゃねえか。

太一【桐山】は、桐山【太一】の『大事な部分』に、――強烈な膝蹴《ひざげ》りを叩き込んだ。

膝の上で柔らかな『ブツ』が潰れる。

「いっった！」となぜか太一【桐山】が叫んでしまった。

渾身《こんしん》の一撃、とまではいかなかったが（その痛みを想像すると、自然に全力は出なかった）、蹴り上げた方ですらぞわぞわと鳥肌《とりはだ》を立ててしまうほどのヒット具合だった。

「こっ……！」

喉《のど》の奥から奇妙な『声』とは呼べぬ『音』を出しながら、桐山【太一】は意識を失ったかのように体を真二つに折り、受け身も取れず顔面から地面に着陸した。

……死んだかもしれない。多少本気でそう思った。

いや、大丈夫だ、動いてはいる。

桐山【太一】はウグァ～とか、グォア～とか、ガワァ～とか、ウボォ～とか、今まで太一が人生の中で余り聞いたことのない（また発したこともない）声で唸《うな》りながら、両膝と額を地面につけ、左手で大地を掻きむしる。吐き気もきたのか、右手は口元を押さえるために使用されている。

図らずも太一【桐山】の顔が歪《ゆが》む。太一にとっても、【自分の身体】がこれほど壮絶《そうぜつ》に苦しんでいるのを見るのは、なかなかキツイものがあった。もちろん、桐山の地獄《じごく》のような実際の痛みよりは、遥かにマシであろうが。

桐山【太一】の動きが、徐々に落ち着いてきた。今は踞《うずく》まったまま大きく深呼吸を繰り返している。

それを見計らって、太一【桐山】は傍《かたわ》らにしゃがんで話しかけた。

「な、桐山。こうすれば一発だろ？」

桐山【太一】はギッと顔を上げ、太一【桐山】を親の敵のように睨みつけた。汗が噴き出し、目からは涙が滲《にじ》んでいる。

「あ……あんたねえ……いくらなんでもっ……やっていいことと……悪いことが……あんでしょうがっ……」

「でもこれで――」

そう言いかけた時だった。

初めは、冗談かと思った。

太一の視線の見上げる先に、【桐山】がいた。自分は今まで、【太一の身体】を見下ろす【桐山】であったはずなのに。

ということは――。

――元に戻ったのか、そう理解すると同時、太一の股間《こかん》に鋭い痛みが走った。

「いたたたたたたたたたたたたた！」

潰れた、絶対潰れた。そう思った。

慌てて下腹部を両手で押さえる。痛みを少しでも紛《まぎ》らわそうと、体を前後に揺らす。

が、そんな抵抗は焼け石に水どころか霧くらいの意味しかなかった。自然と太一の目から新たな涙が押し出される。

「ふ？　へ？　あ、戻ったのね！　ふふふ、罰が当たったわね！」

「これじゃ……意味が……」

太一はまだまともに喋れなかった。

「意味ってなによ！　意味って！　はぁ〜、今まで生きてきて一番痛かった……。ホント痛みで悶絶《もんぜつ》するんじゃないかって……あれ……？　ちょ、ちょっと太一、人がこっちに来るわよ!?」

焦《あせ》る桐山の声が聞こえる。だが太一はそれどころではない。今はこの激痛の波をどうやり過ごすか——。

「ね、ねえってば！　完全にこっちに向かってるわよ!?　に、逃げよう……！　別に悪いことをしてた訳じゃないけど、この惨状《さんじょう》を見られたらややこしいことになりそうだから逃げよう……！」

先ほど唸り声や叫び声を上げていた観点からも、それは一理あった。が——。

「そうか……なら俺に構わず……行ってくれ……。俺はもうダメだ……」

「こんな時になに『アクション映画のあるあるネタ』なんてしょーもないボケやってん

のよっ！　さっさと立つ！」

ボケているつもりなどさらさらなかったのだが。

「いや、でも本当に無理かも……。まず立てる気がしない……」

「ちょっとあなた達！」

遠くから声が飛んできた。女性らしい。咎《とが》めるような響きもある。

「やばっ！　もうっ、早く、ほらっ！」

桐山が太一を立たせようと、ぐいぐいパーカーの袖の部分を引っ張る。それに吊り上げられる形で、なんとか太一は、前屈みではあるものの体を起こした。

「あたたた、ちょっと休憩を……」

「うるさいっ！　しゃんとして、走る！」

今度はそのまま太一を引きずるような格好で桐山が走り出した。

「うわわわわ……！」

もの凄い馬力だ。流石元天才空手少女。

「うらあああああ！」

気合いのかけ声と共に、足の回転と腕の引きを強めた桐山に引き回される形での逃走は、二十分にも及んだのだった。

気づけば、町で一番大きな川にぶち当たっていた。

「き、桐山……！　もう……いいだろっ……」

息も絶え絶えになりながら太一は言う。限界だった。

桐山に先導されながら、もう相当な距離を走ったし、こちらを見咎めてきた女性が追ってきている気配も（どちらかというとかなり初めの段階で）なくなっていた。

「えっ、あ、そうね」

ようやく桐山は足を止めて、一度大きく息をついた。控えめな胸が上下している。桐山の呼吸は、荒くはなっているものの規則正しいリズムを刻んでいて、まだ余裕がありそうだった。

太一は、何度も空気を体内に取り込んで心臓を落ち着け、頭に酸素を送る。今すぐに、言わなければならないことがあった。

「桐山……左手見てみ」

そう、声をかける。

「は？」

桐山の視線がゆっくりと動いて、己の左手に到達。

その左手は、しっかりと太一の右手を握っていた。

走っている途中、どうも無意識の内に、桐山は持ち手を袖から太一の手に変更していた。人を引いて逃げるのに、やはり袖ではやりにくかったようだ。

「え……、嘘《うそ》っ!?」

桐山は瞬時に左手を離し、自分の胸に抱くと、二、三歩後退した。

「桐山……、普通に……、大丈夫じゃないか」

笑顔で、太一は言った。

「それはっ……必死だったからつい……。そ、それに、た、太一……だった……ってのもある、し」

桐山は目線を横に逸らしつつ顔を赤らめ、右手で自分の左手を擦《こす》る。

「でも桐山の男性恐怖症は……少なくとも……絶対越えられない壁ではない……ってことはこれで確定だな」

まあ、本当に悲壮《ひそう》たる覚悟をもってすれば、それはどうとでもなるということくらい、始めからわかっていたのだが。

だって、桐山は、〈ふうせんかずら〉に乗り移られていた後藤《ごとう》龍善《りゅうぜん》という男とも、戦闘を繰り広げていたではないか。

確かにそれらは、緊急事態だからこそ桐山の中のリミッター解除に繋がったのかもしれないが、不可能ではないということは、その時点で証明されていた。

やっと太一の呼吸が落ち着いてくる。

「それに……金的攻撃ってすっげー強烈だろ?」

あっという間に桐山の顔は耳まで赤くなった。

「そうよっ！　それよっ！　な、なんなのよあんたはぁ～。もっと他にやり方があるでしょうがっ！　それにやるならやるで、あたしに一言あってもいいでしょ!?」

「言ったろ？　ショック療法だって。事実、効果的だったじゃないか」

「な・ん・で女の子であるあたしが、一生もののトラウマになりそうな男の痛みを経験しなくちゃならないのよっ!?　うう～、おかげで【あたしの身体】に戻ってもまだ『ついてる』みたいな感覚が……っていやあああ！　な、なんて下品なことをあたしは口走って……！　も……もう死んじゃいたい！」

一人で楽しそうな奴だった。

「まあ落ち着けよ、桐山」

「た、太一のせいでこうなってるんだからねっ！」

声を裏返しながら、桐山は全身を使って訴えた。目を潤ませ赤面したその姿は、思わず頭をなでなでしてあげたくなる可愛さだった。一瞬、口に出して言ってみようかと思った太一であったが、叫び声を上げられそうなので自重しておいた。

はぁ、はぁ、と肩で息をし、一呼吸置いてから、桐山は再び口を開いた。

「でも確かにあれは……その……す、凄く痛かったわ……。あれって……男の人ならみんな、そうなるものなの？」

「おう、俺だけ特殊とかじゃないから安心しろ」

「……へえ、そうなんだ。まあ……、あれをやられると、もうどうしようもないっていうのは確かかね……。そりゃ知識としては知ってたけど、あそこまで痛いなんて……。うん、……一発入れれば確実に勝てるわね……」

と、桐山はなぜか膝蹴りやパンチのフォームを確認し出した。

「……羽交《はが》い締めにされたり、寝かされたりしない限りは、ほとんどどんな体勢からも……うん、摑まれたってそれだけじゃ問題なさそうね……」

もちろん、そのフォームから繰り出される技は全て、『男の最大の弱点』に当てることを想定しているように見えた。

「もしかして俺は……全世界の男性が戦慄《せんりつ》する、恐怖の戦闘兵器を生み出してしまったのか……？」

桐山は、すっと手を下ろし、構えを解いた。ある程度は満足——

「後は家で練習しよっと」

——しておらず、まだ向上心があるようだ、恐ろしい。

「でもこれ、痛いってことはそれだけ危ないってことよね……。ねえ……、太一はどうしてあたしのために、そこまでしてくれるの……？【自分の身体】を傷つけてまでなんて……」

秋風が吹いて、桐山の栗色の長髪が掠《さら》われる。顔にかかった髪を掻き上げながら、質問の答えを待つ桐山の物憂《ものう》げな表情は、太一には推し量ることのできない、たくさんの意味を含んでいるように思えた。

しかし改めて問われて、改めて考えてみても、太一の胸中に浮かんでくるのは、余りにも単純な言葉だけだった。

「そうしたいから、じゃダメか？」

真顔で答えた太一に、桐山はクスリと笑みを漏らした。

「……太一らしいね」

そう言ってから、桐山は一歩、二歩と太一に近付いてきた。

そして自分の右拳《みぎこぶし》を顔の前に持ってきて、息を吹きかける。

ぽふっ、と柔らかな音を立て、その拳はちょうど太一の心臓辺りにあてがわれた。

――その拳は少し、震えていた。

けれども、桐山は、それだけで誰かが救えそうなくらい満開の笑みを太一に投げかけ、言ったのだ。

「ありがとう、太一」

――進め、桐山。

太一は心の中で、そうエールを送った。

七章

終わる。始まる。変わる。

　翌朝、八重樫太一《やえがしたいち》は全くもって予想外なところで、昨日桐山唯《きりやまゆい》とごちゃごちゃやっていた時の目撃者を知ることとなる。

　一年三組学級委員長、藤島麻衣子《ふじしままいこ》が、太一にそのままズバリ、昨日の夜公園に女の子といなかったか訊《き》いてきたのだ。なんでもあの近辺は、藤島の犬（ブルドッグ）の散歩コースに含まれているらしい。

「な、なんの話だ藤島？　俺は昨日そんなところには行ってないぞ？」

　当然、誤魔化《ごまか》すことにした。それにしても藤島とは、最近因縁《いんねん》めいたものを感じる。

「……ホントに？　昨日公園で、長髪の小柄な女の子と組《く》んず解《ほぐ》れつしてたのって、八重樫君じゃないのかしら？」

「組んず解れつはしてねえよ」

「組んず解れつ『は』してない……？」

　メガネの下、藤島の目がぎらつく。

「ち、違う。それは言葉の綾《あや》だ」

「……ふーん。まあ暗くてはっきりしなかったから、私の勘違《かんちが》いかもしれないわね。だったら濡《ぬ》れ衣《ぎぬ》着せて、ごめんなさい」

別に藤島に害がある訳でもないが、騙《だま》しておいて更に謝らせるのは良心が痛んだ。

「……浮気現場目撃できたかと思ったのに……」藤島は横を向きながらぼそっと呟《つぶや》いた。

色々つっこみどころのある発言だった。後、良心の呵責《かしゃく》が少し和《やわ》らいだ。

「まあいいわ。ああ、ついでだから聞きたいんだけど……八重樫君最近変じゃない？」

「おぅ!? いや、そうか……？　俺は前からこんなだぞ」

「ふうん。……後、稲葉《いなば》さんと永瀬《ながせ》さんも、少し変な気がするのよね。まあ、全員部活同じだし、なにかあったのかな、と学級委員長の立場から気になりました」

「……特になにもないんだけどな。まあ……一年生も半分を過ぎて、仲がよくなってきたから違う顔も見せるようになった……ってとこじゃないかな」

「そう、ならいいわ。……じゃ、次は八重樫君のボロを掴《つか》んでやるから。あなたの命運もそれまでよ」

ビシッと太一を指さして言い、藤島は去っていった。いい加減大きな勘違いを真剣に正さないといけないかもしれない。

と、永瀬伊織《いおり》が歩いてきて、太一の前の席に陣取った。

なぜか、永瀬はじとーっと太一のことを睨《にら》む。

「……ホントに太一じゃないの？　長髪の小柄な女の子とか凄い唯っぽいんだけど？」

「き、聞いてたのかよ。いや、別に長髪の小柄な女の子なんてごろごろいる訳だし……」

誤魔化しているのを見られてしまった手前、とりあえずはそう言ってやり過ごす。

「そか。まあ、それが太一であってもなくても、わたしには関係ないけどね。……あんにゃろ……、適当なこと言いやがったか……？」

唇《くちびる》を尖《とが》らせ気味に言った永瀬は、ちょっと機嫌《きげん》が悪そうにも見えた。


最近は特別な用がない限り、放課後になると、文研《ぶんけん》部員《ぶいん》全員が部室に溜まるようになっていた。当たり前だが、入れ替わる可能性のある五人だけで部屋に閉じこもっておけば、然《さ》したる問題は起こらないのである。

やっていることはまちまちであった。稲葉姫子《ひめこ》はいつも通りノートパソコンをいじっているし、永瀬は漫画を読んでいるし、桐山は最近ビーズアクセサリー作りに励《はげ》んでいる。そして太一は授業の予習復習なんかをきちっとやっているのであり、最後に青木義《あおきよし》文《ふみ》が全員の邪魔をして構って貰おうとしているのだった。


その日も太一は、習慣化しつつある段取りで勉強を始めていた。珍しく青木も同様にしている（明日提出物があるらしい）。そんな二人を尻目に、稲葉はキーボードを打つ。

少し遅れて永瀬と桐山が部室に入ってきた。

「ちわーっす！」

永瀬は荷物をソファーの上に放り投げ、自分もそちらに向かう。

その途中、「うっす、太一！」と太一の背中を叩く。

「……っ、なんでそんな『今日初めて会った！』みたいな挨拶《あいさつ》の仕方なんだよ。十五分前にも会ってるだろうが」

「ノリ的にそんな感じじゃなかった？」

「俺はなにも言ってないぞ。永瀬のテンションの問題だろ」

自由に生きている奴だった。少し羨《うらや》ましくも太一には見えた。

「おっす……、太一！」

同じところ、今度はさっきより強めに背中が叩かれた。

「痛え！」

思わず声を上げて振り返る。視線の先、少しはにかんだ笑みの桐山が立っていた。

「……おう、桐山」太一も笑顔で返した。

しばし顔をお見合いさせる格好《かっこう》となる。その間も、桐山はバシバシと太一の背中を叩き続けていた。

「……そ、そろそろ止めようか」

言われてやっと桐山の連打が止まる。背中は絶対に赤くなっている自信があった。

「あのさ太一、あたし、またちょっと格闘技《かくとうぎ》とか、プロレスとかにも興味出始めたかもしれないから、また、話、聞かせて」

少し小さめの声、噛《か》み締めるようにして、桐山は言った。

「任せろ、なんなら今からでも——」

「今はいい今はいい！　……また今度、ね」

鼻息荒く身を乗り出した太一を、桐山はぶんぶん首を振って押し止めた。

遠慮《えんりょ》する必要などないのに、と太一は思うのだが。

そんな桐山の様子を見て、ふとなんとなくではあるが、桐山が可愛《かわい》いものに執着するようになったというのも、男性恐怖症に関係しているような気がした。男が入り込めない世界に逃げ込む、といったイメージだろうか。

と、そこで太一は他の三人、永瀬・稲葉・青木の視線をモロに浴《あ》びているのに気づいた。皆一様に、驚いたような表情をしている。

「……太一と唯なんかあった？」

青木が、徐々に顔つきを険《けわ》しくししながら訊いた。

「いやっ、その……」

どこをどう説明したもんかと、太一は桐山の顔色を窺《うかが》う。

「なんでもない！　なんでもない！」

頬《ほほ》を赤く染め、更に酷《ひど》くあわあわしながら桐山はそう否定し、急いで太一の斜向《はすむ》かいの席へと着いた。そしてそそくさと鞄《かばん》の中を漁《あさ》り出す。

その様子を、しばしぽかんと見つめる三人。

やがて青木は、首を動かして太一と桐山を何度も見比べ始める。

永瀬は漫画本で自分の顔を半分ほど隠しながら、半眼で太一に視線を送る。

相当、居心地が悪い。

だが、桐山本人が今のところは言う気がなさそうなことについて、勝手に話す訳にもいくまい。太一は咳払《せきばら》いしてから、再び机に向かう。

居心地の悪さは桐山も感じたのか、「あ、あたしちょっとトイレに行ってくるっ」と言って部屋から逃げ出してしまった。

それを見届けてから、永瀬が口を開く。

「……さっき唯とトイレ行ってきたばっかかなんだけどなー」

「どういうことだ太一⁉　やっぱり昨日二人でなんかあったのか⁉　今日の唯は昨日電話した時となんか違うと思ったんだよ……！」

青木は喰いかかるように訊いてきた。

「べ、別に大したことしてねえよ。ただちょっと……相談事らしき話をしただけだって。青木も連絡取ったんだから、同じようなもんだろ」

「話しただけでどうやったらあんないい感じになるんだよ⁉　オレなんて全然……。くそう、やはり最大のライバルは太一なのかっ。しかも本人には自覚がなさそうなところがまた脅威《きょうい》だ……！」

騒がしく悶《もだ》える青木だった。

「こうなったら……伊織ちゃん！　作戦会議だっ！」

「わ、わたしはなにも関係なくないかな⁉　ていうかないよね⁉」

青木と永瀬がわーわーやり始めると、今度は真正面にいる稲葉がぐいと身を乗り出してくる。

「で、マジでなにがあったんだ？」

眼光から『言い逃れなど許さん』、というのは嫌でも伝わってきた。

「いや……、本当に大したことはなにもやってないよ。ただ少し、桐山の背中を押してやっただけだ。そしたら後は勝手に、桐山が進み出したんだよ」

本当に、ただそれだけの話だ。

目を何度か瞬《またた》かせてから、稲葉はふっと小さく笑った。

「そう、か。こんな人格の入れ替わりにも、いいことってのはあるもんなんだな。まあ太一だから、ってのもあるかもしれないが」

稲葉はしみじみと感じ入っているようだった。

もう一度穏やかに太一に笑いかけてから、稲葉は背もたれに体を預けて天を仰いだ。

右手で両眼を覆い隠し、呟く。

「アタシには……破綻《はたん》しか見えないってのになぁ」

そう言った稲葉は、いつになく弱々しく見えた。

そしてそれは勘違いではなかったことを、太一はすぐ思い知ることになる。

その日突然、――――稲葉が倒れたのだ。

「じゃ、ちょっと用事済ませてくるから、大人しく寝てなさい。もし先生が帰ってくるまでに後藤《ごとう》先生が来たらよろしく言っといて」

そう言って養護教諭、山田桃花《やまだももか》（三十歳・バツ一）は保健室から出ていった。

「稲葉ん……、死んだかと思ったよ……」

「バーカ、ただの立ちくらみで死ぬかよ」

まだ心配そうで、ちょっと泣きそうな顔でもある永瀬の呟きに、稲葉はベッドの上から軽口で応えてみせる。部室で倒れた稲葉を保健室に担《かつ》ぎ込むまでの永瀬の動揺《どうよう》ぶりは、かなりのものであった。

「はあ、でもビックリした……。ホントにばったーんって倒れるんだもの」

桐山もどっと疲れたような表情をしている。

「ちょっと最近体調を崩してな……。でも全然、大したことはない。本当なら保健室に来る必要もないくらいだ」

「ダメだって稲葉っちゃん！　ちゃんと自分の身体は大事にしなきゃ！」

たしなめる青木（たぶん初めてのパターン）を、稲葉は面倒臭そうに「はいはい」とあしらっていた。

しばらくすると、一年三組担任にして文化研究部《ぶんかけんきゅうぶ》顧問《こもん》、つまりは学校において、稲葉に関しては絶対的な責任者の立場にある後藤龍善《りゅうぜん》が、保健室に入ってきた。

「おーい、稲葉ー。大丈夫かぁ？　お、文研部フルメンバーじゃないか」

生徒が倒れたというのに、呑気《のんき》もいいところだった。

「手間かけたな、後藤。もう帰っていいぞ」

「……お前はもう少し教師に対する尊敬の念をだな……まあいいや」

まあいいらしい。

「えーと、山田先生は？」

「先生はなんか用事がある、と。えと、先生曰く、『稲葉さんが倒れた原因は疲労の蓄《ちく》積《せき》。よってきちんと休息を取れば問題なし、以上』ってことらしいです」

「了解した、八重樫。で、実際どうなんだ稲葉？」

「問題ない」稲葉は淀《よど》みなく断言する。

「そうか。まあ山田先生もそう言ってるならよさそうだな。えーと、後せっかくお前ら五人が揃《そろ》ってるみたいだし、なにか言うことは……と」

「あっ」

桐山がなにかに気づいたらしく声を上げた。

「……まだ今月号の『文研新聞』の原稿作ってないや……！」

「「「「あ」」」」

残りの文研部四人全員でハモった。

毎日、文化研究部として集まっているのに、部活動のことなど完全に頭から消し飛んでいた。部として認めて貰うために存在する唯一の義務、存在意義なのに。

そして後藤も同じく声を上げる。

「あ、そういやいつもの締め切りまでに原稿貰ってないや」

「スマン、後藤。ちょっと大がかりな調査に追われてたおかげで、今月号の分が締め切りに間に合いそうにない。来月は増量するから、それで手を打ってくれないか？」

すぐさま稲葉による誤魔化しが入った。よくこうもすらすら嘘《うそ》が出てくるものだ。

「大型調査、ねえ……。しかし文研新聞を月一発行するという名目で部活として認められている以上……まあいいや」

まあいいらしい。

この時ばかりは、太一も後藤の適当さ加減に感謝せずにはいられなかった。

その後、本人は要らないと拒絶していたが、念のため稲葉を家まで送ることになり、

「四人もついて来られたらウザイ！　せめて二人にしろ！」と稲葉が主張するので、じゃんけんで勝った太一と永瀬だけがついて行くことになった。

他愛のない会話をしながら、電車を乗り継ぎ、稲葉家の最寄《もよ》り駅に到着。稲葉家まで十分少々の道のりを三人で歩く。流石《さすが》に顔色はそんなによくないが、稲葉もケロリといつも通りのテンションに戻っていた。

「じゃあ、そろそろ昨日、唯となにがあったのか、はっきりさせて貰おうか、太一」

道中、藪《やぶ》から棒《ぼう》に稲葉が言った。

「なにが『じゃあ』だよ。全然脈絡《みゃくらく》なかったじゃねえか」

「脈絡とかはどーでもいいのさ。とにかく教えてくれないと、気になってまた心労で倒れそうだなぁ～」

稲葉はしなだれかかりながら太一の肩に腕を回す。さながら絡《から》む酔っぱらいのようだ。

「ぐっ、自分の体調をネタにするのはズルいだろ……」

「それーに、伊織も気になってるだろ？」

「うむ、二人の親友として、わたしにも知っておく義務があるのです」

作った声で言った永瀬を見て、稲葉は「あれ？」と小声で囁《ささや》き、首を傾《かし》げていた。予想していた反応とは違ったらしい。

「……あー、まあそうもなるか。ま、いいや。ほらっ、伊織も言ってるんだから」

「でも桐山は言いたくなさそうだったし……」

「あ～、もううっとうしい奴だなっ。本当に聞いて不味《まず》いことならこんな風に言う訳ないだろ。どー見てもいいことっぽいから聞いてるんだよっ！」

「そうそう、言ってくれないとわたし達五人の信頼関係はそんなものだったのか……、ってショックでわたしも寝込んじゃうかもよ～」

「な、永瀬までタチ悪いぞ、オイッ！」

「そう……だな、アタシも……」

永瀬が追随《ついずい》して援護しているというのに、なぜか稲葉の勢いが緩《ゆる》んだ。言葉が続かず、苦い顔をしている。また体調が悪くなってきた……のとは少し様子が違うようである。

　それについて問い詰めようと思ったが、その前に稲葉はさっと表情を戻して言った。

「とにかく、さっさと言わないとこの場で『きゃ〜、この人痴漢《ちかん》〜！』って叫ぶぞ」

……これ以上の抵抗は不可能だった。

太一は余り詳しい内容には触れず、簡潔に昨日やった桐山へのトラウマ克服《こくふく》法の話をした。

「ぶはははは、凄いやり方思いつくもんだな、自己犠牲野郎。なんつーショック療法《りょうほう》だ。いやー、恐れ入った」

予想通りのリアクションをする稲葉。

しかしそれとは違い、永瀬が見せた反応は、太一を戸惑わせるものだった。

「……唯が男をちょい苦手にしてるってのはわかってたけど……。そんな触れられないほどの、男性恐怖症だったなんて……。わたしはそれに、気づかなかったなんて……」

永瀬は俯《うつむ》き、首を振る。絹糸のような髪が、乱れる。

「わたしはちゃんと……誰《だれ》かの友達になることさえ……できない……っ」

なぜそこまで、言う必要があるのか。

なにがそこまで、永瀬を思い詰めさせるのか。

それは、太一にはわからないけれど。

「永瀬、聞け」

太一は永瀬の顔を覗《のぞ》き込む。ついと永瀬が視線を上げる。宝石のように美しく潤《うる》んだ瞳《ひとみ》に、しっかり自分の姿が映っているのを確認してから、太一は言ってやる。

「たぶん桐山は、自分のことでそんな風に誰かが気を遣ったり、悩んだり、どこかギクシャクしたりするのこそ……一番嫌がると思うんだ」

青木に謝られて、泣いていた昨日の桐山を見て、思った。

「だから永瀬は、変に気遣いとかすることなく、なるべく今まで通り接してやれ。絶対、桐山はその方が喜ぶから」

それは恐らく、太一自身にも当てはまることだろう。

「今まで……通りって？」

縋《すが》るような、震える声だった。

「今まで通りは……、今まで通り……いや、そんなに、難しく考える必要はないんだ。永瀬はただなにも考えずに接してやれば、それでいいと思う。それだけで……桐山はいつも凄く楽しそうにしてるし」

「唯には……わたしはそれでいいの？」

「ああ、十分だ」

気休めでなく、心の底から太一はそう思う。

「くくく、やっぱりお似合いだよ、お前ら」

　そこに稲葉が割って入った。

「お互いがお互いを必要としあってる、間違いねえよ」

「い、稲葉ん！　勝手なこと何回も言わないでくれる⁉」

「ん？　何回も……？」太一はそこに引っかかった。

「そうだよっ！　稲葉んは前も勝手にわたしと太一が……その……『えっさらほ〜い』だとか言いやがってさ」

　もしかしたら、以前稲葉が太一に言ったような『両思い』などという話を、永瀬にもしたのかもしれない。だから少し、永瀬の態度が妙になっていたのか。

「実際『えっさらほ〜い』なんだから仕方ないだろ。……あーでもアレだな、唯の奴もたぶん太一に惚れかけてるよな」

「ぼはふんっ⁉」吹き出す太一。

「い、稲葉ん……。あんたやっぱストレート過ぎ……」

「事実は事実なんだからしょうがないだろ。自己犠牲野郎のやっかいなところは、性質上、惚れられるという事態が多分に発生してしまうところなんだよな。自分のために身を挺《てい》してくれるんだもの、そりゃ勘違いもするわな。まあとにかく、だ。太一は伊織を、唯を、傷つけんなよ？　もしそんな真似したら、アタシがぶっ飛ばす。……優しさが人を傷つけることだってあるのを、忘れるな」

「それは……了解しました」

太一は、すちゃっとキャプテン稲葉に敬礼。

「まあアタシはお前らが三角関係になって、……ああ、青木もいるから四角関係か……、ドロドロしなけりゃそれでいいんだけど」

もう言いたい放題だった。


そうこうする間に稲葉家に到着。そこまで来なくていいと言われたが、太一と永瀬はきちんと門の前まで稲葉について行った。

「じゃあ今日は迷惑かけたな、太一、伊織」

「気にするな、安静にしとけよ」

「稲葉んは、なんだかんだいつだって、わたし達のことばっかり考えてくれてるけど、今一番気にしなければならないのは、自分の体だよ?」

「大丈夫……大丈夫だって」稲葉は視線を逸らして苦笑を漏《も》らす。その笑みには、どこか自虐《じぎゃく》するような気色があった。

稲葉が、小洒落《こじゃれ》た洋風の庭を玄関に向かって歩いていく……途中でくるりと振り返る。そしてわざとらしい口調で言った。

「おーっと、そうだ。言うの忘れるところだった。……伊織、お前のトラウマも太一に解決して貰えよ」

なんの前振りもなく放り投げられた言葉であるが、それが重大なものであるということは、永瀬の驚愕《きょうがく》した表情を見れば十二分に伝わった。

「稲葉ん……。それは、誰にも言わない約束じゃなかったっけ……？」

ぞわり。背筋が凍るほど冷淡な声を、氷細工のように美しく冷たい顔で永瀬が発した。

永瀬がそんな顔を作れるということに、太一は虚《きょ》を衝《つ》かれてしまう。

「太一、お前ならできるさ。やってやれ」

ぴしりと伸ばした背中を見せながら、家の中に消えていく稲葉は、やっぱり最後まで、他人のことばかり気にしていた。


さて、稲葉を見送った訳だから、後は駅まで行って帰るのみ……なのだが、太一と永瀬の間にはどうも変な空気が流れていた。

それもこれも、全て稲葉が言い逃げしていったせいだ。

訊《たず》ねるべきか否か、向き合うべきか否か、立ち向かうべきか否か。

自問すればするほど、太一に見えてくる答えは一つしかない。

「なあ永瀬、トラウマ……ってのは？」

尋ねてみたが、隣を歩く永瀬は反応を見せずにスタスタと歩く。

太一も言葉を続けることなく、しばらく沈黙に身を委ねる。

そのままこの話題はなかったことにするつもりなのか、それならば無理に問い詰めることもしないでおこうか、そう思った時、永瀬が口を開いた。

「稲葉んは、勝手だ。勝手過ぎる。でもそれが、全部わたし達のためを思ってのことだっていうのも、それがだいたい正しいってことも、わかってるけど」

目を合わせず、真正面を向いたまま、永瀬は続けて問うた。

「太一は知りたい？　わたしのこと。……どんな話を聞いたって、今まで通りいてくれるって約束するなら、話してもいい」

表情を窺うことを恐れるかのように、永瀬は一切太一の方を向かない。ガラスのような横顔は、少し触れるだけで壊れてしまいそうだ。

永瀬には、いったいなにがあるのだろうか。

得体の知れない闇は、どれだけの深さがあるのか全く見当も付かず、踏み込むのは危険すぎるようにも思われた。そのような闇を一度覗き込んでしまえば、知らぬ存ぜぬでいることなど、できないのだから。

しかし、どれだけリスクがあるとしても。

「わかった、約束する。やれることは、やってやりたいから」

リスクを受け入れなければなにも、できないのだ。

考えてやることすら、できないのだ。

ましてや救ってやることなんて絶対に、できないのだ。

「やっぱり太一は、そう言うんだね」

言ってからやっと緊張を解き、永瀬は慈愛《じあい》に満ちながらも少し困ったような笑みを見せた。既視感《きしかん》のある、笑顔だった。桐山にも、そんな風に笑いかけられたことがあったはずだ。それの意味するところは、なんなのか。

ちょっとだけ座ろうか、永瀬がそう提案したので、二人は近くにあった駐車場の、外周を固める背の低いコンクリート塀に腰かけた。

永瀬は両足を投げ出して「はぁ～」と盛大な溜息《ためいき》をついた。

「こんなこと、本当は言いたくないし、言うべきことじゃないのに……。でも稲葉んにあんな言い方されたら、言わないでいる方が太一も逆に気になって嫌でしょ？」

「稲葉には『お前ならできる、やってやれ』とまで言われたし、気にならないってのは嘘になるな」

だよね～、と言いながら永瀬は足下の小さな石を蹴った。小石は前方に飛び出したが、すぐ右に逸れていってそのまま排水溝へと、落ちた。

「じゃあ、話しますか」

永瀬は、黒い真珠《しんじゅ》のような瞳で、太一の目をしっかりと見据えた。美しく無垢《むく》に整った顔が完全なる無表情を作る時、人は畏敬《いけい》にも似た感覚を得るのだと、太一は初めて知った。太一の瞳、その奥にあるものを確かめるようにしてから、永瀬は話し始める。

「……でもその前に一ネタ入れておこうと思うんだっ！」

「…………………え？」

いったいこいつはなにを言っているんだろうか、太一は思った。

「いや～、なんか前にも二人で……まあ正確に言えば、わたしは【青木】になってたんだけど……、シリアス風味な感じになってる時も間に一ネタあったし、やっぱ入れといた方がいいかなー、って」

「いらねえよ！　誰も望んでねえよ！　なんだよっ、その二人きりでシリアスっぽくなったら一回ぶっ壊しとけみたいな発想は⁉」

締まりがないとかいう以前の問題発言だった。

「でもさ、そんな時に限ってさ……ネタが思いつかないんだよねっ⁉」

「なら尚更やるなよ、オイ！」

「な～んていう、ネタをやろうと思ったけどネタがないっていうネタでした。どうかな？」

「『どうかな？』じゃねえよ！　お前がネタをやろうと思ったけどネタがないっていうネタをやろうが、俺はそもそもネタを必要としてないんだよっ！」

「確かに太一はネタを必要としてないかもしれないけど、このネタをやろうと思ったけどネタがないっていうネタは、本当にネタがないんじゃなくてあえてこのネタがないっていうネタをチョイスしたということだけはわかって貰いたいな！」

「お前がなんかネタをやろうと思ってネタがないっていうネタをしたのは、本当にネタがないんじゃなくてあえてこのネタがないっていうネタをチョイスしたことはよーくわかったよ！」

「というかこのネタをやろうと思ったけどネタがないっていうネタは、ただネタをやろうと思ったけどネタがないっていうネタで終わってるんじゃなくて、こういう風に『ネタ』『ネタ』言って前回のネタにかぶせることを狙った、高度なネタだったりするネタっ……あれ？　語尾が変になっちった……」

「薄々わかってたよ！」

「つーか、意外に太一ってノリいいよね」

「永瀬相手だとなんかそうなる……」

なぜ青空駐車場に二人並んで座りながら、こんなことをやっているのだろうか。

「それでさぁ、話を戻すけど――」

そこで、さっきまで楽しそうに笑っていた永瀬の顔が、すっと無表情になる。

「わたし、父親が五人いるんだよね。あ、でも正式に籍を入れたのは三人とかだっけな？　まあ、そういうことなんだよ」

急転、太一が身構える間もなく永瀬が闇を、覗かせる。

当然、太一は戸惑う。

「えっと……それは、永瀬の母親が離婚して……また再婚して、ってことか？」

「うん、そういうこと。まあそれは大したことじゃないんだ。色んなタイプの人達がいたけど、そんなに悪い人なんていなかったし。連れ子のわたしと上手くやろうと頑張ってくれた人とも、連れ子のわたしをどっちかというと疎《うと》ましそうにしていた人とも、また相手側の連れ子とも、誰であろうとそれなりに上手く、やれてた」

太一には、もちろんそんな経験などないのではっきりと言うことはできないが、それは、もの凄いことなのではなかろうか。元は全く赤の他人の父親四人と、同じく元は全く赤の他人の兄弟達と、そんな都合何人に及ぶかもわからない多数の人達と、問題なく、『家族』をやれていたなんて。

「まあ上手くやれるのは、当然なんだよね。だって、上手くやれるように、わたしは『わたし』を変えていたんだから」

「『わたし』を……変えていた……？」

永瀬は車止めのコンクリートを見つめながら、語り続ける。

「二人目の父親——わたしの初めての『新しいお父さん』に、ちょっと問題があった。その時わたしは小学校一年か二年だったんだけど、単純に言えば、暴力を振るうタイプの男だったのさ。ああ、でもそれがトラウマになってるからとかそういうのはないよ。というか、それで言えばわたしにはトラウマなんてもの、存在しないんだよ」

だから稲葉んが言ってたような、解決してやれっていうのはちょっと違うかもね、そう永瀬は付け加える。

「暴力と言っても、全然児童相談所に行くようなレベルじゃなかった。ていうか、わたしがそうさせなかった……いや、『しなくていいようにした』と言うべき、かな？」

太一はただ、黙って耳を傾けることしかできない。

「わたしは『わたし』を演じたのさ。相手の好みに合わせて、ね」

目も、鼻も、口も、耳も、生まれた時からそのままの状態で手を加える必要のなかった彼女が、その時浮かべた一点の曇りも見えない笑顔は、澄み切っている分だけ、儚《はかな》くもあった。

「……ってなんか格好つけてみたけど、当然その頃は別に『演じてやろう』とかまで思ってなかったよ。ただ、『わたし』がこうすれば、『わたし』がこうなれば、怒られることがないんだよなーというのがわかったから、そうしてただけ。けれども幸か不幸か、わたしはそれが、異様に上手かったらしいんだ。こうすれば、こうなれば、怒られないだけじゃなくて褒《ほ》められさえする、それさえもわかった。だから、そうした。好き嫌いさえそれに、合わせた。それに合わせて『わたし』の全てを変えてやった」

それは誰しもがある程度はやったことがあるはずの、偽りの姿でのご機嫌《きげん》取り。それを異常なまでに極め上げた事例、といったところであろうか。

「そうしてしばらくしたら、また離婚があって、わたしは母親に連れられてすぐ次の新しい父親と『家族』になった。その人は別に悪い人じゃなかった。というか、いい人だった。だからそんなことする必要、なかったのに。……でもなんだろう、やっぱり、子供ながらに上手くやらなきゃならないってのがあったんだろうな、わたしは、また、その人が望むような『わたし』を演じていたんだ」

自嘲《じちょう》気味の笑みを零しながら、永瀬は首を振った。

「そこからはなんか、歯止めが利《き》かなくなった。わたしは、それこそ、その人その人ごとに、色んな『わたし』を使い分け出した。どんどん、どんどん。……そんな風にして月日が流れて、中三の――去年の、春のことだよ。五人目の父親が、……病死したんだ。その人がさ、寡黙《かもく》な感じなんだけど結構、できた人でさ、たぶんそういうわたしが演じているっていうのにも、気づいてたんじゃないかな。死ぬ間際言ってくれたんだよ、『もっと自由に生きなさい』って」

清流のように透き通ったその声が、潤んで、揺れた。その人のことを、その時のことを、思い出しているのだろう。

「その人のことは、母親も本気で愛してたみたいで、なにがどうなってたのかはよく知らないけど、その人が死んだ後、『今まで好き勝手やって迷惑かけてゴメンね、これからはあなたが望むように生きられるようお母さんは頑張るわ』みたいなこと泣きながら言われちゃった。で、そっからは母子《ぼし》家庭だけど、人並みには暮らせてます……。とまあ結局わたしの物語は、波瀾万丈《はらんばんじよう》ありましたけれども、ハッピーエンドを迎えた訳ですよ。ね、トラウマなんてないでしょ？」

首を傾げ、永瀬は太一に向けて目を細めた。

風に吹かれてさらさらと流れる髪を、沈みゆく秋空の太陽が黄金に輝かせる。

「でもね、そこから、――醜悪《しゆうあく》で最悪なアフターエピソードが始まるんだよ」

永瀬の顔に、美しき彫刻《ちょうこく》のような無表情が訪れる。

「自由にしていい、好きにしていい、そう言われたわたしは、そうしようとした。でもわたしは……その時愕然《がくぜん》と、したんだ。だって、その時わたしの頭の中に浮かんだのは、『わたしの好きなものってなんだっけ？』、『わたしのしたいことってなんだっけ？』、『わたしの本当の姿って……どれだっけ？』、そんな、バカげた質問だったんだから。わたしは十年近く、誰かが望む『わたし』として生きてきたことで、本当の『わたし』を……どうやら忘れちゃったのさ」

人格が一番形成される時期だと言ってもいい十年を、人の顔色に合わせて自分を変え続けてきた少女のなれの果てが、今の永瀬だと言うのだろうか。

「そこからは……困ったもんさ。自由に、自分の好きなようにあろうとしても、それがなんであるかわからないんだもの。どうすることも、……できないよ。だからわたしは、適当にその場に合ったキャラを演じることにしたんだ。そう、してた」

だから、なのだろうか。不意に、太一は思う。

だから永瀬は希望する部活選びを担任に任せてしまったのだろうか。

それを選ぶ、『自分』がいないから。

そして今まで太一達が付き合ってきた永瀬は、そんな、なにかのキャラを演じている、それが本当の自分だとは思っていない、永瀬だったのだろうか。

永瀬が多彩《たさい》な表情を見せるのは、自分の中で演じられるキャラを、いくつも持っているからなのだろうか。

「そんなわたしの唯一『これは自分の元からあるものだ』と自信の持てるアイデンティティは、わたしをそういう風にしてしまった『他人の望むことを見破る』能力なんだ。皮肉《ひにく》だけど、それが本当の『わたし』を完全に見失ってしまわないための、最後の砦《とりで》だったんだ。……だった、はずなのに。……変にもう自由にやっていいとか、思ったせいかな……なんか最近……それも……見えなくなってきた……気がするんだ」

桐山の男性恐怖症に気づけなかったことに、恐れすら感じているように見えた、永瀬。

「どうしようと……、思った。それがなくなっちゃえば、わたしは本当に『わたし』のものをなくしちゃうんだよっ……。それにこれからみんなと……どうやって付き合っていけばいいの……？　どこで、どんな、キャラを、やれば……いいの……？　この頃、キャラも……なんか……自分じゃ制御できなくなってきてるし……」

稲葉が、一番不安定で危険だと評した、永瀬。

「そしてそんなわたしに……人格と【身体】の入れ替わりなんてことが、起こってしまった……。人格としての『わたし』という存在は、もうほとんど見失ってしまっているんだけど、でもそれでも、わたしは永瀬伊織でいられた。だって、わたしのこの【身体】を見ればみんな永瀬伊織だって、言ってくれるんだもん……！　中身がどんなことになっても……この【身体】があれば。……でも、入れ替わりで、それさえも曖昧《あいまい》になってしまったら……。人格としての『わたし』を失って……、【身体】としての『わたし』を失って……ずっとこんな状態が進めば……誰もわたしをわたしと気づいてくれなくなって……わたし自身にもわからなくなって……そんな……そんな風にして、わたしはこの世から消えてしまうんじゃないかなっ」

ハリボテで誤魔化し続け、気づいたら元の形を失ってしまった永瀬の世界。

ぼろぼろと脆《もろ》く崩れかかってもきていたその世界に、今回の『人格入れ替わり』という名の巨大地震は、余りにも大き過ぎたようだ。

しがみついていた岸壁からも振り落とされ、暗い谷底、深い闇で永瀬が溺《おぼ》れている。

太一は助けてやりたいと、思う。その闇に飛び込んででも助けてやりたいと思う。だが、できない。恐いからではない。そうしたとしても助けられないからだ。それでは意味がない。

考えろ。

自分が今、永瀬のためにできることは――。

「お前がこの世から消えてしまうとか、そんなことには絶対に、ならない」

太一は強く、断言してやった。

なぜ？　純粋無垢《じゅんすいむく》な永瀬の双眸《そうぼう》が、訊ねかけてくる。

「なにがあったって、どんな風になったって、俺が、永瀬が永瀬であると、わかってやれるからだ」

溺れる永瀬に、ロープすら垂らしてやれない太一にできることは、光を見せてやることだけであった。

しばし、永瀬はきょとんと目を瞬かせる。そして、ぽつりと呟く。

「そんなの……無理だよ……」

「無理じゃ、ない」

永瀬の目を見て、太一は言った。

「どうして……そんな風に……太一は断言できるの……？」

怯《おび》えるように、恐れるように、そして同時に——なにかを期待するように、永瀬が太一に問う。

「それは、……俺が永瀬のことを——」

その時突然、稲葉の声が脳裏《のうり》をよぎった。


——自己犠牲野郎。


その言葉が、ずしりと太一にのしかかる。

自分は今、なにを言おうとしているのか。

そしてそれを、なんのために言おうとしているのか。

永瀬をただ助けたいから、ただ永瀬に希望の光を見せてやりたいがためだけに、言っているのか。それともそれだけでは、ないのか。

太一にはわからなかった。

ただ確かなのは、そんなこともわかっていない人間に、その言葉を口にする権利はないということだけだ。

だから太一はそこで言葉を濁《にご》し、言い直した。

「いやっ……と、とにかく俺には、できるんだ。信じろ、俺を。だから大丈夫だっ」

無茶苦茶な、理論もへったくれもない、もの言いだった。こんな自分の中にすら迷いのある人間が、永瀬を救う人間になど、なれるはずもなかった。

透き通るような肌が、宝石のような瞳が、余りにも眩《まぶ》しくて、太一は目を逸らしてしまう。

「そっかぁ～。……太一が言うんだったら、信じてみようかなぁ……」

そう言った永瀬はどこか嬉《うれ》しそうで、どこか、寂しそうだった。

八章　そういう風に生まれた人間

「おはよう、太一《たいち》」

週末を挟み、翌週に顔を合わせた永瀬《ながせ》は、流石《さすが》に少々気まずげな表情をしていた。

「……おはよう、永瀬」

妙な間が空いてしまった。

と、永瀬は気合いでも入れるかのように、己の白くぷるぷるしたもち肌を、両手で挟むようにしてぱん、ぱん、と叩いた。

「どんな話を聞いたって今まで通りでいる。そう男と男の約束をしたじゃあないか！」

「なんだよそのキャラ」太一はつっこむ。

「どんな話を聞いたって今まで通りでいる。そう男と男の約束をしたじゃあないか！」

「なぜ二回言った⁉　後お前は男じゃないだろっ……ってもしかしてこのツッコミをしろということだったのか⁉」

正解なのかどうかはわからないが、とりあえず永瀬は「うふふふ」と笑った。

「でもさ、男と男って付けるとすっげー情熱的な約束っぽくなるのってなんでなんだろうね？　女と女とか、女と男じゃこうはいかないのにね」

「知らねえよ……。つーか、大丈夫か」

脈絡《みゃくらく》はなかったが、唐突《とうとつ》に、太一はそう尋ねたくなった。

「……おう、大丈夫だ！」

永瀬は目を細めて、ぶいっとピースサインを作る。

その笑顔は、額面通《がくめんどお》りに捉《とら》えてよいものなのだろうか。

「とにかく、なにかしてやれることがあったら、なんでも言えよ」

そんな風に言うくらいしか、太一は術《すべ》を持たない。

「うん、ありがと。太一は優しいね」

俯《うつむ》き、珍しくはにかみながら、永瀬は呟《つぶや》く。

しかしそこでなにかを見つけたようで、永瀬はすっと真剣な表情をした。

「でも……、今、本当に、大丈夫か、って言ってあげなきゃならない人間は、たぶん、別にいると思うんだ」

憂《うれ》いを帯びた永瀬の視線の先を追えば、そこには、ちょうど教室に入ってきたところの、どこか疲れた表情をした稲葉姫子《いなばひめこ》が、いた。

□■□■□

週が明けても稲葉の体調は優《すぐ》れないままで、むしろ悪化してさえいた。

永瀬のことを気にかけつつも、太一は同じくらい、稲葉のことも心配していた。日に日に顔色が悪くなっていくのだから、それも当然であった。

しかし、だからといってなにかをすることもままならず日々が流れ、迎えたその週の金曜日、四時間目世界史の授業中のことだ。

もう、『いつものこと』と言えるようになってしまった、ほんの一瞬の暗転の後——

太一は急激な吐き気を感じた。

「うぐっ!?」

とっさに片手で口を押さえ、せり上げてきたものを口内に押し止める。

【誰《だれ》】になっているか確認している暇もなく、即刻、立ち上がって教室を飛び出した。

クラスからどよめきの声が上がったようだが、気にしている余裕などない。

急ぎ、トイレに向かう。

足下に見えるのは黒のハイソックスとスカート。目的地は女子トイレに定まった。

一番手前の洋式トイレに駆け込み、口に溜まった吐瀉物《としゃぶつ》を戻した。続いて昇ってきたものも吐き出す。酸で喉《のど》が焼けるように痛み、胸に掻《か》きむしりたいほどの不快感が襲いかかる。おまけに頭も激しく疼《うず》く。

後ろから、誰かがトイレに走り込んでくるのがわかった。

「稲葉ん！　大丈夫⁉」

永瀬の声が聞こえて、自分は今、【稲葉】になっているのだと太一は悟《さと》る。

「アタシになってるのは、やっぱ太一か？　あ～ったく、それくらい我慢しやがれ。根性ねえなあ」

今度は苛立たしげな【太一】の声だ。中身は間違いなく、稲葉であろう。

「おう……太一だ……。つーか……、これを根性で耐えろとか……」水道水で口を濯《すす》ぎながら太一【稲葉】は呻《うめ》く。

慌てた様子で教師も追いかけてきたが、稲葉【太一】が「ただ気分が悪くなっただけ。朝から調子がよくなかった。責任を持って保健室に連れて行く」と言うと、早く授業に戻りたかったのか、然《さ》したる確認もせず、すぐ教室に引き返していった。

「伊織《いおり》、お前も教室戻っとけ。【コレ】はアタシが連れて行くから」

「だから……、稲葉んはもっと自分の体を労《いたわ》ってよ……。こっちがびっくりするじゃんか……。太一は、大丈夫？」

永瀬が心配そうに太一【稲葉】に訊《たず》ねてきた。

「……おう、吐いたら大分楽になったよ。……なんならもう教室に戻れるかも」

「太一。今太一は【稲葉んの身体】を使っているってこと、忘れちゃダメだよ」

説教気味にビシリと言われた。

「……そう、だな。スマン。【他人の身体】なんだからもっと大切にしないと……」

本当に当たり前のことなのに、と太一は深く、反省。

「【他人の身体】なら、ねえ……」

もの言いたげな口ぶりで稲葉【太一】が言う。

「なんか、二人に任せるの心配なんだけど。……二人とも自分のことだと、無神経になるとこあるし……。ちゃんと保健室行ってしっかり休むか、ダメだったら無理せず早退するんだよ？　わかってる？　返事は？」

永瀬は、何度も子供に言い聞かせるかの如《ごと》く念を押してから、やっと教室に帰っていった。

「なんであそこまで念押すかな。そんなに俺らって信用ないのか？」

太一【稲葉】の呟きに対して、稲葉【太一】が答える。

「全くだよなあ。じゃ、部室に行こうか」

「……心なしかセリフの前後に矛盾《むじゅん》があるような……」

もちろん問答無用で行き先は部室に決定した。


部室に着くとほぼ同時、太一と稲葉の入れ替わりは終了した。

「……戻ったな」太一が呟く。

「だな」稲葉が応じる。

「どうする？　普通に保健室行くか？　また誰かと入れ替わる可能性はなきにしもあらずだが……」

稲葉は、他の人間が今の【稲葉の身体】に入っているのを、自分の視界外に置いておくのが不安だからと、保健室ではなく部室を選んだのだった。

「保健室だと、不測の事態が起こり得るからな……。いいさ、寝るだけなら部室のソファーで十分だろ」

稲葉は、肘《ひじ》かけのところを枕にして、ソファーに寝転がる。身体を伸ばすとソファーから足が飛び出してしまうが、それなりに快適なのは間違いない。

「ああ、迷惑かけたな太一。もう授業戻れよ」

「おう、そうだな……ってなる訳ねえだろ。そんだけ顔色が悪いのにほっとけるか。出すもんは出したから吐き気はないけど、体すげー重かったし、頭もまだ痛かったし」

「伊織には大丈夫とか言ってたくせに。てゆーか微妙にノリつっこみ、キモイ」

「キモイ言うな。そしてさっさと体調を整えろ」

少し間があった。

「アタシがこんなだと、迷惑……だよな？　悪い……」

天井《てんじょう》を見つめたまま、消え入るような声で稲葉が言った。声色は、少し湿っていたかもしれない。

「いや、迷惑とかじゃないけど……稲葉だって不安なんだろ？　入れ替わりのタイミングによっては、今日の俺みたいなことになるんだし。というか、入れ替わりとか関係なく健康第一は基本だろうが」

「まあ……、な」

稲葉は曖昧《あいまい》に返事だけをし、右腕で目を隠す。

珍しく、イラッときた。

「なあ、稲葉……。お前いい加減にしろよ。最近明らかに変だろ。この前はぶっ倒れて、今日はこれだ。お前は大丈夫だ、心配するなの一点張りだけど、大丈夫じゃないことはみんなはっきりわかってる。俺達は実際【稲葉】になってるんだぞ？　それに、これまでずっと健康体だった稲葉が、急に体調を崩し出したのは、入れ替わりが始まって少ししてからだ。余計に心配じゃないか。原因があるなら教えてくれたっていいだろ。そうすれば、俺達がなにかしてやれるかもしれない。……もし入れ替わりと関係なく病気になったとかいうのでも、一言病気なら『病気』って教えてくれ。言いたくないんだったら、詳しい病名とか説明しなくてもいいから」

稲葉に言わせれば、自分はこんなことを言える立場ではないのかもしれないが、今の稲葉の様子と態度は、目に余るものがあった。

「……ぎゃーぎゃー騒ぐなっての。頭に響くだろ」

また、のらりくらり躱《かわ》そうとする。

「稲葉。力に、なりたいんだ」

そんな太一の熱が通じたのか、稲葉は体を起こしてきちんと座った。体調が悪くたって姿勢は美しい。そして立っている太一を見上げながら言う。

「なんで、アタシの力になりたいんだ？　……『そうしたいから』とか『仲間だから』とかはなしな」

「おぅ……」

まさしくそんなことを言おうとしたところだったので、太一は一瞬言葉に詰まる。が、すぐに別の言葉を導き出す。

「……だって稲葉はいつも俺達のことを気遣って、力になってくれてるじゃないか。普段は俺達に対して、やりたい放題やってるように見えるけど、大事なところじゃ、いつも俺達は稲葉に助けられてる。だからそのお返しだ」

どうだ、と言わんばかりに太一は稲葉を見下ろす。

しかし、それも稲葉はハッと鼻で笑って一蹴《いっしゅう》した。

「じゃあアタシがお前らの力になったことがなかったら助けてくれないのか？　……つーか恥ずいことを抜かすな、バカ」

「いやまあ、助けるけど……。なんかその言い方卑怯《ひきょう》じゃね？」

「卑怯じゃない」

言い切られるとぐうの音も出なかった。

「……ぐう」

もとい、ぐうの音だけは出た。

「しっかし、なんでお前らは、こうもお人好しなんだろうなあ。アタシには全く理解できないね。もうちょっと、お前らも『黒く』いてくれたら、また変わっていたかもしれないのに……。いや、違うな。変わらなきゃならないのは、アタシの方、か」

さり気なく稲葉が吐露《とろ》したその感情、それはとても重要なものの気がした。

そして、思い当たる。

そういえば、稲葉は何度かそんな風に、自分の心の隙を見せていたことがあったのではないか、と。

稲葉は今まで、この状態に警鐘《けいしょう》を鳴らし続けていた。それを太一は、いや、太一だけでなく稲葉以外の四人は、ただの、自分達への、警告だと、捉えていた。

だって、それを言っているのは稲葉なのだから。稲葉はそういう、人間なのだから。

稲葉は凄くよくできるので、自分に関することで特に悩む必要もなく、いつも太一達のダメなところを指摘《してき》しよりよい方向へ導いてくれる、人間なのだから——。

それはもしかすると、無意識なうちの重大な思い込みだったのではなかろうか。

太一はゆっくりと、口を開く。声が震えていると、自分でもわかった。

「稲葉……お前……大丈夫なのか」

「……なにがだ？　体ならまあもう少し休めば——」

「じゃなくて、……この状況に対して、だ」

自分は今にも泣きそうで、悲壮感《ひそうかん》の漂《ただよ》った顔をしているのだろう。太一は思った。

そんな太一に対して、稲葉はふっと頬《ほほ》を緩《ゆる》めた。

やわらかくて優しくて、温かくて穏やかで、もの静かでしとやかな、そんな笑《え》みだ。

感情を顔に出さない訳ではないのだけれど、普段はどこか仮面を被っているような印象で、基本的には、あくまで外面の範疇《はんちゅう》の表情変化までしか見せることがない稲葉がさらけ出した、隙だらけの、確実に仮面が剝《は》がれた素顔には、たぶん、読み取らなければならない大切なものが山ほどあるのだろう。

そうして稲葉は、言った。


「――大丈夫じゃねえよ」


やはり間違いでは、なかった。

確かに、稲葉の言葉には、太一達への忠告という側面もあったに違いない。

だがそれよりも、本当はただ自分の弱音を漏《も》らしたかっただけなのではないだろうか。

聡《さと》いからこそぶち当たってしまう不安を、打ち明けたかったのではないだろうか。

稲葉はこの状況を、絶望的だと称していた。

ということはつまり、稲葉はこの状況に絶望している、ということではないか。

しかし太一は、そんな言葉を浴《あ》びせかけられてすら、なにも思い及ばなかった。稲葉がこんなにぼろぼろになるまで、稲葉は強いから大丈夫という幻想に囚われていたのだ。稲葉の言う通り、自己犠牲野郎は鈍感だった。間違いなく、稲葉が今こんな風になっているのは、入れ替わりの、そしてそれに気づけなかった自分達の、せいだ。

誰よりも聡い彼女は、聡いと皆に悟られているが故に、誰にも悟って貰えなかった。

と、稲葉の顔が見る見る驚愕《きょうがく》の色に染まっていく。

「待て……。今のは、違う。……忘れろ」

なにが、違うというのだろうか。

「いや……その……。大丈夫じゃない、ってのは一般論的にこんな特殊な状況じゃ平気でいられない、って意味で。別にアタシ個人が、どうとかいう問題では、ないぞ」

苦し紛《まぎ》れに言い訳する稲葉を見るにつけ、自分が今まで、どれだけ残酷《ざんこく》な仕打ちをしてきたかということを思い知らされる。

「入れ替わりで一番苦しんでるのは……稲葉なんじゃないか」

それさえ気づけず、なにが仲間だ。

がくん、と膝《ひざ》が折れて、太一はその場にへたり込んだ。腰が抜けた。

「また入れ替わった……訳じゃなさそうだな、どうも。……あ～、不味《まず》った。やっぱ今日調子悪いわ。……こんな『敵』に自分の弱みを晒《さら》すような真似《まね》をするなんて」

苛立ったように、稲葉は爪を嚙《か》んだ。

「稲葉にとって俺は……『敵』なのか……？」

「違う。そういう意味じゃ、ない。お前らは――」

そこで稲葉は言葉を切って、視線を彷徨《さまよ》わせる。逡巡《しゅんじゅん》が、目に見えてわかる。

言いたいことはなんでも言うのだけれど、だからといって自分の心情を丸裸にしている訳ではない、稲葉。

「――アタシにとってこの世で一番大切な、『仲間』だ。だからアタシにとっての一番の、『敵』だ」

それは、稲葉が初めて見せてくれたかもしれない、普段は決して人の目に触れさせることのない大事な大事な『なにか』だった。稲葉の心の扉が開いていく。『敵』、その言葉の意味は――。

「それはどういう――」

「この話はここで終わりだ」

バッサリと言い切って、稲葉は開きかけた扉を一気に閉じた。

「そこまで言っといて……言い逃げはないだろ、稲葉。仲間だと言うのなら、俺なんかにもそう言ってくれるのなら、お前の苦しみを少しでも背負わせてくれよ。仲間が苦しむ姿なんて、見たくないんだ」

「なら、目を閉じればいい」

「そういう問題じゃ、ないだろ」

稲葉はこれからも、一人で耐えていくと言うのか。

そんなこと、許容できるはずもなかった。もう太一は知ってしまっているというのに。目を瞑《つぶ》って、逃げて、誤魔化《ごまか》して、それがなんになるというのだ。

それはもうそこにあるのだから、受け入れて、考えて、進んでいかなくてはならない。

その、はずだ。

太一は膝に手をついて、立ち上がる。

「こんな風に苦しむその理由も伝え合えない仲なんて、『仲間』とは呼べないだろうが」

稲葉の顔が、それこそ泣き出しそうに思えるほど歪《ゆが》んだ。

「でも言ったら……そこで全て、終わってしまう……。だから——」

「それがどんな内容かなんて知らないけど、そんなことで終わる訳ないだろ。見くびるなよ、稲葉」

今になって、当たり前に稲葉だって同年代の女の子なんだと実感する。

稲葉は強くもある。でも、弱さだって併《あわ》せ持っている。

「そんな言葉が、なんの保証になるって言うんだ……。アタシはお前らと……違うんだ。違ってしまっているんだ……！　そしてそれは……救いようがないんだ」

小刻みに震えながら、稲葉はソファーの革を掻きむしるかの如くきつく握る。白くて繊細な指は、それ以上力を入れると折れてしまいそうだ。

大丈夫か？

太一は自分に、問いかける。

もしかしたら、本当は大丈夫じゃないかもしれない。それでも、進まなくてはならない。それがなにかわからなければ、自分にはどうしてやることもできないから。たとえ傷を負うことになっても、まずスタート地点に立ちたいのだ。

だから臆《おく》する様子なんて微塵《みじん》も見せずに言ってやった。

「稲葉、絶対に大丈夫だ。俺がお前を、救ってやる」

できるかどうかもわからないことを言うのは、ただの無知なバカなんだろうか。でもそれを宣言してしまえば、少し、現実に近付くような気がするのだ。

稲葉は太一の方を見、ぐっと握り拳《こぶし》を作る。そしてその拳を、思い切り壁に叩き付けた。それこそ、自身の体が壊れてしまいそうなくらいに。

「なんでお前はっ、まだ知りもしない曖昧模糊《あいまいもこ》としたものに対して大丈夫なんて言えるっ。やっぱり、アタシには理解できない。……いいよ、じゃあ、はっきり言ってやるよ」

憎しみさえ籠《こ》もっているのではないかと思えるほど、強く鋭い眼光を稲葉は放つ。

大丈夫だ。太一は自分に、言い聞かせる。

「アタシは……、アタシはお前らのことが、……信用できない、い」

それは、予想外のセリフだった。

「人と人の中身が入れ替わる、つまりそれは、【自分の身体】を——同時に【社会的人格】をも、他人に乗っ取られるってことだ。この意味、わかるか？」

凄みを効かせた稲葉の声に、太一は少し、気後れする。

「その間は犯罪やろうがなにしようが、責任は全部、『元の身体の持ち主』にいくんだ。責任を全部他人に押しつけて、やりたい放題できる。それこそ殺したい奴がいれば、殺せばいい。盗みたいものがあれば、盗めばいい。犯したい奴がいれば、犯せばいい」

「でも……それだと元の身体の持ち主に迷惑がかかる訳で――」

「他人のことなんざ、知ったこっちゃない」

冷たく、稲葉は太一の言葉をぶった切る。

「……まあ、さっきの犯罪やらは言い過ぎかもしれないが、お互いが家にいる時入れ替われば、自由に家捜しでもして秘密握ったり、小金をくすねたり、くらいならできなくもないだろ?」

「確かに……それは、そうかもしれないけど……」

「アタシは、そんなことをお前らがするんじゃないかと、【自分の身体】が乗っ取られている間になにかされるんじゃないかと、想像してしまう。そう思うと、恐くて夜も、眠れない」

目の下の隈《くま》が、さっきまでよりも濃く、深く、見える。

「そしてなにより、そんなことを想像してしまう自分が心の底から――嫌いだ。死ねばいいと、思う。……アタシは、お前らのことを、仲間だと思ってる。そんなことするはずもないと、わかってはいる。これは……、本当だ。矛盾《むじゅん》してるように聞こえるかもしれないけど、それは信じて欲しい。……でも、それとこれとは別なんだ。そうだと理解しているつもりでも、どうしても、そんな恐ろしい『もしも』を考えてしまう。誰かと入れ替わって元に戻った時は、なにかが起こっていないか確認せずにはいられない。そんな……自分の心の醜《みにく》い部分をお前らに見せるのが、アタシは恐い」

堰《せき》を切ったように、稲葉の独白が続いていく。

「つーか、アタシはみんな多かれ少なかれ、人間はそんな一面を持ち合わせていると思っていた。表ではどんなに『みんなのこと信頼してます』みたいな顔をしてる時でも、裏では、やっぱある程度疑ってるんじゃないか、って。でも、入れ替わってわかった。お前ら、アタシも含めてみんなのこと、本当に信用してるじゃん。そこの観点に関しては、恐いとか、全然、思ってないじゃん。……じゃあアタシは、なんなんだ？」

信用『しない』のではなく『できない』。『されている』し、『したい』のに『できない』というのは、もちろん太一には想像しかできないが、苦痛なのだろう。

「けど稲葉……、だからといって、俺達がお前のことを嫌うとか、そんなことにはならんぞ」

そう、たとえそんな風に思われていたとしても、稲葉が稲葉であることに変わりはない訳で――。

「突然嫌うということにはならなくても、今までと同じようにはいられないだろ？」

「それは――」

「少なくとも、アタシは同じでいられない。『お前らのことを信用できない』こんなセリフを、自分に信頼を置いてくれている人間に言い散らかして、何事もなかったかのように過ごせるほど、アタシは無神経じゃあ、ない」

太一達がどう思っていると言おうが、稲葉がそう思ってしまうと言うのなら、どうしようもないことだった。

稲葉は軽く、深呼吸を入れ、胸に手をやった。次の言葉は、それだけの覚悟がいるのだと言うように。

「アタシは家族だろうがなんだろうが、この世の誰をも信用していない。だから全員、『敵』だ。その中でやっぱり太一達が一番の、『敵』なんだ。たぶん、……アタシの思い上がりでなければ、この世で誰よりもアタシのことを、信頼してくれてるから。……アタシも完膚《かんぷ》無《な》きまでに人間不信であったなら、それはそれでよかったのかもしれない。けどアタシは、ある種人間不信ではあっても、人のことが嫌いな訳なんかじゃなくて、人並みにはみんなと楽しくやれたらとか思ってて……そんな中途半端な性格をしてるから、今は毎日が、苦痛なんだ」

あーあ、言っちまった、そう付け加えて、稲葉は自嘲《じちよう》するように笑った。

「なら――」

言いかけて、太一は詰まる。そのまま言葉を発せないでいると、稲葉はにやりと唇《くちびる》を吊り上げて見せた。無性に悲しい、笑みだった。

「言っとくけど、いくら探したって救いようなんて、ないぞ。だってアタシは、元からそういう人間なんだから」

妙な方向にスイッチの入った稲葉は、次々に言葉を乱れ撃つ。

「アタシには、唯《ゆい》とか伊織みたいなトラウマなんて、別にないんだ。……物語の人物だと、壮絶な人生を送ったせいで余り望まれない性格になってしまったとか、よくあるよな？　それを見て人は、可哀想《かわいそう》とかなんとか思ったりする訳だ。でもな、アタシに言わせれば、それはまだ幸福だと思うんだよ。だってちゃんと、そうなった原因があるんだろ？　それなら、救いはある。そのトラウマをどうにかしてやればいい、ただそれだけの話だ。でもな、そんなトラウマなんてない人間はどうしたらいいんだ？　原因は、自分が自分として生まれてきたことだ。それだと、救いがない。生まれ持ってのものなんだから、それを直そうと思ったら、自分が自分でなくなるしかない。……それって、他のどんなことよりも悲惨《ひさん》なことだとは思わないか？」

別に悲劇のヒロイン気取るとかそんなんじゃないぞ、そう言い稲葉は、顔の前で手を振る。

「ここからはアタシの独断がかなり入るけどさ、現実の多くの人間に、なにか物語にでもなりそうな明確で劇的なトラウマなんて、ないと思うんだ。もちろんアタシがこうなったのも、外部要因が皆無だとは言わねえよ。でもな、ほとんどの人間は大したきっかけとかなく、生まれ持ってるものを原因として、『そう』なるんだ。物語の場合は、それをちゃんと話として成立させなきゃならないから、『それさえ乗り越えればいいもの』が用意されている。でも実際問題、現実では、救う方法なんてない『物語にもならない物語』がほとんどだ、とアタシは思う。この世に救いなんて、そんなにないのさ。……そういう意味じゃ、太一の自己犠牲野郎にも救いはないかもな。お前も、元からそうなんじゃないのか？」

稲葉の理論でいけば、確かにそうなる。救い救われるなんて、希有《けう》な例に違いない。

そして、太一も——。

「そうだな……トラウマもない人間には、救いなんてないかもしれないよな」

稲葉の言っていることが間違いだとは思わない。でも——、正しいとも思わない。

いや、正しいと思いたくないのだ。そんな世界は、虚《むな》し過ぎるから。

しかし、ふとなんとなく、太一には思い至ったことがあるのだ。

こう言うと稲葉は怒るだろうか。そう思いながらも、太一は先を続けようと決意する。

どうあろうが、どうなろうが、進まなくてはならないと思ったからだ。

それは、稲葉がずっと隠し続け、倒れるまで言いたくないと拒絶してきたことを、ここまで喋《しゃべ》らせた者の、責務だ。

「けどそれは、救われる必要がないからなんじゃないか？」

やはり自分は、楽観し過ぎなのだろうか。

「は？」稲葉が目を細めて、訝《いぶか》しげな視線を太一に送る。

「だから、俺は、人が初めから持ってるような性質なんて、全然大したことないものなんじゃないかと、思うんだ」

そう、それは、人間が生まれた時から持っていてもよいと神様が判断するくらいのものなのだから。

しばらく意味を計りかねていた様子の稲葉であったが、予想通り、すぐに逆鱗《げきりん》に触れることとなったようだ。

怒。その雰囲気を一瞬にして、全身に纏《まと》ってみせる。

「ほう……つまりこんなちっぽけなことは、悩むに値しない些細《ささい》なことだって言うんだな？　そしてそれで倒れるような奴はただのバカだと？」

生まれて初めて、殺気を感じた。

「そ、そこまでは言ってないだろ」

一瞬引き下がろうかとも思った。

でも、立ち向かわなくてはならない。

傷つかないでなにかが得られるほどこの世は甘く、ないはずだ。

「……でも結局、そういうことかもしれない」

「太一っっっ！」

稲葉は立ち上がると、そのまま一気に踏み込み太一の胸倉を摑《つか》んだ。

妖《あや》しく伸びるまつげに縁取られた、切れ長で大きな目が燃えている。唇はまだ青いものの、頬は上気し、憤激《ふんげき》の色を隠さぬ稲葉の顔は、元来持つその美貌《びぼう》と合わさって、相当体調を崩している人間とは思えない迫力があった。

　これまではその外見と同じように、中身まで強いと一方的に思い込んでいたが、今は違う。稲葉だって当たり前に弱いのだと、知っている。

　首もとが締まって少し息苦しい、しかしそれに構わず太一は言った。

「ていうか……、別にそんな稲葉も、……アリなんじゃないか？」

　稲葉が、虚《きょ》を衝《つ》かれたような顔をする。

「いや……、確かに稲葉が信用してくれないことは悲しいんだけど、だからといって稲葉が、自分を無理に変える必要もないと思うし……、そんな稲葉も受け入れて貰えるんじゃないかと思うんだ。……それが今までと、全く同じ形ではなかったとしてもさ」

　今一度、首もとに力が込められる。

「そんな人間……アタシなら受け入れねえよ……！」

　目の前の稲葉は、追い詰められたように苦しげな表情をしていた。

　だからもうはっきり言ってやった。

「俺は受け入れたぞ」

　稲葉の両手から、するりと力が抜けた。

「なにを……言って……」

「だから俺は、受け入れたじゃないか。それに……たぶん永瀬も、桐山《きりやま》も、青木《あおき》も、大丈夫だ、みんな受け入れてくれる。だから言ってみろって、そうしたら稲葉の心労も大分減るだろ？　オマケに開き直れば、自己防衛のための策だって取れるんじゃないか？　万事解決、だな」

「バ、バカかお前は⁉　そんな簡単にいく訳ないだろ⁉」

怒りより驚きの方が強かったらしく、稲葉は素《す》っ頓狂《とんきょう》な声を上げていた。

「簡単にいかないと、決まった訳でもない」

「お前っ……。……でもそんなリスクの高い真似……できるかよっ！　もし受け入れて貰えなかったら、どうしろって言うんだ⁉」

本当のことを言えば、どうしようもないというのが、正しい答えだろう。

でも、あの稲葉が、手放しで相手に意見を、助けを、求めているのだ。とにかく、なんとかしなければと思った。しかしそんなに都合よく、これだと思えるような答えも見つからない。

「それでもまだ、俺がいるだろ。じゃダメか？」

「なっ……！」

稲葉は絶句する。と、同時に一、二歩後退した。

「お前は……本当にそれ無意識で言ってんのか……！　なんて天然野郎だ……！」

珍獣《ちんじゅう》でも見たかのように目を丸くする稲葉。

そこまで驚愕することでもあるまいに、と太一は思うのだが。

「とにかく稲葉は、まず自分で自分を、受け入れてやることだ。そこはどうしようもないんだからさ」

いずれ自分を変えるとしても、スタート位置は、そこだ。

「……太一に説教されることになるとはな」

また数歩下がり、足がソファーに当たったところで、稲葉は崩れるように腰を下ろした。そのままころんと横になって、顔を腕の中に埋める。

太一が初めて見る、明白に無防備な姿の稲葉だった。

しばらくそっとしておこうかと思い、太一はパイプ椅子《いす》に腰かけた。

結局、このまま四時間目の授業を丸々サボってしまうことになりそうだ。

何百人という生徒が皆授業を受けている学校の中、今この部屋にいるのは、たった二人の人間だ。それがとても、心地よい。いまいち理由もわからないし、上手く言葉で表現できないけれど、そう思った。稲葉もそうであればいいと、思う。

と、ずっと踞《うずくま》っていた稲葉が突然跳ね起きた。

「やっぱ……無理だ！」

「なにが？」

「だから……他の奴らにアタシの醜《みにく》さを晒すのが、だ。どうやったって、ネガティブな結果しか見えて……こない」

稲葉は顔を覆って項垂《うなだ》れる。そこに傲岸不遜《ごうがんふそん》で自信満々な態度を貫く稲葉の面影は、ない。

「でも俺は大丈夫――」

「太一の例を一般化することは無理がある」

……遠回しに『変』と言われたような気がする。

さて、どうしたものか――と、太一はまた妙なことを思いついてしまった。

「……なあ、稲葉。人間、自分一人で『これは他人に知られたらやばい』って考えてると、必要以上にそのことを重く捉えてしまうところがあると思うんだ」

「そんな気休めで――」

「だから俺も、絶対墓場まで持って行くつもりだった秘密を言ってみようと思うんだ」

「はぁ？」今日何度目かという驚きの表情をする稲葉。

「本当に、これを知られてしまうと、俺の高校生活が終わってしまうというか、社会的に死ぬというか、人として終わってしまうというか、そんなことが危惧《きぐ》されるほどの狂気じみた超危険物なんだ。……という気が俺にはしている」

自分で言い出したくせに、声が震えてしまっていた。

本当にこのルートでいいのか。失敗すれば、悲惨過ぎる喜劇になりかねない。今更ながらかなり不安になってきた。

「……で、太一が秘密を暴露《ばくろ》してアタシになんの得が……。まさか『俺も言う。だからお前も言え』とかそんな気じゃあ、ないよな……？」

「全開でそんな気だ」

稲葉が顔をひくひくと引きつらせながら立ち上がった。無言でそのまま前進する。

「ていっ！」

稲葉は勢いよく長机を押した！

「ぐえっ！」

太一の腹部に長机が突き刺さった！　なにをする。

「いっつったいどんな頭の構造してるんだお前はっっっっっ！」

一刹那《せつな》、硬直してしまうくらいの怒声だった。

「……声でかいぞ、稲葉。部室棟は校舎から離れてるとはいえ仮にも授業中だし……」

どんっ、と稲葉が拳で机を叩く。

「いや〜〜〜っほんっっと、なんつうか色々むかついてきた。元々大分ストレス溜まってたしね、アタシ。今のでもう限界達した」

ギラリと加虐《かぎゃく》趣味を秘めたような目が輝いた。

「とりあえずその秘密とやらを教えて貰おうか……！」

稲葉が性悪そうな笑みを浮かべる。それでこそ、稲葉だ。……なんとなく元の調子に戻さなかった方がよかったかな、と感じられるのは、気のせいだと信じたい。

「それは……稲葉もみんなに言うと約束して貰わないと――」

「まず、言え。聞いてから判断してやるよ。少なくともアタシは、ある種の秘密を太一に話したんだしな」

ゴクリと、太一は唾《つば》を飲み込んだ。正直言ってこれを晒すのは、恐過ぎる。

それは、決して女子に言ってはいけない禁忌《きんき》のように思えるのだ。

逃げ出したかった。逃げ出したかったけれども、もう、進んでしまえ。

後は野となれ山となれ。

「じゃあ……言うぞ……」

人生始まって以来の緊張感だ。全身が痺《しび》れ、胃の中のものが逆流してきそうになる。

太一の尋常でない様子に気圧されたのか、稲葉も身構えるように顔を引き締める。

覚悟を、決めた。

「俺は稲葉を――オカズにしたことがある」

時が止まった。

部屋が絶対零度《ぜったいれいど》を思わせる寒さで凍り付いた。

太一は、それこそ一ミリも体を動かせないでいる。動いてしまえば、今固まっている空気が氷解してしまうような気がしたからだ。もう少しだけ、稲葉のリアクションが起こるのを先に延ばしたい。

しかしもちろん実際に時が止まるはずもなく。

「……オカズというのは……いわゆるあのオカズだよな……？」

稲葉が訊《たず》ねた。

「…………………ああ、あのオカズだ」

「そうか……なるほど……アタシを……ということはたぶん伊織も唯もだよな……？」

……断腸の思いだが頷《うなず》かざるを得なかった。

「そうか、太一はそんな風に同級生の女子のことを見て、使って、いるのか……」

平坦な口調で一つ一つ考えを整理していく稲葉が、なによりも恐ろしかった。

「……アタシを……ブッ！　……くく、だはははは」

稲葉は腹を抱えて大爆笑し出した。軽く呼吸困難に陥《おちい》ったようにひーひー言いながらソファーに倒れ込み、ばんばんとソファーを殴る。

「なっ……おい……！　そんなしょっちゅうじゃないぞっ！　ほとんどやったことないしっ！　……って聞いてんのか!?」

鏡を見なくても、自分が赤面してしまっていると太一にはわかった。

「あーはっはは……あー……苦し……くくく」

やっとのことで笑いが収まってきた時には、稲葉は目から涙を流し、マラソンでもしてきたかのように肩で息をしていた。

稲葉は何度も目を拭《ぬぐ》い、深呼吸をし、それでもまだ笑い足りないのか時々思い出し笑いをしながらなんとか体を落ち着けていく。

しばらくして、今度こそ最後だと言わんばかりに大きく溜息《ためいき》をついた——次の瞬間稲葉は半眼でこの世のものとは思えないほど冷たい目を太一に向けた。

そして言い放つ。その声色は、──嫌悪感《けんおかん》と不快感と侮蔑感《ぶべっかん》に塗《まみ》れていた。

「変っっっっっっっっっ態！」

大鉈《おおなた》で思いっきりぶった切られたような衝撃だった。

「ド変態、エロ犬、鬼畜、変質者、下衆野郎、ひとでなし、畜生、発情猿」

言葉責めだけで死ねるんじゃないかと思った。

「……うぐうう……」

もう人語を発することさえできない。

終わった。やはりこの策は──。

しかしその時、稲葉の冷徹な表情がにんまりと、緩んだのだ。

「でもまあ──」

「──別にそんな太一も、アリなんじゃないか？」

そう言って笑った。

「いや、というか、太一もそんなんなんだな……。思春期の男子なら当たり前なのか？

……にしてもよく言ったよな、そんなこと……。下手《へた》すりゃ迫害もんだろ……。アタシだったからいいものの。他の女子には絶対言うなよ、全く」

「だから……超危険物だって言ったろ。それにこんなこと、稲葉にしか言わねえよ」

「アタシにしか、か。……そこは喜んでいいのか？　……にしてもとりあえず色々アホだな。こんなネタを告白するのもアホだし、これで説得できると思ってるのもアホだし、これを聞いてても大丈夫と思われてるのもアホだし、実際聞いて大丈夫なのもアホだし、……なによりこんなことで心動かされてるのが、アホだ……」

稲葉は上を向いて目頭を押さえる。決して涙を流すまいとするかのようだ。しかしそれでも間に合わなくなったのか、稲葉は制服の袖で目をゴシゴシと擦《こす》る。

「こっ、これはアレだぞっ。さっきの笑い泣きの続きだからなっ！」

子供か、と思った。いや、子供だ、と思い直した。まだ稲葉だって、子供だ。

だから色んなところで、悩み、苦しんでしまう。ずっと一人で歩いてはいけない。たまには誰かに支えて貰わなければならない。まあそれは、大人になっても変わらないことなのかもしれないが。

「というか女の子なんだしハンカチくらい持っとけよ」

稲葉の側まで行って、太一はハンカチを手渡した。

「……くそっ……なんなんだよ、お前はっ。……本当に、バカな真似ばっかりしやがって……。……アタシまで、――惚れさせる気かよ……」

善は急げという訳でもないが、勝負するなら早い方がよいと、早速文研部員に招集がかけられることとなった。

決戦の場所は昼休み、文研部室《ぶんけんぶしつ》に決まった。

それまでの時間、太一は顔を茹《ゆ》でダコのように真っ赤にした稲葉から「アタシが泣いたこととかその他余計なこと言ってたのは全部忘れろ！　死にたくなければなっっっ！」

などと記憶抹消《まっしょう》の義務を無理矢理課せられていた。

そして、四時間目終了のチャイムと共に昼休みがやってくる——。


「——という話だ」

一気に、稲葉は自分が抱えていた秘密と悩みを永瀬、桐山、青木の三人の前でぶちまけた。あれほど忌避《きひ》していたというのに、流石と言うべきか、一度決断した後の思い切りのよさと行動力は稲葉らしかった。

しかしだからといって、不安感や恐怖感を全部振り払えている訳でもなく、立ちながら話す稲葉の足は、小刻みに震え続けていた。

自分は大丈夫だと思った。自分は大丈夫だと言った。三人は、そんな稲葉だって受け入れてくれるはずだ。そう太一は信じ、祈るような気持ちで反応を窺《うかが》う。もし読み通りにことが運ばず、それも最悪の結果になったとしたら、自分はどんな顔をして稲葉に謝ればいいのだろうか。いや、それ以前に、文化研究部《ぶんかけんきゅうぶ》はどうなってしまうのだろうか。

でも、このメンバーなら必ず。

ずっと黙っていた（黙っていろと稲葉が言ったから）三人の中で、まず口を開いたのは、永瀬だった。

「稲葉ん、つまりそれは——」

一度そこで言葉を切る。

稲葉がピクリと、体を緊張させる。

稲葉の告白を受けて、永瀬はいったい、どんな言葉を紡《つむ》ぐのか。

「――心配性ってことだね？」

それは、……想像の斜め上をいく発想だった。

「し、心配性って……伊織、話聞いてたか……。それだけで済む問題じゃ……」

稲葉が唖然《あぜん》呆然言葉を漏らす。

永瀬伊織に言わせてみれば、稲葉姫子の人間不信は、ただの心配性だった。

次に口を開いたのは桐山だ。

「わかるわー、あたしも。あたし、青木と入れ替わって元に戻ったら、まず【身体】の隅々チェックするもの。後、私物がなくなってないかどうかもね」

「傷ついた！　今のは本当に傷ついた！　ていうか俺限定なのかよっ、太一は!?」

喚《わめ》く青木を桐山は「うっさい！　日頃の行い！」と一刀両断に切り伏せた。

「もっと……他の感想はないのかよ……」

「ん〜、確かに稲葉は発想がちょっと飛び過ぎよね、犯罪とかなんとか。でも安心して。良識《りょうしき》あるあたしは悪いことなんてしないから。あたし、信号無視だってほとんどしないタイプよ」

胸を反らし、えへん、という効果音がぴったりの姿勢を取る桐山。

程度問題（と人物限定）の差はあれど、話してみれば、桐山だって同じようなことを考えていた。そして稲葉の思考を否定することもなく、自然に受け入れていた。

「てゆーかアレだよね、稲葉っちゃんが信用できないのはみんななんだよね⁉　オレだけとかじゃないよね⁉」

青木が切羽《せっぱ》詰まった様子で訊いていた。

「気にするところはそこなのか……？」

「もちそこが一番重要！　後はどーでもいい！」

青木は、どうでもいいとまで言い切ってしまった。

文研部員の反応は、そんなものだった。

「とりあえず今稲葉んに一番重要なことは——」

妙に改まった口調で、再び永瀬が皆の注目を集め、言う。

「——教室にダッシュして自分のお弁当を取ってくることだ」

紅白チェック柄の弁当袋を顔の横でぷらんぷらんさせながら、永瀬は今日一番の真剣な表情をしていた。

「間違いないわね」「間違いないな」

うんうんと桐山と青木も頷いた。

「ほらほら、そうと決まったら取ってくる！　太一もね。お腹空いたんだからっ」

永瀬は背中を押し、稲葉と太一を無理矢理部室から追い出す。そのどさくさの中、稲葉の耳元で、永瀬がなにかを囁《ささや》いていた。なにを言ったのかはわからなかったが。

しばらく頭の処理速度が追いつかないのか、茫然自失《ぼうぜんじしつ》といった様相でふらふら歩いていた稲葉であったが、やがて教室への道すがら、口を開いた。

「アタシが倒れるまでの悩みの重要度は昼飯以下なのか!?　軽過ぎだろ!?」

全くもってその通りだった。

でもまあ、捉えようによっては、その程度でも構わない問題なのかもしれない。人が元々持っている性質など、そんなものでしかないのだ。

だからといって、それにずっと思い悩み続けてきた稲葉が愚《おろ》かだとも思わない。だって、捉えようによっては、やはり人の人生を左右してしまうくらいのものなのだから。

「はぁ、なんかアホらしくなってきた……。なんだったんだ、今まで悩んできたことと か、無様な姿晒してきたことだとかは……」

稲葉の見方がもうそういう風になってしまうというのなら、これからずっと『それ』は些末《さまつ》な問題になるのだろう。

それでいいのだろう。太一はそう思う。

「……まあ、いいか。太一の高校生活の生殺与奪《せいさつよだつ》権になり得る秘密も握れたことだし」

……稲葉はよくても、太一は『まあ、いいか』で流せることではなかった。

「おい……稲葉。できればそれは記憶の奥底に封印……いや、完全に記憶から抹消してくれな——」

「ヤダ」

……残りの高校生活を稲葉に従属《じゅうぞく》して過ごすしかないらしい。はぁ〜、と今にも崩れ落ちそうな溜息をつく太一の背中を、稲葉は爆笑しながら叩いていた。

と、稲葉が立ち止まり、太一の肩にぽんと手を置いた。

「まあ忘れはしないんだが、代わりにアタシも秘密を教えてやるよ。これでアタシと太一は運命共同体だ」

稲葉が顔を太一の耳元ギリギリにまで寄せる。

ふわりと、甘ったるい蜜《みつ》のような香りがした。

「アタシも——お前をオカズにしたことがある」

柔らかく熱い吐息をかけられながら言われた。

「な……！　おまっ……！」

羞恥《しゅうち》やら焦りやら驚愕やらで太一はパニック状態に陥る。

つまり。それは。あれで。こうなって。どうなって。そういうことで——。

稲葉はそんな太一の動揺具合を楽しむかのように、ただケラケラ笑っていた。

九章　ある告白、そして死は

「ていうかお前、伊《い》織《おり》とはどうなってるんだよっ！」

朝登校してきた太《た》一《いち》に、土日を挟んだおかげですっかり体調を取り戻し、以前よりも好調になった気さえする稲《いな》葉《ば》が言った。少々元気になり過ぎて困るほどだ。

「どっ、どうもなってねえよ」

あの稲葉の告白があっても、文《ぶん》研《けん》部《ぶ》では然《さ》したる変化は起こらなかった。

それに近頃は、皆が入れ替わりに対して免《めん》疫《えき》をつけてきたということもあり、こんな『人格入れ替わり』が起こっているにもかかわらず、大きな波風が立つ予兆も見られない。緊張状態にあることは確かだし、いつ爆弾が爆発してもおかしくないという状況ではあるのだけれど、そこにはある種の『落ち着き』が感じられるようになっていた。

それは、〈ふうせんかずら〉の望んでいた形なのか。もしそうだとするならば、ずっとこれが続いていくということになるのだろうか。しかし、もしそうでないとすれば、その時は、なにが起こるのだろうか。

そんな中、唯一太一の気がかりになっていることは、やはり、永瀬《ながせ》のことだった。

「アタシを家まで送った日、あの後お前ら二人で大分込み入った話したんだろ？　だからもうしばらくしたらなんかあるかなーって静観《せいかん》してたら……案の定これだ！　くそっ、性欲だけは一丁前のくせしやがって！」

「朝っぱらから『性欲』とかそんな単語出すな。……後そういう話題喋《しゃべ》ってると稲葉は勢いで『例のあの秘密』喋っちゃいそうだからそっちの意味でも止めてくれ！」

たぶん、止めることなどないのだろうが。

「伊織が危ないってことは、お前にもわかったんだろうが」

「まあ……それは……。というか、稲葉はそういうことなんで知ってるんだよ？」

「アタシと伊織の間には、お前らの前ではまだ語っていない友情秘話があるんだよ。時が来れば話してやることがあるかもな。って、んなことはどうでもいいんだよ。ちっ、本当はこんなことしたくないんだがしゃーない、か。こうなったら……荒療治《あらりょうじ》だ！」

稲葉姫子《ひめこ》をして『したくない』と言わしめる荒療治とは、いかほどのものなのだろうか。……想像したくもなかった。

□■□■□

昼休み、校内エアポケットの一つで、その人目に付かないという場所柄、告白スポットになっているとかいないとか噂《うわさ》される、東校舎裏。今そこには複数の人影がある。

まず生け垣の後ろに隠れるように太一、稲葉、永瀬が順番に並んでいる。そしてその三人の視線の先には、今まさに密会しようとしている桐山唯《きりやまゆい》と青木義文《あおきよしふみ》の姿があった。

「稲葉……どっからこの情報仕入れたんだ……？」

身を屈める太一が、隣で同じようにしている稲葉に尋ねた。

「つい最近唯と入れ替わった時、偶然、な。……あ、と言っても故意《こい》に携帯覗《のぞ》いたとかじゃないぞ。その時は入れ替わってすぐ青木からメールが来たもんでね。不可抗力《ふかこうりょく》ってヤツだ」

「じゃあそれはこんな風に利用しない方が……。ほら、見たけど見なかったフリをするとか——」

「一度知った情報はアタシのもんさ。そりゃ常識の範囲でダメなものはダメって判断するけどな。でもこれは別にオッケーだから。……たぶん」

「これがオッケーだったらどんなもんがダメなんだよ……。というか『たぶん』かよ」

「しっ！　話し始めるよっ！」言い合う二人を永瀬が制した。

ここまで来る時は、ほとんど稲葉に引きずられるようになっていた永瀬と太一であったのだが、いざその場まで来ると、永瀬は興味津々というか、かなり熱心な視線を送っていた。

『なんなのよホント……こんなところに呼び出して。クラス一緒だし、部活も一緒なんだから、いつでも話せる機会あるじゃない。あたし、お昼ご飯にしたいんだけど』

不満げな風で、でもどこか緊張気味な桐山の声が聞こえてきた。それなりに距離はあるが、周りが静かなため聞き取る分には支障なかった。

『少し、マジで話しておきたいことがあったんだ』

青木はいつになく真剣な口調だった。

『な、なによ……？』

たじろぎ、そわそわと体を揺らしながら桐山が言葉を返す。今にもその場から逃げ出してしまいそうにも見える。

そんな気配を察したのか、青木は間を置かず、迷う素振《そぶ》りもなく言った。

『今更って思われるかもしれないけど、改めて言います。オレは桐山唯さんのことが好きです。もしよければ、付き合って下さい』

完全無欠のド真ん中ド直球だった。

「うおお……いつも好き好き言ってるとはいえ、一応友達でもある人間にそこまで言い切るのは相当度胸いるぞ……！　すげえわ……！」

稲葉ですらも感嘆《かんたん》の声を漏《も》らす。その両隣の太一と永瀬はとりあえず、絶句。

傍から見ているだけでもこの緊張感だ。直で言われた桐山は、想像を絶する衝撃を受けたことだろう。

『ううぇっ、ちょっと……あんた、なに言って……あわわわ』

言葉になっていなかった。顔が一瞬にして真っ赤に染め上がっていく。

『う〰〰もうっ！　なんなのよ！　あんたはっ！』

『なにって、好きだから告白したんですけど……』

『ていうかあんたの場合しょっちゅう好きとか言ってるから告白って言わなくない⁉

それに前もこんな風なことあったし。あの時ちゃんとお断りって言ったでしょ⁉』

『でもオレの気持ちは変わらない訳だし、それにそろそろ唯も心変わりを――』

『ダメっ！　無理！　……まだ……ダメ……』

徐々に声を小さくしながらしゅん、と俯《うつむ》く桐山。

『それはわかっているけど、まあ、ゆっくりやっていけたらな〜、と思って』

本当に青木は、不器用なのか、器用なのか、バカなのか、凄いのか、なにも考えていないのか、本質を見抜いてしまっているのか、わからない奴だった。

『だ、第一、前から思ってたけどなんであたしなのよ。あたしより伊織の方が断然可愛《かわい》いし、スタイルもいいし、面白くて明るいし。それに稲葉も美人だし、モデル体型だし、頭もいいのに……。あたしなんて……、ちびっ子で胸もないし、あんまり頭もよくないし……。前太一に『ロリコンには需要《じゅよう》あると思うぞ』とか言われたことはあるけど……』

隣にいた稲葉プラス永瀬が、もの凄い勢いで太一の方を振り返った。串でぶすぶす刺しながら値踏みするような視線を太一に浴《あ》びせる。

「おい……別に俺がロリコンという訳ではなく、あくまで一般論としてだな……」

二人はまだ疑わしげな視線を無言で送り続ける。当分疑惑は晴れそうもなかった。

『そんなことないって。唯はイイところがいっぱいあるって。可愛いとか、明るいとか、純情とか、子供っぽいとか……、他にも色々。でもとにかく一番は直感、なんだ。会った瞬間、オレは唯を好きになると思って、事実好きになって、ずっと好きなままだ』

『うっ……あ……え』

真面目モード全開の青木に、桐山はあうあうとするばかりだ。

桐山はなんとか落ち着こうとするかのように、全身を使って一度、二度と深呼吸。

『ふぅ……。で、なんで今更このタイミングで言うのよ？』

『唯は……太一のことどう思ってるんだ？』

「お……もがっ——」思わず大きな声を出してしまいそうになった太一の口を、稲葉が俊敏《しゅんびん》に塞《ふさ》いだ。

「これは超展開だ……！　まさしく修羅場《しゅらば》が……おっと、悪い」

「ぷはっ！　お、押さえ込みが尋常じゃなく強烈なんだよ！　窒息《ちっそく》するかと思ったぞ！」

あくまで小声ながら、最大限の抗議の意志を込めて太一は叫んだ。

「静かにっ！　見つかるよっ！」

さっきから一番冷静なのは永瀬かもしれない。

『どう思ってるって、なんで……そんなこと言う必要があるの……？』

『その理由に気づかないほど鈍感じゃないだろ、唯は。……太一とは違って』

「……さっきから微妙に俺がダメージを受けているように感じるのは気のせいか？」

太一は独りごちる。

栗色の長髪を、桐山はくるくると指に巻き付けては解《ほど》き、巻き付けては解く。

しばらくそれを続けた後、意を決したのか、すっと手を下ろした。

そしてまっすぐ、凜《りん》と佇《たたず》み、言った。

『あたしは太一のこと、好きよ』

「うっ……もぐっ――」「うっ……もふっ――」

声を上げてしまいそうになった両サイドの二人の口を、稲葉が押し止めていた。

『――友達として』

『え？』

『『え？』ってなによっ。なんか文句でもあんのっ⁉』

「だよな、焦った……。妙な溜め作りやがって、唯の奴」

稲葉は覗きの分際で勝手に文句を垂れる。

『ち、ちなみにオレはどうなってるのかな～なんて――』

『友達として嫌ぃ』

『うそん⁉』

『……な訳ないでしょ。いつもは色々言ってるけど、自分を好きだって言ってくれる人間を、そう簡単に嫌いになれる訳ないじゃない』

ようやく自分のペースに持ち込むのに成功したらしく、桐山の舌も滑《なめ》らかになってきていた。

『というか……どちらかといえば好きよ、あんたのことも。……って友達としてだからねっ！　友達としてっ！』

全身を使って最後のところを桐山は強調する。

『今のあたしに言えるのは……ここまで。……だからゴメン。少なくとも今青木と付き合うことは、できない。というか今はまだ誰《だれ》とも付き合うことは、できない』

桐山の誠意というものが、遠目から見ても伝わってきた。

『そっか、わかった。はっきり言ってくれて、ありがとう。やっぱ、ちゃんと真正面から確かめないとな。それにしても脈アリってわかって安心だわ！』

『はいはい。言っとくけど、男友達好感度ランキングだと、太一に大きく水を開けられてるわよ、あんた』

『なぬっ⁉　やっぱり太一が最大のライバルか……！　……てか唯、なんか変わったな。前までだったら、そういうこと絶対言わなさそうだったのに……』

『あたしだって、ずっと立ち止まっている訳にはいかないから。進まなきゃ。……さ、もういいわよね。教室戻ってお昼にしましょっ！』

くるりと方向転換して、桐山は校舎の方に向かって歩き始めた。しっかり踏みしめるように、大股で一歩、一歩。体が小さい分、その一歩一歩は、それほど大きな一歩にはならないのだけど。

『えっ？　それは一緒に食べようって意味ですかっ⁉』

『違うっ！　あたしは友達を待たせてるのっ』

だんだんと二人の声が遠ざかり、やがて聞こえなくなった。

生け垣に隠れていた三人組で、まず立ち上がったのは稲葉だった。

「……とりあえず覗き見しても許される展開でよかった。一応そうだとは思っていたが、あくまで予測だったからなぁ」

それはそうだろう。

太一も、立ち上がる。

「なんというか……なんだろうな……」

永瀬はまだじっと座り込んだまま動かない。

なにかを、考え込んでいるようだった。

「行こうぜ、永瀬」

太一は永瀬に手を差し出した。その手を、永瀬は目を瞬《またた》かせながら見つめる。

少し間があってから、永瀬はふわりと微笑《ほほえ》んだ。同時に、『なにか』が溶け出していくような、『なにか』が動き出したような、そんな気配が太一には感じられた。

「大丈夫だよ」

そう言って永瀬は、太一の手を借りずに立ち上がった。

□■□■□

その日の放課後、太一は一人、文研部室にいた。

青木と桐山の一年一組はホームルームが長引いているらしく、また永瀬と稲葉は文化研究部《ぶんかけんきゅうぶ》代表者として、なにやら呼び出しを頂戴《ちょうだい》していた。

一応机の上で今日の復習、明日の予習を行っているのだが、太一の頭はどこか上の空だ。それが、自分にもわかる。そしてその意識は——。

と、扉が開いて誰かが入ってきた。

永瀬だった。きょろきょろと部屋の中を見渡す。

「太一だけか？」

「おう、そうだが……」

少し、永瀬の様子がいつもと違う。

「まあ一組はホームルームがまだ長引いてるみたいだったし当然、か」

そう言い、永瀬はどっかりとソファーに腰かけた。背筋はピンと伸びている。

「……もしかして稲葉なのか？」

ピクリと、【永瀬】が眉《まゆ》を吊り上げた。

「ああ……、そうだ」

「そうか。じゃあ【稲葉の身体】の方はどこに行ってるんだ？　中身は……やっぱり永瀬か？」

「な……伊織とアタシの入れ替わりだよ。そこで【アタシ】にだけちょっと用事が課されてね。ま、伊織の奴にもできる仕事だから問題はないだろう」

「ご苦労様、だな。うちみたいなところでも幹部《かんぶ》だとそりゃ色々あるよな」

「そうでもないさ。ところで――」

――ところで、ともう一度【永瀬】は言い直す。やたらと長い逡巡《しゅんじゅん》があった。

「昼休みの唯と青木はどうだった？」

「どうだったって……。つーかなぜ今聞く」

「気にすんな。それに、どうも思わなかったってのはあり得んだろ」

「う、……そりゃそうだが。まあ……、俺はああいうのに縁がなかったってのもあるかもしれないけど、なんか、別世界のような感じがして、上手く感想が持てない、っていうのが正直なところ、かな。でも、なんか、すげぇ、とは思った。それが二人に対してなのか、それとも、もっと別のものに対してなのか、それさえも、わからないけど」

なにかに圧倒されるような感覚はあった。けれどもそれは眩《まぶ》しすぎて、形を上手く掴《つか》めない、そんな感じが、太一にはした。

太一の答えに、【永瀬】は特に表情を変えないまま、ふうん、と呟《つぶや》いた。

「というか、稲葉はあれを見せてなにがしたかったんだよ？」

太一が聞く。

と、【永瀬】が目を見開いて、信じられないとでも言うかのような顔を作った。

「太一……。まさか、あれを見せたのが、どうしてなのかわからないって、本気で言ってるの——言ってるのかよ？」

「え——」

言われて、太一は改めて内省《ないせい》する。

本当に、自分は、それがどうしてなのか、わからないのか。

本当は、わかっているけど、わかっていないフリを、したいのか。

——じゃあそれはなぜ？

「まあ……、もう、いい。じゃあ、単刀直入に聞くけど——」

——単刀直入に聞くけど、ともう一度【永瀬】は言い直す。また、逡巡があった。

「太一は結局、伊織のことをどう思ってるんだ？」

ぐさりと、確かにそれは、太一の胸に突き刺さった。

「……相も変わらず、ズバズバ放り込んでくるよな……稲葉は。しかも【永瀬】の外見で言ってくるというのがまたなんとも……」

とてもできていたとは思えなかったが、努《つと》めて軽めの口調で、太一は言った。

そうすれば、少しでも、己の傷が誤魔化《ごまか》せるような気がしたから。

「逆にグッドタイミングだろ？」

にやりと、目の前の【永瀬】は笑みを作って見せた。いつもよりぎこちない感じのする笑顔だった。

「どこが、だよ。まあなんだ、俺は……」

一瞬、どうしてこんなことを答えなくてはならないのだろうという考えがよぎった。

が、気づいた時には、太一の口から言葉がこぼれ落ちていた。

「俺は、今の関係が凄くいいものだと思ってて。それを……壊したくないというのがあって……。でも……、だけど――」

その時。

扉が再び開く。姿を見せたのは、【稲葉】だった。そして入ってくるなり言った。

「おう、伊織。言われた用事だけど、担当教師の野郎がいなかったから、また今度ってことに……ってどうかしたか？」

そして、ソファーに座る自分は稲葉だと名乗った【永瀬】が声を漏らす。

「稲葉ん、早過ぎ――」

はっ、とした表情で、【永瀬】が太一の顔を見る。

なにが、どうなって――。

太一は、混乱した。

ソファーに座る【永瀬の外見をした存在】の中身は、稲葉だと思っていたし、本人もそう言った。そして今入ってきた【稲葉の外見をした存在】の中身は永瀬のはず――なのに、今扉のところにいる【稲葉の外見をした存在】はまるで自身が入れ替わってなどいない、そのもの稲葉のままのようで、ソファーの【永瀬の外見をした存在】を永瀬とそのまま呼んで、そう呼ばれた【永瀬の外見をした存在】は『稲葉ん』と永瀬しか使わない稲葉の呼称を使って――。

ということは、つまり。

「――騙《だま》されてやんの」

ソファーの上の【永瀬】――入れ替わってなどいない正真正銘の永瀬伊織が、稲葉の横をすり抜ける、……と思いきやとっさに永瀬の腕を稲葉が摑んだ。

「どうしたっ!?　伊織!?」

「稲葉ん！　放してっ！」

「泣いてる奴のことを放っておけるか……って、あっ!?」

強引に稲葉の手を振り解くと、永瀬は部室から飛び出した。

慌てて稲葉も後を追おうと部屋を出る。が、数十秒ですぐ部室に取って返した。

「クソッ！　本気で逃げられたらあいつの運動量に敵わん……！　無駄《むだ》にハイスペックな奴だからなっ。つーか太一っっっ！　お前なにしやがった！」

稲葉が猛然《もうぜん》と歩み寄ってきて、太一の胸倉を捻《ひね》り上げた。

「くっ……知るかよ……！　わかんねえけど、永瀬が『稲葉と入れ替わったフリ』をしてて……それででっ」

「アタシのフリって……どういうことだよ？」

「だから、永瀬がまるで自分の中身が稲葉になってるかのようなフリをして、俺はそれにまんまと騙されてたんだよ！　そしたらそこに稲葉が入ってきて……こうなった」

いや、違う。

太一にも訳がわからな——。

訳は、わかる。

あの時約束したじゃないか。

絶対にできると言ったじゃないか。

信じろとまで言ったじゃないか。

自分はいつどうなっても永瀬が永瀬であるとわかってやれると、言ったじゃないか。

永瀬は太一のことを、試《ため》したのだろうか。

いや、そうじゃない。

試す？

自分はなにを、言っている。

いつまでそんな自分本位な考え方を、しているんだ。

「永瀬は俺を……信じようとしてくれたんじゃないかっ……！」

それに応えてやれなかった自分が、死ぬほど腹立たしい。

今の関係性が壊れてしまうことが恐くて、もう一歩進み出すことを怖れて、深く考えずに逃げ続けていた太一を見かねて、永瀬から踏み出してきてくれたというのに。

すっと稲葉が胸倉《むなぐら》を摑んでいた手を下ろす。

「心当たり、あったみたいだな」

「ああ……自分が最低なクソ野郎だってことがよくわかった」

「ふ～ん……。……じゃ、一発殴ってやろうか？」

「なんでそうな……いや、やってく――ぶほっ⁉」

言い切る前の時点で、左頰《ひだりほほ》を思いっ切りビンタされた。

「いっつ……お、お前っ……いや、ありがとう。なんか、気合い入った」

恐れるな。逃げるな。向き合え。進め。立ち向かえ。

今度は自分が、進む番だ。自分を信じてくれた永瀬に、最大の敬意でもって応えよう。

一度失敗した人間がそんなことを言うと、それを人は、笑うだろうか。

けど笑われてもいい。どれだけ嘲笑《ちょうしょう》されようが、失敗した人間こそ進まなければならないという事実だけは、絶対なのだから。

「……つーかお前らどんだけ不器用なんだ。呆れるわ、本当に。付き合ってられん」

稲葉はソファーに体を投げ出す。

「ほれ、さっさと追いかけろ。どうやらアタシはお呼びじゃなさそうだしな」

太一の方を見ず、稲葉は犬でも追い払うかのように手を払った。

「……わかった」

自分は失敗して永瀬を傷つけまでした。その事実を背負った上で、自分と決然と向き合い、己の思いをぶつけよう。そんな覚悟を胸に、太一は部室を後にする。

最後に太一は一瞬後ろを振り返った。

が、稲葉は決して、去りゆく太一の方を見ようとしなかった。


部室棟の階段を一気に駆け下りたところで、太一は重大なことに気づく。

「永瀬の奴……どこ行ったんだ……？」

ひとまず、校舎の方に走る。

と、そこに、仁王立《におうだ》ちしながら太一に視線を送る影が、一つ。

後ろで纏《まと》め上げた髪、キラリと輝くメガネ。

そして漂わせるは人の上に立つ者の風格。

一年三組学級委員長、藤島麻衣子《ふじしままいこ》だ。

さっと藤島は太一の進路を阻《はば》む場所へと移動する。

今は藤島に構っている暇などない、そう太一は思うのだが……、

「八重樫《やえがし》君っ！」

……思いっ切り呼ばれてしまったら無視する訳にもいかない。

「はぁ……はぁ……なんだよ……藤島……？　俺、今、急いでるんだけど……」

「永瀬さんが泣いてたのってあなたのせいかしら？」

どんぴしゃで、そう訊《たず》ねられた。

「あ、ああ……」

ずいっと藤島が太一の方へと一歩踏み込む。

「事情はよくわからないけど、とりあえず、か弱き乙女を泣かせた男には、ビンタ一発だから。覚悟はできてる？」

太一には初耳のルールを、さも当然とばかりに藤島は語る。

「なんだそ……いや、甘んじて受けよう」

これぐらいの罰は、当然だ。それに、藤島が引き下がってくれるならば。

「あら？　左頰、既に赤くなってるじゃない。そちら側が、もうやられているのね」

「お、おう……。これはさっ——ぐほっ⁉」

同じく左頰を超強烈にビンタされた。

「〜〜〜〜っ、普通左が赤くなってるんなら右にするんじゃないんですか⁉　ていうか新たな快感に目覚めそうなくらい痛かったぞ⁉」

藤島麻衣子、ドSであることが発覚。

「それにしても、やっぱり男と女、それで一つのつがいとなるのが世の常なのかしら、八重樫君はどう思う？」

意図が摑みきれない問いかけだった。

「いや、藤島。今はそんな会話に付き合っている暇は……」

太一が一歩右側に踏み出す。と、同じ分だけ藤島が移動してその行く手を阻む。

「そんなこと関係なく、自分が好きだと思う人を、皆で愛し合える世界の方が、望ましいと思わない？」

今度は一歩二歩左に動く……のだが藤島も同じだけ移動する。しかも無表情で。

「でもそれは一方通行じゃ、ダメなのよね。本当の意味で誰かを愛していい人間は、その誰かから愛されている人間だけなのよ。これ、重要だから覚えておきなさい」

藤島はなにやら赤いストラップの付いた鍵《かぎ》を放った。形状からして、自転車のものか。

「八重樫君は電車通学組でしょ？　使いなさい」

「えっ？」

「私じゃダメだったみたい。たぶん永瀬さんが必要としてるのは、あなたよ。だからさっさと行きなさい。正門を出て左の方向に走っていったから」

予想外の申し出に戸惑いながら、太一は掌《てのひら》の上の鍵を見る。

「藤島……いいのか？」

「いいもなにも、それが今永瀬さんに必要なことなんだから当然でしょ？」

彼女の悲しみの涙を止めることより大切なことなんて、この世にあるのかしら。そう付け加えて、藤島は颯爽《さっそう》と「ついてこい」と言わんばかりに駐輪所へと歩を進めた。

格好《かっこう》いいにもほどがあった。

惚れてしまいそうだ。

「あっ……、それと。なんか勘違《かんちが》いされているみたいだから言っておくけど、私、……男もいけるわよ」

藤島麻衣子、両刀《りょうとう》宣言。

藤島の通学用自転車で太一は町を疾走《しっそう》する。途中で何度も電話をかけたのだが、永瀬には繋がらなかった。どうやら電源を切っているか、電池切れのようだ。

あっという間に一時間が過ぎ去った。

町に紛《まぎ》れた一人の人間を見つけることが、これほど難しいとは思いもしなかった。

「徒歩だからそこまで遠くに行ってないはずなんだけどな……。荷物も部室に置いたままだから帰ったとも思えないし。やっぱ一旦学校に戻って……」

そんな風に思案しながら、町を東西にぶった切る大川に差しかかった時だった。

紅く輝く夕暮れの太陽が、川沿いにあてがわれた柵《さく》の上、川側に足を投げ出す形で座る人影を照らし染めていた。

もの悲しい夕焼けの哀愁《あいしゅう》は、全てその人物を引き立てるための背景にしか見えない。

それくらい、その人物は圧倒的な存在感をもって景色に映えていた。

華奢《きゃしゃ》な肢体《したい》に、ゆるりと風に揺れる括《くく》られた後ろ髪。

映画に出てきそうな完成されたワンカットの主役は、――永瀬伊織だった。

強めの風が吹いた。その風を避けるように、永瀬が顔を斜め後ろの方向に向ける。そして視界の端に、太一のことを捉《とら》えたようだった。驚愕に目が見開かれた。

「た、太一っ——わ！」

「危ないっ！」

永瀬が柵の上でバランスを崩し、——危ういところで体勢を立て直した。

冷や汗をかいた。死にはしないだろうが、水面までは結構な高さがあるし、垂直なコンクリートが立ちはだかるそこは、簡単に昇ってこられるようにもなっていない。

「ほ、本気で焦った……。というか太一、どうしてここに……」

永瀬が柵から半回転しつつ飛び降り、太一の前に立った。

目にはほんのりと涙を流した跡《あと》がある。

ずきりと、太一の胸が痛んだ。

太一は自転車を道端に止めると、勢いよく頭を下げた。

「気づいてやれなくて、本当に、すまなかった。約束したのに。あれだけ大層な口を叩いていたのに。こんな情けない、結果になって……」

「人間て……自分ってなんなんだろうね。外見さえそのままなら、中身が入れ替わっても誰も気づかない。かと思えばちょっと人のフリをするだけで、自分じゃなくなってしまえて……。……あっ、太一を責めてる訳じゃないよ！　太一は本当に全然悪くなんかない！　これは完全にわたしが悪い……。こんな状況で言われたら、そう信じるのが当然だよ。だって、ずっとお互いがお互いの言ってることを信じるっていう信頼関係で、わたし達は成り立ってたんだし……。あの、本当にゴメン。もう二度とあんなことはしないから。本当に、本当に……ごめんなさい」

しゅんと萎《しお》れて、永瀬は懺悔《ざんげ》の言葉を口にする。

「でもそれは永瀬なりに、進んでみようとした結果なんだろ？　だから、ありがとう。そして次は、俺の番だ」

自分は今まで、それに向き合っていなかった。

自分は今まで、それを考えてこなかった。

だから当然、それは進みもしなかった。

なにに怯《おび》えていたのだろうか、なにに戸惑っていたのだろうか、初めてのことだからとか、そういうことなのだろうか。

でも誰だってそうだろう。未知のものは、恐い、どうすればいいか、わからない。それが眩しいものであればあるほど、実は案外、恐いしどう扱えばいいかわからなくなるものだ。

けどそうやって臆病《おくびょう》なままなにもしなければ、それはずっと手に入らない。

進んだって成功するとは限らない、それもまた事実だ。

憧れていたそれが失われるという手痛い結果を迎える可能性だってある。

傷つくことに、なるかもしれない。

でも、たったそれだけのリスクで手に入るそれは、無限大の可能性を秘めている。

どうしてそれに気づかなかった。

受け入れて向き合って考えて進め。

「最近……色々あったんだよ。本当に、色んなことが」

青木とのこと、桐山とのこと、稲葉とのこと、そして永瀬とのこと、太一はその全てを改めて思い返す。受け入れて向き合って考えてみれば、そこから得られたものその全ては、太一が進むための、原動力となる。

「そして、俺は本当にたくさんのことを知れたし、学ぶことができたんだ。で、気づいたんだけど、俺ってどっちかというとさ——」

永瀬は、玉のような瞳《ひとみ》の中に、しっかりと太一を映し出している。

「無表情な鈍感キャラっぽいんだ！」

「知ってる」

……衝撃の事実のつもりだったのに。

「えーと、だからな……。俺は凄く永瀬に、憧れてるんだ」

「憧れ……てる？　わたし……なんかに？」

「そうだ。俺は永瀬みたいに色んな表情で、笑ったり、怒ったり、喜んだり、悲しんだり、明るくなったり、暗くなったり、真面目になったり、ふざけてみたり、……まあ例を挙げ出すとキリがないんだけど……、やれたらいいなと、思っているんだ」

そう、憧れているんだ。あんな色々な表情で、楽しそうに人生を生きている永瀬に。

「そ、それは……ただわたしが……色々なキャラを演じて……きたからであって……憧れるようなもんじゃ、ないよ。わたしは……どれが本当の『わたし』か見失ったそんな、欠陥物なんだよ？」

永瀬が見せる、暗闇。

しかし、今の太一には、それに対してある一つの答えらしきものがあった。

大丈夫だろうか？　太一は自身に問いかける。太一の見込みは正しいかもしれないし、間違っているかもしれない。リスクは、ある。もう一度失敗したとしたら、元通り修復できる公算はかなり低くなるだろう。

けどそこに、永瀬を救ってやれる可能性があるならば、自分は進める。

「果たしてそれは本当にそうなんだろうか」

そう言ってやった。

初めはぽかんと口を開けて、永瀬は太一の言っていることが理解できないという表情をしていた。だが徐々に、顔つきが険《けわ》しくなっていく。そして同時に冷たくも、なっていく。

「なにそれ？　太一はなにが、言いたいの？　なにを勘違い、しているの？」

無表情で放たれる、責め立てるような口調の言葉に、太一は若干《じゃっかん》、尻込みしてしまいそうになる。

でも、それでも。

「ふざけたり、ボケたり、恥ずかしがったり、下ネタ言ったり、無茶やったりやらせたり、ノリでなんでもやっちゃったり、実は策士だったり、勢いで暴走したり、その割に機微《きび》に敏感だったり、なにも考えていなかったり、逆に深く考え過ぎていたり、ポジティブだったり、ネガティブだったり、でもって真面目な話をする前には照れ隠しのためかわざとらしくボケてみたり、バカな会話したかと思えば凄く真面目な語りもできたり、もの凄い暗さを見せたり、明るくなったり、たまにすっと冷たい表情になったり、子供っぽかったりそうじゃなかったり、優しかったり、イタズラ好きだったり、気を遣えないと思ったら気遣いできたり――」

「……えっと？　なにを言ってるのかな……？」

「永瀬伊織のことだよ」

衝撃を受けたかのように、永瀬は体を強張《こわば》らせた。そしてなにかを噛《か》み締めるように、ぎゅっと唇《くちびる》を一度結んでから、言った。

「だろ？　どれが本当の『わたし』か……いや、どれも本当の『わたし』じゃ――」

「どれも、お前だろうが」

「…………え？」

「どれも、永瀬伊織だろうが」

「……だから……なにを……」

「全部、全部、全部、全部……、永瀬伊織なんだろうがっ！」

もしかしたら、たった、それだけの話なんじゃないだろうか。

「いや、待ってよ……。そんな人間、いる訳ないじゃん。そんないくつもの顔を持った人間なんて――」

「別に、普通だろ。人間には色んな顔があるんだよ。後は程度問題の話だろ。俺は少ない方なんだろうし、永瀬は多い方なんだろうし。ただそれだけじゃないのか」

「でも……わたしは、人に合わせて、それを……」

「んなもん、誰だって場の空気でキャラ変わるだろ。永瀬はそれが人よりかなり過剰《かじょう》だった……ってぐらいじゃないのか。というか、最近は自由に変えられなくなってきたって言ってなかったか？」

「それは……。でも、やっぱりわたしは……こういうキャラでいこうって身構えなきゃ人と上手くやれなくて……」

「全く身構えもせず自分の我だけを通して、人と上手くやれる奴なんていないだろ」

「け、けど……わたしは……好きなものすら……その時の雰囲気で……」

「それもただ、雰囲気で順位が入れ替わるくらい、同じように好きなものがたくさんあるだけの話じゃないか」

「でっ、でもわたしは……自分でどの部活に入るかすら選べなくて……」

「楽そうなところを適当に選んで入った奴とか、友達が入ったからそこにしたって奴らと、そんなに変わらないいんじゃないか？」

「……ていうか途中からただの屁理屈《へりくつ》だよね？」

「……ていうか途中から完全に屁理屈だな」

なんだよ、自分で言っておきながら、そう言って永瀬はお腹を押さえなければならないくらい笑う。それに釣られて太一も笑う。それに釣られてまた永瀬が笑う。それに釣られてまたまた太一が笑う。笑いが笑いを呼ぶ。笑いが渦《うず》になる。

ただ楽しい。ひたすらに楽しい。世界中の『楽しい』が全部ここに集結しているんじゃないかと思うくらいに楽しい。

かなりの時間二人で笑った後、永瀬が肩で息をしながら言う。

「あっはは、はぁ……、つ、疲れた……。……というかそれで言ったら、わたしこそ太一に憧れてるんだよ？　いつだって、どんな時だって、なにがあったって……揺るがないで、ちゃんと自分を持っていて、誰に対しても太一は太一で、ずっと太一は太一のままで。わたしがどんな『わたし』で臨《のぞ》んだって、たぶん同じでいてくれるんだろうなって思えるから凄く……安心できて。……そんな安心感が与えられるくらい確かな自分を持ってる人に、わたしは、憧れるんだ」

ああ、と太一は心の中で呻《うめ》く。自分達は、似たもの同士なのだ。ベクトルは、逆であるけれども。

太一は感情が他人より少し欠落している。永瀬は他人より少し感情の発露《はつろ》が過剰になっている。でもそれはあくまで少しであって、大したことはない。そのままだって生きていける。現に太一は、そこまで思い詰めるほど気にしていなかった。でも永瀬は、そこに多少トラウマとなってしまうようなことが重なって、過剰に、深刻な方に、勘違いしてしまった。そういうことではないだろうか。

どこかの物語に出てくる主人公達が悩みそうな、感情の完全なる欠落や感情の暴走とかのような重大な問題と比べれば、それは本当にちっぽけなものだ。でもそんなちっぽけなものに、人は悩み、憂《うれ》うのだ。ちっぽけなそんなものでも、ちっぽけな自分達にとっては、押しつぶされそうなくらいに大きい。そしてそんなちっぽけな悩みの全人類を合わせた総量は、重大すぎる悩みの総量なんかより絶対多い。だから、どうという訳ではない。ただ、自分達が生きているのは、そんな世界だということだ。

そして、そんな世界で、ちっぽけなものに悩まされるちっぽけな自分達が生きていくためにすべきことは。

自己犠牲のためなんかではない、今ならそう、はっきりと断言できる。永瀬のためでもあるけれど、はっきり自分のためでもある。

だから、それを、求めよう。

「俺は、永瀬伊織のことが好きだ。だから、俺と、付き合って欲しい」

足りないものをお互いに持ち合っている二人が、共に手を取り合って歩いていけたならば、そんなちっぽけな悩みも、吹き飛ばして生きていけるのではないだろうか。

永瀬は口をぱくぱくとさせていた。どうやら言葉にならないらしい。永瀬の顔が夕焼けの中でもはっきりわかるくらい、真っ赤に染まっていく。

続けて永瀬は、しばらく目をぱちぱちとさせてから、ぎゅっと身を縮めて俯いた。

なにかを抱きしめるように、なにかを確かめるように、なにかを愛おしむように。

それから顔を上げて――、
だが――、
そこに浮かんでいた感情は――、

――『無』だった。

赤く染まっていたはずが一気に青白くなる頬。

能面のような顔。

暗く濁《にご》る瞳。

失われる生気。

それはいつか見た、【後藤龍善】のようだ。

そしてそいつは、言う。

「どうも……お久しぶりです……。……そしてごめんなさい。ああ……たぶんその顔見るとわかってるみたいですけど……〈ふうせんかずら〉です……」

――太一は今の今まで忘れていた。

現在、太一達の世界は、〈ふうせんかずら〉の手の内にあるのだということを。

なにが起こったたって、それがどれほど非現実的なものであったたって、おかしくはない。

〈ふうせんかずら〉は【後藤《ごとう》】に乗り移れたのだ。

【永瀬】に乗り移れないという道理など、ない。

「ああ……先に謝っておきますけどごめんなさい……。後で永瀬さんにも謝っておいて下さい……。これは本当に……心の……まあ、真ん中くらいからは申し訳ないと思っていますから。……ああ……底からって言えばよかった。……でも皆さんのせいなんですよ？　だって皆さん、ちょっとばかし面白過ぎるから……」

【永瀬の姿】をした〈ふうせんかずら〉は、太一に向かってポケットの中の携帯電話と財布を投げて寄越した。そして、予想外に軽快な動作で川沿いの柵の上、太一のいる道路側を向いて、立つ。

強い風が吹いて、制服が、はためく。

どくん。

太一の心臓が飛び出しそうになるくらい跳ねた。

未だかつて自分の人生で、これほどまでに嫌な予感というものを、味わったことが、あっただろうか。

その時、太一には見えてしまった。

先ほどまで光り輝いていたはずの【永瀬】から、暗くて黒い影のような、『生』とは対極にあるそのイメージが。

「おい……なにを……」

急速に渇いた喉《のど》のせいで、上手く言葉を発せないまま、太一は刺激を与えないよう、じわりじわり〈ふうせんかずら〉に近付いていく。

が、そんな太一の行為など、一切気にとめる風もなく、そして特に心を込める風でもなく、〈ふうせんかずら〉は言った。

「——だから、ごめんなさいって——」

幅の狭い不安定な足場の上で、【永瀬の身体】が後ろに、傾く。

そして——

【永瀬】が、〈ふうせんかずら〉が、遥《はる》か下方の水面へと真っ逆さまに落ちていった。

「オイ、嘘《うそ》だろ!?」

急ぎ、太一は柵の方に駆け寄ろうと——暗転。

視界が戻る。

臀部《でんぶ》には堅い感触。

背景に映るは見慣れた部室の光景。

目線の先には、稲葉と青木が、いた。

□■□■□

市内総合病院、二階フロアの端、ベンチと自販機があるだけの休憩室に、文研部のメンバーが集合していた。——ただ一人永瀬を除いては。

その永瀬は現在集中治療室の中だ。

全員が一様に青ざめた表情をしている。たぶん、自分も同じようになっているのだろう。太一は、妙に冴えて冷静になった頭で、そう思った。

「畜生《ちくしょう》っ！　……伊織ちゃんが死にかけてるっていうのに、なんでオレ達はなにもできないんだよ……！」

苦しそうな鼻声で言葉を漏らし、青木が自分の太ももを打ち据えた。

「無駄に自分を責めるな、青木。アタシ達が無力なのは、仕方のないことだ」

静かに稲葉が語って聞かせた。ぶっきらぼうでいて、どこか労《いたわ》りの感じられる不思議な声色だった。

「ゴメン……みんな……。あたしが……もっとちゃんとやっていれば……。やっぱ……

【太一】になった時……すぐに飛び込んで助けにいくべき……だったのかな……。でもそういう時は一緒に溺《おぼ》れる可能性があるから……助けを呼びに行くか、浮くものを探す方が正解だって……聞いたことがあって……それで……っ」

桐山が嗚咽《おえつ》を漏らす。

今にも折れてしまいそうなくらい衰弱《すいじゃく》しきった桐山を、隣にいた稲葉がぎゅっと抱き寄せた。自分の胸に桐山の顔を埋めさせ、優しく栗色の髪を撫《な》でる。

「唯、お前は間違っちゃいない。むしろよくそんな状況で冷静に行動したよ、本当に。お前が正しい行動を取れていなかったら、もっと悲惨《ひさん》な事態になっていたかもしれない。……よくやった」

最後の言葉で、桐山は一層大きくしゃくり上げた。今は泣かせてやるのが正解と言わんばかりに、稲葉はそれを受け止める。

「やっぱり……俺が——痛っ!?」

口を開きかけたところで、太一は稲葉に思いっ切り脛《すね》を蹴られた。

涙目になりながら太一が稲葉の方を見ると、その顔は苦しそうに歪《ゆが》められていた。

稲葉は太一の耳元に口を近付け、絞り出すようにして声を発する。

「太一まで、吐き出さないでくれ……。なんとか……耐えてくれ。アタシだってこれ以上だと受け止め切れない。心が、折れそうになる……。だからせめてお前だけは気丈でいてくれ……。頼む……」

転落。救助。病院への搬送《はんそう》。そして看護師《かんごし》の女性から聞かされた『かなり危険な状態だ』という言葉。怒濤《どとう》の展開から生まれるストレスに、どうして自分達がなんとか耐えてこられたのか、その理由を太一は知る。多くの歪みを、稲葉が受け止めていたからだ。太一はしっかり稲葉の目を見ながら頷《うなず》いた。稲葉だって、限界はある。

稲葉も頷き返し、ほんの少し顔の緊張を解いた。

本当はここにいる誰のせいでもない、奴のせいだ。それは皆わかっている。それでも、皆は自分を責めずにはいられなかった。どうにかして、誤魔化したかったのだ。このどうしようもない気持ちを、どうにかしたかったのだ。

休憩室にいるのは太一達四人だけだった。家に不在らしく、永瀬の母親とは連絡が取れていない。もうすぐ学校から、後藤は駆けつけるらしいが。

太一は天を仰ぎ見る。くすんだ天井《てんじょう》が、眼前に広がる。二本並びの蛍光灯は、一本切れかかって弱々しい光になっていた。

——こつん、こつん。

足音が聞こえてきた。明白な意思を持ってこちらに近付いてくるのが、わかる。

不気味なほどの静けさが、休憩室内を覆った。無論、誰が来るかなんてわかるはずがない。でも全員が、もしかしたら奴が来るのではないかと息を潜《ひそ》めていた。

『なにも気にするな』と言い、『敵対するつもりもない』と言い、『自分のことを忘れておいて貰いたい』と言い、事実その通りずっと放置を続けてきたにもかかわらず、あれだけの介入を行ってきた奴が、このままなにもせず、ただ傍観しているだけだとは到底思えなかった。

そして休憩室に、奴が顔を覗かせる。

見ただけで、すぐにわかった。普通に生きている人間に、これほど死んだような顔ができるものか。

一カ月弱前の部室以来二度目の、【後藤龍善《りゅうぜん》】に乗り移った〈ふうせんかずら〉との対顔《たいがん》だった。

「やあ、どうも……。ああ……皆さん、剣呑《けんのん》な目つきですねぇ……。面倒臭いことしないで下さいよ……これは心の底からお願いします」

当事者意識の欠片《かけら》もなさそうな、熱のない態度で【後藤の姿】をした〈ふうせんかずら〉は言った。

その恐ろしいまでの『今この場』への関心のなさは、ただ太一達を、困惑《こんわく》させる。

怒るべきか、怯えるべきか、糾弾《きゅうだん》すべきか、説明を請《こ》うべきか、震えるべきか、立ち向かうべきか、逃げるべきか、殴るべきか、恐怖すべきか、嘆《なげ》くべきか、——どの選《せん》択肢《たくし》を取るべきか。

そこになにも見出せない〈ふうせんかずら〉を見ていると、自分がどういう態度で臨《のぞ》めばいいか、見失ってしまう。自分の中に元から渦巻《うずま》く訳のわからないぐちゃぐちゃとした感情の出口が、余計に、見えなくなる。

「テメエなにしに来たんだよ？　なにが、したいんだよ？」

他の誰もが反応できない中、唯一稲葉がただ静かに、怒って見せた。その静けさは、凄まじい爆発の予兆にも思えた。

「……すぐそうやって聞いてくれると助かりますよ、稲葉さん……。……ああ、八重樫さんが僕のやったこと説明しといてくれたんですかねぇ。ああ……せっかくそのまま本題に入れそうだったのにまた独り言を……ってまた……もういいや。ええと……、今からだいたい三十分後になるんですけど——」

「——【永瀬伊織さんの身体】が死にます」

特に重要でもない既定事項をただ言っただけ、そんな話しぶりだった。

ふざけるのも大概《たいがい》にしろと、思った。

「……なに言ってんだお前っ！　お前は死を司《つかさど》れるとでも言うつもりかっ!?」

当然、稲葉が吠《ほ》える。

「いやいや稲葉さん……そんなことできる訳ないじゃないですか……。僕はただのしがない〈ふうせんかずら〉ですよ……。でも事実は事実としてきちんと認識できるくらいのことは、僕にもできるんですよねぇ……。で、【永瀬さんの身体】は死にます。わかって貰えました？」

「そんな……そんな話誰が信じるって言うのよっ！」

涙声ながらも、決然とした態度で桐山が言った。

そうだ、信じられる訳が、ない。

「まあ最終的には信じるも信じないも皆さんの判断になりますけど……信じて欲しいですねぇ……。せっかく来てあげたのに努力が報われないと、やる気がなくなる……ああ、元々そんなになかった……。いやでもね、正直な話、今はちょっぴりあるんですよ……。皆さん面白いから……ああ、また無駄なおしゃべりを……。まだ言わなくちゃいけないことあるのに。えと、準備いいですか……？　稲葉さん……暗記お願いしますよ……何回も言う気力と根性ありませんから」

そうして間を取ってから、抑揚《よくよう》もつけずただ平坦に、〈ふうせんかずら〉は、言う。

「皆さんの人格は、今、自由に【皆さんの身体】の間を移り変わっていますよね……。そして、当然ながら一つの【身体】には一つの人格が宿る……。……ということは一つの【身体】が死ぬのなら、同時に一つの人格も死滅《しめつ》しなきゃならないということになりますよね？　けど……ここで重要なのは、その時死ぬ人格は別に死ぬ【身体】と同じ人物である必要はない、ということなんです……。まあ……現に別の人格と【身体】同士でも問題なくやれていますしねぇ……。それで、こちらから一つ提案なんですが、【永瀬さんの身体】と共に死ぬ人格を皆さんで選んで頂けませんか？　後おまけになんですが……今から三十分間、皆さんがそうして欲しいという希望を口にすれば、望み通りの人間との、間で、人格交換できるようにしておきます……。とまあそんなお話です……」

　こいつは、本当に、なにを言っているのだ。

「……つーかそれ、……完全に意図的に人格入れ替えられるってことじゃね……？　アトランダムじゃ……なかったのかよ……？」

　愕然《がくぜん》とした様子で青木が呟く。

「いやいや、アトランダムに人格を入れ替えることができて、指定した人格入れ替えはできないって……そんなこと普通に考えてあり得ると思います？　ああ……、でも今までの『入れ替わり』はアトランダムでしたよ……。だってそうじゃないと面倒臭いですし……」

　気怠《けだる》げに、そして投げやりに話す【後藤の姿】をした〈ふうせんかずら〉に向かって、猛然と稲葉が立ち上がった。

「ふっざけんじゃねえぞお前っっっ！」

　叫び、そのまま〈ふうせんかずら〉に襲いかかっていく。

「ああ……血の気が多い……」

　そう〈ふうせんかずら〉が呟いた次の瞬間、稲葉は急に突進を止めた。立ち止まり、戸惑うように辺りを見渡す。

「え……？　入れ替わ……ん？」

　きょとんとした表情、そしてその話し方で、太一は気づく。――永瀬と稲葉が入れ替わったのか、と。今目の前の【稲葉の身体】に入っているのは、永瀬なのか、と。

一歩二歩と永瀬【稲葉】が【後藤】から離れ、太一達のいる方を向いた。

「えっと、なんで……太一が？　橋のところに……いたはずじゃあ……」

〈ふうせんかずら〉に乗り移られ、その後意識不明に陥《おちい》った永瀬の時間は、まだ、あの橋の上、太一と向かい合っていた時のまま、止まっているのか。

いくらなんでも人を、弄《もてあそ》び過ぎだ。自分達を、なんだと思っているんだ。

急速な怒りが太一の胸にせり上がってきた。その勢いのまま、【後藤の姿】をした〈ふうせんかずら〉に迫り、手を伸ばす。

「いい加減にっ――え？」

ふわり、太一の体が浮いた。

そして刹那《せつな》の間も置かず天地が逆転。一瞬、虚空《こくう》の闇のように暗い〈ふうせんかずら〉の瞳が、見えた。次の瞬間には背中に強い衝撃。

「ぐあっ⁉」

気づいた時には天井を見上げていた太一は、背中の痛みも感じず、自分達はただこの〈ふうせんかずら〉と名乗る『異常』な世界の住人に蹂躙《じゅうりん》されるしかないのだという、己の無力さに打ち拉《ひし》がれていた。

ちっぽけな自分達は、強大な敵に立ち向かうことさえできない。

好きだと言った人間を、守ることもできない。

「いやだから……皆さんのすべきことは、それじゃあないんですよ……。じゃあ……僕は時間が来たらまた戻ってきますので……その時までに決めておいて下さい」

去りゆく〈ふうせんかずら〉を止められる者は、誰もいない。

ただ呆然と、見送るしかなかった。

「た、太一っ！　大丈夫!?　ていうかなんでごっさんが!?」

永瀬【稲葉】が駆け寄ってきて、太一を立ち上がらせようと手を貸してくれる。

その困惑と焦燥《しょうそう》に満ちた顔を、太一は見ていることができなかった。

信じたくない。その思いから、太一は「永瀬と稲葉を入れ替えてくれ」と呟いてみた。

〈ふうせんかずら〉は『できるようにしておく』などと言ったが、そんなこと、できるはずもない。その、はずだった。が――、

「っ……！　……んでアタシが太一と手を取り合ってんだ……？　つか〈ふうせんかずら〉のクソ野郎はっ!?」

目の前の【稲葉の身体】には稲葉の人格が、戻ってきていた。そして恐らくは逆に、永瀬の人格は集中治療室内の【永瀬の身体】に戻っていることだろう。

全てを受け入れるしか、なかった。

太一、稲葉、桐山、青木は、ひとまず現状を確認し合っていた。

「つまりは、『誰を殺すか選ばせてやる』……ってか。なにがしたいんだよっ、あいつ

はっ……！　いったいこれは……なんなんだよっ……！」

憎悪に塗《まみ》れた声で稲葉が吐き捨てた。

「でも伊織が死ぬなんて……そんなこと……ある訳がないわよ……。お医者さんだって……頑張って……くれてるんだからっ……！」

桐山が必死に訴える。

「そうだな……、あの〈ふうせんかずら〉のクソ野郎が言ったことは、デタラメかもしれない。だが、そうじゃないかもしれない。その可能性がある限り、アタシ達は、それに向き合わなければならない。たとえそれが、どれだけ残酷《ざんこく》なことであろうとも、だ。もし本当にそうだったら、取り返しの付かないことになる。従わざるを得ないんだよ。……死ぬほど癪《しゃく》だがな」

確かに、稲葉の言う通りだった。逃れたくとも、逃れることはできないのだ。

〈ふうせんかずら〉が言ったことの真偽を、確かめる術などないのだから。

「……ド畜生《ちくしょう》がっっっっ！　アタシがいながらなんてざまだっっっっ！」

薄っぺらい革で覆われたベンチに、稲葉は拳《こぶし》を思いっ切り叩きつける。

「誰が死ぬか……。誰が犠牲《ぎせい》になるか……、か」

頭を抱えて、青木が呟いた。

〈ふうせんかずら〉の言ったことが真実だとしよう。

ならば【永瀬伊織の身体】は死ぬ。同時に太一達五人の内一人の人格が、魂が、死ぬ。

死にたい人間など、少なくともこの五人の中にはいない。

だからそれは、青木の言った通り、誰が犠牲になるのかという議論になるのだろう。

死。

それは、それこそは、究極の痛みだ。想像することなど、とてもじゃないができない。

そんなものを他人に背負わせるなんて――嫌だ。

だから。

「もし誰かが犠牲になる必要があるのなら、俺がなる」

――なりたい。

――ならせてくれ。

「唯……こいつのど頭を殺す気でぶん殴れ」稲葉が言い、

「ラジャ。全力でぶっ放す」桐山が応じた。

「や、唯が全力は不味《まず》いんじゃ……」

青木の言葉がまだ途中までしか聞こえていない段階で――既に太一の目の前には桐山が迫っていた。

血走った目、鬼気《きき》迫る表情、乱れる栗色の髪。まるでそれは、怒りに震える虎のようだった。

拳はほとんど見えなかった。

ただ気づいた時には、ごりっと骨の軋《きし》む音が太一の頭に響いていた。頭部が吹き飛ぶような感覚。それに釣られて体も飛ぶ。そのまま激しく地面を転がる。頬に信じられないいほどの、激痛。

太一は左頬に手をやりながら呻いた。

「ふざけたことをっ……抜かすんじゃねえっっっっ！」

しゃがみ込んだ稲葉は、まだ呻く太一を引きずり起こして乱暴に胸倉を摑んだ。

「なんなんだ!? お前はっ！ なにが『俺が犠牲になる』だっ！ 犠牲に……犠牲になられる方の気持ちをお前は考えたことがあるのか!? お前は他人のことを考えていそうで本当は自分のことしか考えていない、正真正銘の自己中野郎だっ！」

くっついてしまいそうな至近距離で稲葉が、吠える。

本気で、本音を、本心を込めた拳を叩き込んだ桐山と、本気で、本音を、本心をぶちまけて言う稲葉に、太一の琴線《きんせん》が揺さぶられた。

そして太一の中のなにかが、決壊する。

「……そうだよ……悪いかよっ！ 俺は……俺は目の前で誰かが傷ついているのを見るのが嫌なんだよっ！ 誰かが傷ついたり、苦しんだり、嫌がったりしているとその痛みを想像してしまう……。そしてその想像はどんどんどんどん膨《ふく》らむんだっ。やがて……そいつは途方もない痛みになる、とてもじゃないが耐えられなくなるんだっ……！ 俺はそれが、嫌だ。……なら、自分で背負った方がマシだ。まだ痛みが、それだけだってわかるから……。それならば、耐えられる。……そうだよ、だから俺は誰のためにやってるんでもない……俺のために『自己犠牲』をやってるんだっ！」

いつからか漠然《ばくぜん》と頭にあったことなのだけど、太一は今初めて、それを明確な形で口にしていた。口にすることが、できていた。

太一の左頬は燃えるように熱くなっている。だがそれとは別に、熱く頬を濡らすものがあった。

太一は泣いていた。

ぼやけた視界の先で、稲葉が驚いたような表情をしていた。だがすぐに慈愛に満ちた表情がそれに取って代わり、稲葉は胸倉を摑んでいた手を放す。

「そうか……お前はそうだったんだな、太一。やっぱりお前はおかしいよ。おかしいが、やさしー狂い方だな。他人の痛みも自分のことのように感じ取ってしまって、それならば自分で耐えた方が楽だって言って……。優しくて、不器用で、バカだな……本当に。でもそれだけ他人の傷に心を痛められる太一なら、お前が傷ついた時の周りの人間の痛みも、理解できるだろ？　お前はよくても、お前が傷つけば、周りにいるアタシ達の心が痛む。……お前を友達以上の存在だと思っている人間は尚更、な」

こんな時に不謹慎《ふきんしん》かもしれないけど、お前の本音が聞けてよかったよ。そう言って、稲葉は荒っぽく太一の涙を拭いた。

「太一ゴメンねっ！」

桐山が太一のすぐ横に泣きながら座り込んだ。

痛かったよね、ゴメンね、痛かったよね、ゴメンね、痛かったよね……。何度も何度もそう繰り返す。

「いいよ……桐山。俺の目を覚まさせようとしてくれたんだろ？　それに……殴った桐山の方が手も、心も、痛かったはずだし……。俺の方こそゴメン。……ありがとう」

「一つだけ……わかって欲しいのはね……、太一がもし……死んじゃったりしたら、さっきの何倍も何倍もあたし達は痛くなるんだよっ……！　だから……だからそんなこと言わないでっ！」

「言わなくてもちゃんと伝わってたか……」桐山の隣で稲葉が呟いた。

皆の優しさが太一の体に染み入る。同時に、自分が今まで、どれだけ身勝手なことをしてきたのかということも思い知る。自分の行いが、ただ人のためになったこともあっただろう。だが、『そうじゃない』時もあったはずだ。

もしこの『入れ替わり現象』がなければ、自分はそんな己を、真正面から見つめることなど、なかったかもしれない。

太一は自分のことが前より少し、わかるようになった。

そして、周りの人間のこともたくさんわかった。

受け入れて考えて進んでいけば、たぶんこれからもたくさんのことが手に入る。

辛いことも多いだろうけど、楽しいことも数限りなくあるだろう人生が、そこには待っている。

──その未来から、誰か一人が、退場しなければならないなんて。

残酷とか凄惨《せいさん》とか陰惨《いんさん》とか、そんな単語では表しきれないほどの、絶望。

「いったい……どうすりゃいいんだよっ……！」

そう呻くしか、太一は術を持たなかった。

そんな時口を開いたのは、青木だった。

「オレは、【伊織ちゃんの身体】と死ぬのは、伊織ちゃんしかいない……、そう思う」

一定に流れ続けているはずの『時』に、ぽっかりと穴が開く。

なにも考えたくなくて、なにも考えられなくて。

「あ、あんたなに言ってるのよっ!?　伊織が……、伊織が死ぬべきとか口にしないでよっっっ！」

フー、フー、と獰猛《どうもう》な野獣のように鼻息荒く桐山が言った。

「……オレだって……オレだってこんなこと言いたくねえよ……！　でもそれは誰かが、言わなくちゃならないことだと、思ったから……」

最後に青木は聞こえるか聞こえないかギリギリの声で「……稲葉っちゃんにばっかヤな役やらせてらんねえし」と付け足した。

「けっ、本当にお前ら全員……優し過ぎるんだよ……」

揺れる声で稲葉が言う。

それは、全員、暗黙《あんもく》の内にわかっていることなのだ。

永瀬を生かすという選択をした場合、それは同時に、永瀬が【誰か他の身体】で生きるということになる。【誰か他の器】を借り、【誰か他の身分】を名乗り、永瀬が生きることを正しいことだとは、どうやったって言えそうにも、なかった。

でもだからといって——。

太一は堂々巡りを繰り返す。

思考が前に、進まない。

「とにかくこのまま不在裁判みたいなことやっててもダメっていうか……伊織ちゃんにも事態を伝えないといけないと思うんだけど……。どうかな……？」

「そうだな……。仕方ない……。……仕方ないという言葉に縋《すが》るしかないアタシが情けない……！」

「じゃあ言い出しっぺだしオレが変わるよ……」そう言った後青木は「オレ、青木義文と永瀬伊織を入れ替えてくれ」と口にした。

ほんの一瞬の間があってから、【青木】は目をぱちぱちとさせた。地べたに固まって座り込んでいる太一、稲葉、唯の姿をしばらく不思議そうに眺めてから、訊ねる。

「えーと……これは流石《さすが》に、訳わかんないかも……」

とにかく一通りの流れを稲葉が永瀬【青木】に説明することになった。

「どのタイミングで言ってもショックを受けるだろうから……、始めに断っておくぞ。伊織。お前は、……死ななくちゃならないかも、しれない」

稲葉は真っ直ぐ永瀬【青木】を見据え、揺らぐことのない声で言った。本当は、言葉にするだけでも、辛いはずなのに。弱音を見せないそれは、稲葉の強さだった。

稲葉の態度から、冗談などでは決してないと悟ったのだろう、永瀬【青木】の顔が、はっきりと強ばった。怯える子犬のような目が、震えるように彷徨《さまよ》う。

その目が、太一を捉えたところで、止まった。

瞬間、ほんの少しだけではあるが、永瀬【青木】の顔が緩んだ。

もしかしたら自分は、絶望の淵《ふち》にいる永瀬に、なにかを与えることができるかもしれない。そう思い、太一は、しっかりと永瀬【青木】を見つめ返した。

それ以上は、なにもしてやれなくて、それがとても、悔しかったけれど。

永瀬【青木】は太一から目線を外すと、今度は桐山にも目をやる。

桐山の瞳からは、ぽろぽろと涙がこぼれ落ちていた。けれども桐山は、強く強く唇を噛み締めて、決して声を漏らさない。しゃくり上げる声さえ、漏らさない。

再び太一に視線を戻してから、永瀬【青木】は目を瞑《つぶ》り、ぎゅっと口を真一文字に結ぶ。

数秒の沈黙の後、永瀬【青木】が目を、開く。

「いいよ、続けて」

ぞくりと、鳥肌が立つほど凛々《りり》しく雄々しい表情で、永瀬【青木】は言った。

これほど、なにかを覚悟した人間というものを、太一は見た記憶がなかった。

それから稲葉が説明をする間、永瀬【青木】は終始無言で、ただ時折何度か頷くだけだった。

説明が、終わる。

それでもしばらく、永瀬【青木】はじっと押し黙っていた。

今永瀬の胸中には、どんな思いが渦巻いているのだろうか、太一は想像だにできない。ともかく、もう少し時間が必要だろう、皆がそう思ったはずだ。しかし、次の瞬間。

永瀬は、笑った。

そして、言うのだ。

「それならわたしが死ぬしかないじゃんか」

悲壮感《ひそうかん》など微塵《みじん》も感じさせない、明るい声だった。

「あ～……でもわたし死んじゃうのか～……。へへ、自分が死んじゃうのわかってるのに、こうやってみんなと普通に話せるのって、変な感じだね」

「まだ……絶対とは……」とても弱々しく、桐山が否定しようとする。

「まあ一応はそうかもしれないけど……そうじゃないってことで行動しとくよ、後悔したくないもんね」

余りにいつも通りの口調に、太一はかえって涙腺《るいせん》を刺激された。

「永瀬っ……！　でもまださっき言ってたみたいに……永瀬の人格が死ななきゃならないって決まった訳じゃなく――」

「そんなの、ダメだよ。ダメだし、無理だ」

迷いのないまっすぐな笑顔が、太一の心を打ち抜いた。外見は間違いなく【青木】なのに、それは紛《まが》いようもなく永瀬の笑顔だった。

「わたしは外見まで全部含めて、それで、『わたし』だ。中身だけでも、外見だけでも、『わたし』じゃない。両方あって、『わたし』だ。そしてわたしは……『わたし』であることを、誇りに思ってる。……一度見失いかけていたけれど、ある人が気づかせてくれたから」

皆の顔を見渡しながら、永瀬は妙なタメを作った。それはまるで、勝利を確信した者が決定的な切り札を投入するかの如《ごと》く。

「それに、誰かの人格を殺して、その【身体】を乗っ取って生きるなんて罪、わたしには重くて背負いきれないよ」

反論できるものなど、いやしなかった。

その後永瀬【青木】は、自分の最後のお願いを聞いて欲しいと皆に頼んだ。

「みんなと……、一人一人話をさせてくれないかな？」

永瀬の希望通り、病院の休憩室で文研部メンバー一人一人との最後の時が設けられた。

最後の時。

誰もがそれを認めたくない、逆らいたいとは思ってはいても、刻々と過ぎゆく時間の中では、どうすることもできなかった。

〈ふうせんかずら〉は三十分後と言った。もう余り時間は残されていない。

初めに永瀬は【桐山の身体】に入り込み、【青木の身体】に戻った青木と対面した。

次はそのまま【桐山の身体】で稲葉と相対する。稲葉と入れ違いになる時、青木の頬には涙が伝っていた。

そして今、永瀬は【稲葉の身体】を借り、桐山と二人きりになっている。

休憩室から少し離れた廊下のベンチに、太一と青木は座る。会話はない。集中治療室の扉が太一の視界の端に映っている。その室内に【永瀬伊織の身体】はいるのだ。そして今【永瀬の身体】の中にいる人格は、稲葉になっている。当然意識はないだろうから、稲葉は今『無』の中にいるのだろうが。

すすり泣きながら廊下を歩く音が聞こえてきた。

「た、太一……。伊織が……呼んでるよ……」ぐしゃぐしゃの声で桐山が言った。

太一はなにも言わずに頷き、廊下を進んで休憩室に入った。

艶のあるセミロングストレートの黒髪、スリムでシャープな肢体、そしていつもは持ち合わせていないはずの、やわらかくてほのかに甘い雰囲気。

目の前に【稲葉】の外見をした、だけれども稲葉ではない存在が、いた。

喋らなくたって雰囲気で、永瀬がそこにいるんだと、太一には感じることができた。

「おっす、太一」

まるでいつもと変わらぬ朝のように、永瀬【稲葉】は声をかけてくる。

「おう、永瀬」同じようなテンションで、太一も応じた。

不思議と、太一の心は落ち着いていた。嘆き悲しむことなんかより、今この瞬間を精一杯感じ取ってやることの方が大切だと思った。

「あれ……？　なんか太一だけいつも通りだね……。他のみんなは『ああ、みんながわたしのお葬式《そうしき》に来る時はこんな感じなんだろうなぁ』って顔だったのに」

「……そんな顔しようか？」

「や、や、しなくていいしなくていい。そんな顔されると話しづらくて困るよ。今から大事な最後の会話タイムが始まるんだしね。……とりあえず太一、ありがとうね。まだお礼、言えてなかったから。太一に言われて、わたしは自分の悩みが……そりゃ全くゼロになったとは言えないけど……凄く軽く、なったから。なんか色んなもん含めて、『わたし』が好きに、なれそうだよ」

永瀬は自分を受け入れることができた、どうやらそう言ってよさそうだった。更に進んでいくのには、まだ時間がかかるかもしれないが、そこから始めればいい。なんにせよ始まりはそこなのだから。

ただその時間は、もうないのだけれど。

「それでその後太一は、わたしのことを……好きって言って、告白、してくれたよね。……その返事をまだできていないから。今、します」

緊張しつつ、でもはっきりとした決意に満ちた真剣な表情を、永瀬【稲葉】はしていた。

太一も神妙な面持ちで、永瀬が紡ぐ言葉を、待つ。

「――でもやっぱその前に一ネタ挟むことを期待してるっしょ！」

「期待はしてないけどくるかなとは思ってたよ！」

こんな場面でもやりやがった。筋金入りにもほどがある。

ふっへっへっへ、と永瀬【稲葉】はしてやったりの表情で笑って――それもそこまでだった。

突然、永瀬【稲葉】の顔が歪んだ。

「〰〰っ、なにさっ……なんなのさっ……なんで太一は、そんなにいつも通りなんだよ……。他のみんなは……もっと悲しそうにしてたぞ……」

もちろん太一だって、泣きたいほど悲しい。でもそれだと――。

「悲しいさ、死ぬほど、悲しい。……でも、永瀬の方が悲しいだろ？」

――永瀬が泣けないじゃないか。

その言葉で、永瀬の堤防《ていぼう》はやっとのことで決壊《けっかい》する。ぼろぼろと、涙が溢《あふ》れ出てくる。

永瀬は泣いて当然だ。今の今まで泣かなかったことの方が異常だ。

だって永瀬は死ぬのだから。

泣いて、叫んで、喚《わめ》きたいほど悲しいに決まっている。でも永瀬はそうしなかった。

たぶんそれは、悲しんでいる皆をこれ以上悲しませないようにするための、永瀬なりの優しさだと太一は、思う。自分も、そうするだろうから。

でも、もうそれもいいじゃないか。

太一は歩み出て、永瀬の身体を抱きしめた。

やわらかくて、
温かくて、
切なかった。

その【身体】は、稲葉のものであったけれど。

「あ～……死にたくないなぁ……。もっと生きていたいなぁ……。……これからだってのになぁ。なんで……なんで……わたしが……こんな目にあわなきゃならないんだろうなぁ……。なにが……悪かったんだろうなぁ……」

そんな当たり前の心からの叫びを、永瀬は絞り出す。止めどなく涙は、流れ続ける。

太一はそれを受け止める。

そのために自分は涙を、流さない。

果たしてその行為は、自己犠牲野郎と罵られる行いなのだろうか。

いや、違う。自分のエゴではなく、相手への思いやりから身を挺《てい》して誰かを助けようとする行いまで、そんな風に言われることはないはずだ。どっからどこまでがとか、明確な線引きはできないけれど、ほんの少しなにかがわかった気がした。

「……太一が好きだって……言ってくれたのになぁ……」

太一の胸にもぐっと熱いものが込み上げる。寸前で、それが滴《しずく》として結実するのは押し止めた。奥底に沈める。同時に湧き上がりそうになった〈ふうせんかずら〉への憎しみも、今は心の奥底に沈める。この、人生で最も神聖で貴重な時間に、そんなこと、考えたくなかった。

しばらくそうした後、永瀬【稲葉】が涙を拭きながら体を離した。

「最後だもんね……。ちゃんと……言っとかなくちゃね」

息を吸って、吐いて、覚悟を決めるようにして、赤く腫《は》れた目で永瀬【稲葉】は微笑みをたたえた。

その笑顔の先には、未来が見えた。

明るく輝く、未来だ。

この状況にもかかわらず、だ。

それは最早、奇跡だ。

「わたしも……わたしは……八重樫太一のことが好きです。だからわたしと……、付き合わないで下さい」

「喜ん……あれ？」

どういう、ことなのだろうか。

「ふふふ、だってわたし死んじゃうじゃん。そんなの付き合ったら、ダメじゃん。太一が困るでしょ？」

「お前そんなこと――っ!?」

叫びかけた太一の口を、永瀬【稲葉】が左手で塞いだ。

優しくて、優しくて、優しくて、優しくて、優し過ぎて、胸が張り裂けそうだった。

「その代わりわたしに思い出を下さい。そういう訳で……キスしようぜ？」

稲葉んもこれくらいは許してくれるよね、外見は【稲葉】の永瀬は、最後に、そう小さく、呟いた。


「ええと……、じゃあ聞きますけど……誰です？」

どの人間が死ぬか。

常軌を逸するほどの重みがあるはずの質問を、【後藤の姿】をした〈ふうせんかずら〉は倦怠感《けんたいかん》丸出しの態度で問うた。〈ふうせんかずら〉の前には、押し黙ってベンチに腰かけた永瀬【稲葉】、太一、桐山、青木がいた。

「わたしです。……永瀬伊織が、【永瀬伊織の身体】と共に死にます」

なんの躊躇《ためら》いもなく、すらりと立ち上がった永瀬【稲葉】は言った。その超然とした立ち振る舞いに、太一達は声もなく固まるだけだ。

「まあ……それが妥当な結論ですよねぇ……。……ああ……流石にミラクル一発大逆転はなかったですか……」

「でも最後に一ついいかな？」

自分を死に至らしめる人間を真っ正面から見つめて、永瀬【稲葉】が訊く。

そこには恐れも怯えも見えなかった。全てを受け入れて、立ち向かっていた。

そうでなければできない表情を、していた。

「これは結局……なんだったの？」

およそ一カ月にわたり、太一達五人の間でアトランダムに人格を入れ替わらせ、最後に一人の人間が死ななければならなくなったこれは、なんだったのか。

「……なんだったんでしょうねぇ……。まあとにかく……、それを皆さんが気にする必要はありませんよ。これからも、ね……」

真摯な態度の永瀬の質問をも、〈ふうせんかずら〉は面倒臭そうにあしらう。

「そんなので納得でき――うっ!?」

立ち上がり食ってかかろうとした桐山を、永瀬【稲葉】が押し止める。

「そう……やっぱり取り合う気は、ないか……。なら、いい。でもこれだけはどうしても譲《ゆず》れないし許せないから聞くけど――」

息を呑《の》むほど美しく決然とした面持ちで、永瀬【稲葉】が言う。

「――もう他の人にはこんなことしないよね？」

永瀬がどうしても確かめておきたいところは、そこ、らしかった。

確かにそれは、考えなければならないことだった。これからも太一達は、こんな理不尽極まりない目に遭わなければならないのか、どうか。それは死活問題だ。

しかしそんなもの、永瀬が気にすることなのか。

気にすることが、できるものなのか。

死を目前にした、人間が。

【後藤の姿】をした〈ふうせんかずら〉は、その言葉を聞いてしばらく静止した。顔色を変えた訳ではなかったが、少し驚いているように、太一には見えた。

「……もちろんです」

そこにはいくらか、誠実な響きがあった。

「——ああ、時間ですか」

唐突に、〈ふうせんかずら〉が、そう、言う。

身構える隙すら、与えて貰えなかった。

【稲葉の身体】がほんの一瞬のフリーズ。その後、軽く【稲葉】が頭を振る。

「どうなっ——」口を開きかけた【稲葉】が、視線の先に【後藤の姿】をした〈ふうせんかずら〉を捉える。

「てめえっ……！　いや、それよりも伊織はっ——」

その言葉で、【後藤の姿】の〈ふうせんかずら〉は、特になんの素振りも見せず、『入れ替え』を終えたようだということを太一は知る。

そして稲葉が声を上げたのと同時、ちょうど集中治療室の扉が、開いた。

このタイミング——。

やはり〈ふうせんかずら〉の言うことは――。
全員が息を呑み、開く扉の奥を見つめる。
そうでないことを全員が願う。
まだ終わらないでくれ。
まだ終わらせないでくれ。
そんな現実を突きつけないでくれ。
永瀬が死なないという『夢』をまだ見せていてくれ。
嘆願《たんがん》する。
だがしかし時の流れは無情で――。
やがて太一達に近付いてきた医師は、言った。

「おめでとう。峠は越えたから彼女はもう大丈夫だよ」

□■□■□

呆然とする太一達に、医師は非常に運がよかっただとか、後遺症の心配もなさそうだとか、もう少ししたら別の病室に移せるから面会ができるとか、そんなことを語って聞かせた。

太一達のリアクションの薄さを少々訝《いぶか》しんではいたが、ほっとし過ぎてそうなっているくらいに解釈したのであろう、「とにかく、よかったね」と言い残して去っていった。

全員が愕《がく》然《ぜん》とする中、やっとのことで稲葉が口を開く。

「おい……お前……。これはいったい……？」

「はいはい……皆さんお疲れ様でした……と」

何事もなかったかのように、平然と【後藤の姿】をした〈ふうせんかずら〉は言ってのけた。

「ああ……それとこれどうぞ……。お詫《わ》びのお茶菓子です……。……ああ……永瀬さんのお見舞い用も兼ねていると捉えて貰えれば、尚のこと好ましいです……主に僕が」

〈ふうせんかずら〉は手に持っていた紙袋をちょいと持ち上げる。

ごん、と音がするほど稲葉は後頭部を壁に打ち付けて寄りかかった。

「やられた……。そりゃその可能性はあったさ……。実際アタシも疑ったし……。でも……だぁ〰〰っ、にしても……、あ〰〰〰〰なんだよこれっ！」

「え……じゃあ……伊織は……無事なんだ……生きて……るんだ。う、うわーん！」

一句一句嚙み締めるように呟いた後、桐山は顔を覆って泣き出した。

「……つーことだよな。よ、よかったぁ……。うぁ……なんか力抜け、た……」

青木はずるずると体を滑らせ、そのままべちゃりと床に座った。

太一は、……まだ頭が上手く回っていなかった。先ほど演じた展開の後始末は……、というか今後二人はどうやっていけばよいのか……。いやまあ、普通にやっていけばよいのだろうが……。

「とりあえず稲葉……すまん」

ひとまず謝っておいた。あれが稲葉のファーストキスでないことを祈るばかりだ。

「……オイ、これ……どこからどこまでが計算だったんだ？」

どっと力が抜けた様子の稲葉が、〈ふうせんかずら〉に言葉を向ける。

「まあ……言うなればどこからどこまでもが計算……という話になりますかねぇ……。たぶん皆さんが思ってるより、こっちにできることは多いですから……。だって人の人格を入れ替えられるんですよ、って言えば伝わりますかねぇ……ああ……別に伝えなくてもよかったな……」

「……永瀬をどうにかするつもりはなかった、と?」

そういえば【永瀬】に乗り移った〈ふうせんかずら〉は、川へ飛び込む前、携帯電話と財布をわざわざ取り出していたな、などと思い出しながら太一は聞いた。

「……もちろんです。善良な一般市民の方に、そんなご迷惑をかける訳ないですよ……。まあ日々の生活で散々迷惑かけてますすけど……。それはお茶菓子でチャラにして頂ければ……。……あれ? 今お茶菓子の『茶』とチャラの『チャ』がかかって……ああ……これ本当に死ぬほどどうでもよかった……。とにかく、許してくれなんて言うつもりありませんけど、恨まないで頂ければと思います。実際の話……、皆さん……少し、いいことあったんじゃないですか?」

最後の一言には、勘違いかと思うほどほんのわずかではあったけれど、初めて〈ふうせんかずら〉の、太一達に対する感情が込められているような気がした。

「じゃあ……もう僕は行きます帰ります。ああ……後わかってるみたいですけど、【この人】ほじくるのは止めておいてあげて下さい……。後腐れ残すのはよくないので言っときます……。というかできるなら僕のことも……というか諸々全部考えないでおくというか忘れて貰えれば……と思います。まあ無理かもしれないですけどねぇ。ああ……『じゃあ』って言ってからが無駄に長かった……。……では、また」

言い終えると、太一達の『入れ替わり』が起こった時と同じようにふっと【後藤】の首が落ちかかり——すぐ覚醒《かくせい》して【後藤】は頭を上げると目を開いた。

嵐のように突然やってきて、信じられないほどの強度で太一達を揺さぶったその舞台の幕引きは、余りにもあっけなかった。

「……ん？　ここは……？　俺は確か永瀬が川に落ちて病院運ばれたっていうからタクシー呼んでダッシュで……あれ？　もうここ病院の中じゃん。お、文研部の永瀬以外。なんと、俺は道中の意識を失うほどの必死なスピードでここに駆けつけたのか。……やばい、生徒のためにこんな未知のパワーを発揮する俺をマジで褒めてあげたい……。しかもなんだこの右手の紙袋は……？　おお……苺大福……！　ん、しかしなぜこんなものが……？　まあいいか。俺イチゴ好きだし。そう、それで永瀬の容態《ようだい》は——あだだだだ!?　痛いっ！　痛いって、稲葉さん!?」

稲葉が後藤にコブラツイストを炸裂《さくれつ》させていた。

「黙れっ！　そのクソアホンダラでエキセントリックな脳味噌に、思慮深く物事を考えないと痛い目に遭うってことを叩き込んでやるよっ！」

言う間に拷問《ごうもん》コブラツイスト（コブラツイストを極めつつ側頭部を手で上から押さえつける技）に移行していた。極まり具合がエグかった。

終章

——それから一週間が経過。

嘘《うそ》だらけで存在すらも曖昧《あいまい》で、結局そいつが何者であるか全くわからなかったが、そいつの後腐れを残さないという言葉は本当だったらしく、永瀬《ながせ》は後遺症《こういしょう》もなくすぐに学校に復帰した。加えて永瀬家のポストには、直接投函《とうかん》されたとおぼしき入院治療費代用の資金が入った封筒まであるという徹底ぶりであった（後藤《ごとう》が数日後のホームルームで「なんか引き出した覚えないのに、通帳見たら引き出されてるお金があったんだよ……。みんなどう思う？　これやっぱなんらかの詐欺《さぎ》にあったってことかな？　警察行った方がいいかな？」などと言っていたが、その件に関して文化研究部《ぶんかけんきゅうぶ》では一切気にしないことが決議された）。

少なくともこちらに悪意はなさそうだし、悪い奴じゃないのかもしれない、太一《たいち》はそう思ったので素直に言うと、稲葉《いなば》に「お前のお人好し思考回路に寒気がする！」と罵倒《ばとう》された。

永瀬の入院によるバタバタからようやく解放された今日は、一週間ぶりに文研部の活動が再開される日だ。活動と言っても、特に大したことはしないのだが。

放課後、当番である教室掃除が終了。荷物をまとめ、太一は部室棟四階の文研部室を目指す。もう他のメンバーは、全員集合している頃だろう。

あれから『人格の入れ替わり』は一度も起こっていない。

変な話なのだが、振り返ってみれば、案外、入れ替わりそのものについて印象に残っているものは少なかったりする。異常なことのはずなのに、である。というか日が経っていくに連れ、確かに現実であったのだけれど、少々現実離れし過ぎていたため、色々な出来事がだんだんとふわふわしてきて、夢の中のことのように感じられてしまうのだった。

そしてなにより、自分達にはそれ以上の大事があったから。

太一達の世界は、変わった。

人格入れ替わりという自分達にとって強大すぎる暴風雨は、太一達の悩みやらを次々と問答無用にさらけ出していった。しかし、自分達にとってはどうしようもないほどの大きさに思えたそれらも、外に転がり出されてみれば、案外ちっぽけなものだったというのが結構あった。

それは、ちっぽけな自分達にも十分戦えるものだった。

当然、傷は負うかもしれないけれど。そして勝算も、絶対ではないのだけれど。

しかしちっぽけな自分達の中にあるものなど、それよりちっぽけに決まっているではないか、という話だ。

でもやっぱり戦うことは——向き合って受け入れて考えて進んでいくのは、そう簡単にできるものでもない。

たぶん一人じゃ難しい。

きっかけもないと難しい。

けど、難しいけれど、それができたならば。

ちっぽけな自分達の世界なんていくらでも変わる、変えられる。

それはまだそこにあって、本当に根本からは解決していないのかもしれないけれど。

例えば太一の自己犠牲野郎も、別に根本からなにか変わった訳ではない。それはそうだ。自分に元からあるものなのだから、たぶんずっと、それは変わりはしないのだろう。

でもそれに、向き合えたのならば。

あんなことがあって、その過程で文研部メンバーの中では色々なことがあり、同時に色々なことが変わった。それはもう元に戻ることはないのだろう。

しかし幸いと言うべきか、少なくとも太一の目には、皆が悪い方に変わったようには見えなかった。そうすることが、できていた。

それはみんながいたからだ。一人も欠けることなくこの五人だからできたことだ。

稲葉は以前より、表情がやわらかくなったように見える。

桐山《きりやま》は以前より、男子に自分から話しかけているように見える。

青木《あおき》は以前より、格好《かっこう》よくなったように見える。

永瀬は……あれ以来恥ずかしくてお互いまともに顔を見て話していない。

それよりなによりともかくも、太一は文研部室にあのメンバーが揃《そろ》うことが楽しみで仕方がない。様々なことがあったけれども、また五人で同じように笑えていれば、結構それだけでいいのかもしれない、そう思えてしまう。

そう思えてしまうことはとても素晴らしいことで、結局それが、全てだったりもする。

稲葉は今日も、些細《ささい》なことにキレて暴力的ツッコミを行うだろうか。

桐山は今日も、反応が一番いいからという理由でからかわれ、真っ赤になってばたばたた体を動かし叫ぶだろうか。

青木は今日も、当たり前のようにバカにされるポジションを、それこそプロフェッショナルの如《ごと》くこなしきるだろうか。

永瀬は今日も、計算しているボケも全くノープランのボケも関係なく無作為《むさくい》に連発するだろうか。

さて、いい加減真面目に部活をしよう。自分達の趣味全開の新聞を作ろう。

そうは思うのだが、同時に、たぶん今日はそうならないんだろうなぁ、と太一は思う。皆、無駄《むだ》に騒ぐだろうから。そしてそれを期待している自分が、確かにいる。

さあ、後は部室への扉を開くだけだ。

眼前の視界は良好。

たった一つの懸念事項と言えば、この間稲葉に「伊織《いおり》から聞いたんだが、お前……アタシのファーストキス奪ったらしいなぁ。どんな償《つぐな》いをして貰おうかなぁ……ウフフフ」と、この世のものとは思えないほどの残忍な笑みで言われたくらいのものである。

死にはしないと思う。……たぶん。

ココロコネクト　ヒトランダム　了

あとがき

皆様初めまして、庵田《あんだ》定夏《さだなつ》と申します。

この度、第十一回えんため大賞小説部門特別賞を受賞させて頂き、本作でデビューの運びとなりました。

まだまだ未熟者《みじゅくもの》の私も、たくさんの人達のお力を借りることで、なんとかあとがきを書くまでに至ることができ、今はその一人一人の方への感謝の気持ちでいっぱいです。

さてさて、担当様に「新人だからって謝辞《しゃじ》ばっかりもつまんないよね」などと言われたこともありますので、新人ぺーぺーで、自分を作家と名乗ってもいいのかさえ疑わしい私ではありますが、今回は小説を書く時の苦労話なんかから、お話を始めてみたいと思います。

何事かをなす過程には、やっぱり苦しい時があるものです。

もちろん私は、好きで小説を書いております。

「昔からずっと本が好きで小説書こうと思いました！」みたいなものとは、かなり毛色の違う『好き』、なのではありますが、まあ小説家を目指しており、今はこうしてあとがきなんてものまで書かせて貰っている訳ですから、少なくとも嫌いだなんてあり得ない話です。

そんな曲がりなりにも小説を書きたいという衝動と情熱を持った私ですが、じゃあ四六時中ずっと同じテンションのままでいられるかと言えば、それはやっぱり難しかったりします。

一つの小説を完成させるとなると、才能がバリバリ溢《あふ》れておられる方ならまだしも、私ぐらいの人間だと途中で壁にぶち当たり、苦しくなって、「筆《ふで》が進まねー！　書くのしんどいよー！」などとモチベーションの低下に悩まされることがどうしてもあります。

しかし、「筆が進まないから」、「しんどいから」と言ってぶーぶー文句を垂《た》れていても小説は完成しない訳で、――これはなんにでも共通することでしょうが――、そういう時を踏ん張って乗り切らないと、何事をもなすことはできないのでしょう。

ただ、踏ん張って乗り切ると言っても、なんにもなしで「よし、頑張ろう」と思うだけでモチベーションを上げられるほど、私は自分の感情を上手《うま》く操れる人間でもありません。

ということで私も、あの手この手でモチベーションを上げようと試《こころ》みるのですが、その中に、低コストかつなかなかの威力《いりょく》を発揮してくれる優《すぐ》れものがあります。

そう、ご存じ、『妄想《もうそう》（空想？）』です。

「自分の書いた小説が大ヒットベストセラーになって印税でウハウハ！」とか、「小説売れまくって有名になり雑誌で特集組まれちゃった！」とか、「映画化決定！」とか、「社会現象にまで発展！」とか、「ついには自分の名前を冠《かん》した小説の賞まで登場！」とかを妄想していると（あくまでただの妄想ですよ？）、「おっしゃー！　やったるでー！」という気がわき上がってくるのです（俗《ぞく》っぽくてすいません）。

新人賞投稿時代には、妄想さんに随分《ずいぶん》お世話になりました。

これからも、よろしくお願いします。

そういえば、新人賞に投稿している頃には、その時にしかできない執筆《しっぴつ》に煮詰まった時の気晴らし法というものもありました。

そう、ご存じ（？）、ペンネームを考えることです。

まあ正直な話、大してペンネームにこだわりなど感じないタイプなのですが、どんなペンネームにするかあれこれ考える、その作業自体はなんだか楽しいので、色々と思案しておりました。

で、なぜかはいまいちわかりませんが、ちょうど本作の元となる応募原稿を執筆中の私は、「エドガー・アラン・ポー→江戸川乱歩《えどがわらんぽ》みたいなペンネームの決め方なんか格好《かっこう》よくね？」という思想を持っている時期でした。

理由は本当に特にないです。

なんとなくです。

ということで私も、「誰か自分の好きな、もしくは尊敬する人の名前をもじったペンネームでもつけってみっか！」という感じで（あくまで気晴らしなので）、あれやこれやと考えていました。

するとどうでしょう、なぜか候補に挙《あ》がってくるのは、プロレスラーの名前ばかりなのです！

……。

ちょっとこれは作家を目指している身としてどうなんだろう、と思わないこともなかったのですが、まあ別にすぐさまプロデビューする訳でもないしいっか、と思って私の尊敬するプロレスラーからもじらせて頂くことにし、試行錯誤《しこうさくご》を繰り返して今のペンネームに辿《たど》り着《つ》きました。

いやはや、とても楽しい作業でした。

……でもまさかそのペンネームでデビューすることになるとは……。

あ、けどこのペンネームに後悔とかは全くありませんよ？

最後に。

ちなみに、になるのですが、私はプロレスオタクではありません。

私程度のレベルで『オタク』を名乗るのはおこがましい限りです。

いえ、本当に。

それくらいプロレスは奥が深いのです。

あ、興味ないですよね、すいません。


それでは謝辞です！

まずは私にデビューのきっかけを与えてくださいました、ファミ通文庫編集部を中心とするえんため大賞関係者の皆様方、ありがとうございます。

次にこの本の出版に尽力《じんりよく》してくださった全ての皆様方（特に担当様）、ありがとうございます。

それからなんと言っても、お忙しい中、素晴らしいイラストを描いてくださった白身《しろみ》魚《ざかな》様、本当にありがとうございます。

そしてやはり、最大限の感謝は、この本を手に取ってくださった読者の皆様方へ。

少しでも、「読んでよかったな」と思って頂ければ幸いです。

二〇一〇年一月　庵田定夏

ありがとうござい
ました＆
お疲れ様でした！
INAB

この作品は、第11回エンターブレインえんため大賞小説部門、特別賞受賞作品
「ヒトツナガリテ、ドコヘユク」を改題、改稿したものです。

■ご意見、ご感想をお寄せください。
ファンレターの宛て先
〒102-8431 東京都千代田区三番町6-1
株式会社エンターブレイン ファミ通文庫編集部
庵田定夏 先生
白身魚 先生

■本書の内容・不良交換についてのお問い合わせ。
エンターブレイン カスタマーサポート **0570-060-555**
(受付時間 土日祝日を除く 12:00〜17:00)
メールアドレス：**support@ml.enterbrain.co.jp**

ファミ通文庫
ココロコネクト ヒトランダム

二〇一〇年二月二日 初版発行

著　者　庵《あん》田《だ》定《さだ》夏《なつ》
発行人　浜村弘一
編集人　森 好正
発行所　株式会社エンターブレイン
〒一〇二-八四三一 東京都千代田区三番町六-一
電話 〇五七〇-〇六〇-五五五（代表）
発売元　株式会社角川グループパブリッシング
〒一〇二-八一七七 東京都千代田区富士見二-一三-三
編　集　ファミ通文庫編集部
担　当　川﨑拓也／宿谷舞衣子
デザイン　アフターグロウ
写植・製版　株式会社オノ・エーワン
印　刷　凸版印刷株式会社

定価はカバーに表示してあります。

あ12
1-1
923

ISBN978-4-04-726290-4

バカとテストと召喚獣7

著者／井上堅二
イラスト／葉賀ユイ

既刊 1～6.5巻好評発売中!!

嵐を呼ぶ召喚野球プレイボール!?

新学期早々の抜き打ち持ち物検査で聖典《エロ本》を没収され復讐に燃える明久《あきひさ》たちは、体育祭の一競技、生徒VS教師交流野球で教師陣に直接恨みを晴らさんと誓うのだが……。なんと競技は戦友《エロ本》を賭けた召喚獣野球に発展！ パトス溢れる球宴の果てに明久たちを待つのは勝利か敗北か——!?

〝文学少女〟見習いの、傷心。

著者／野村美月
イラスト／竹岡美穂

既刊　〝文学少女〟見習いの、初恋《はつこい》

傷心の夏、そして闇と光の秋――。

「きみが大嫌いだ」心葉《このは》にそう告げられてしまった菜乃《なの》。その日以来、心葉は本心を見せず、取り繕った笑みで菜乃に接するようになる。そんなのは嫌だ！　と、夏休み、菜乃はある行動に出るが……。文学初心者の少女が成長していく、もうひとつの“文学少女”の物語、第2弾!!

庵田定夏の著作リスト

ココロコネクト ヒトランダム

ISBN978-4-04-726290-4
C0193 ¥600E

9784047262904

1920193006001

定価 本体600円 +税

発行○エンターブレイン

Famitsu Bunko

文研部《ぶんけんぶ》に所属する五人、八重樫《やえがし》太一《たいち》・永瀬伊織《ながせいおり》・稲葉姫子《いなばひめこ》・桐《きり》山唯《やまゆい》・青木義文《あおきよしふみ》は、奇妙な現象に直面していた。前触れなく起こった青木と唯の〝人格入れ替わり〟。それは次々と部員全員に襲いかかり、彼らを異常な日常に放り込む。戸惑いつつもどこかその状況を楽しむ太一たちだったが、心の連鎖は彼らの秘めた心の傷をも浮かび上がらせ……。平穏が崩れたその時、五人の関係は形を変える！　第11回えんため大賞特別賞受賞作品、愛と青春の五角形《ペンタゴン》コメディ!!